서문문고
077

수호지 [3]

김 광 주 옮김

41 술안주가 된 사나이

宋 江 智 取 無 爲 軍
張 順 活 捉 黃 文 炳

　백룡묘에 잠시 집결하게 된 29명의 호걸과 1백2,30명의 졸개들은, 강주성의 군병이 징을 치고 북을 울리고 깃발을 휘두르며 추격해 온다는 급보에 접하자, 제일 먼저 흑선풍 이규가 앞장을 서서 호통을 치고 두 자루의 판부(板斧)를 휘두르며 묘문 밖으로 내달았다.

　그밖의 호걸들도 일제히 행동을 개시, 각각 무기를 손에 들고 고함을 지르며 이규의 뒤를 따라 묘 밖으로 뛰쳐나갔다.

　유당과 주귀는 우선 송강과 대종을 보호하여 배를 태웠고, 이준·장순과 원씨 삼형제는 배를 정비했다.

　강기슭에서 바라보자니, 성 안으로부터 추격해 오는 관군들은 6,7천이나 되어 보였으며, 모조리 갑옷과 투구로 든든히 무장을 하고 긴 창을 휘두르며 노도처럼 몰려나왔다.

　그러나 이렇게 많은 관군도 호걸들 앞에서는 맥을 추지 못했다.

　선두에 서서 판부를 휘두르며 벌거벗은 알몸뚱이로 적진으로 쳐들어간 이규도 장했거니와, 그 뒤를 바짝 따르는 화영·황신·여방·곽성, 네 맹장 앞에는 관군도 어찌할 도리가 없었다.

특히, 화영의 신출귀몰한 궁술(弓術)은 한 자루의 화살로써 단번에 적군의 선봉인 기마병을 쏘아서 땅에 거꾸러뜨림으로써 싸움의 대세는 순식간에 결정되고 말았다.

호걸들은 닥치는대로 찌르고 베고 하며 강주성 밑까지 무찌르고 들어갔다. 관군의 시체는 벌판을 덮고 피바다를 이룰 지경이었다. 성벽 위에서 응원을 하던 관군도 일제히 성 안으로 뺑소니치고 성문을 굳게 잠가 버린 채 며칠 동안이나 나오려 들지 않았다.

호걸들은 백룡묘에 다시 집결하여 강 위에 배를 띄웠고, 우선 큰 배 세 척에 수많은 인마와 여러 두령들을 싣고 목태공의 집으로 향했다.

목태공은 기뻐서 어쩔 줄 모르며 송강 이하 여러 두령들과 인사를 했고, 수십 마리의 돼지·양·닭·오리를 잡아서 큰 잔치를 벌였다.

송강이 감격에 넘쳐서 여러 사람들에게 말하였다.

"이번에 여러분의 은혜는 태산같이 높고 바다같이 깊어서 보답할 길이 없거니와, 이런 사태를 빚어내게 한 것은 가증하기 이를 데 없는 황문병이란 놈이오. 지부(知府)를 충동해서 우리 형제들을 죽이려고 한 놈이니, 이 원한을 풀지 않고는 우리들은 이대로 살아 있을 수 없소. 그래서 또 한 번 여러분에게 간곡히 부탁하고 싶은 것은, 차제에 여러분의 힘을 한 번 더 빌려서 무위군을 습격하여 황문병이란 놈을 잡아 없애야겠다는 것이오. 이 송강의 참을 수 없는 원한을 풀어 주시기 바라오!"

조개는 이 말을 듣자, 관군 편에서도 방비를 든든히 하

고 있을 것이니 우선 산채로 돌아가서 재기를 꾀하는 것
이 좋을 것이라고 했지만 화영은 이렇게 말했다.

"송강 형님의 의견대로 하는 것이 좋을 것 같습니다. 그
런데 우리 편의 제일 큰 약점은 적의 지리를 잘 아는 사람
이 없다는 사실입니다. 우선 사람을 성 안으로 파견해서
형편을 탐지케 하고 무위군에 출입할 수 있는 길을 뚫어,
황문병의 거처를 확인한 다음에 손을 대는 것이 좋을 것
같이 생각됩니다."

설영이 일어서서 말하였다.

"나는 다년간 천하를 횡행하고 돌아다니는 동안에, 무위
군에 관해서도 상세히 파악할 수 있었습니다. 내가 실정을
탐지하러 가겠습니다."

"그야, 아우님이 한 번 가주시기만 한다면 제일 좋을 것
이오!"

송강이 좋아하자, 설영은 당일로 여러 사람과 작별하고
적정을 탐지하기 위해서 떠나갔다.

떠나간 지 이틀 만에, 설영은 어떤 장정 한 사람을 데리
고 와서 송강에게 소개했다.

설영의 말에 의하면, 이 장사(壯士)는 후건(侯健)이라
고 하며, 조상 때부터 홍도(洪都)에 살던 사람으로 재봉
(裁縫)의 명수라는 것이었다. 바늘이 나는 듯, 실이 달아
나는 듯한 재간을 가졌고, 창봉도 쓸 줄 알며 일찍이 설영
을 스승으로 섬긴 사람이라고 했다.

가무잡잡한 몸이 비쩍 마르고 행동이 비상히 민첩해서
통비원(通臂猿)이라는 별명을 듣는데, 바로 무위군 성 안

에 있는 황문병의 집에서 일을 보고 있다는 것이었다.

후건이 송강에게 말하였다.

"황문병에게는 황문엽(黃文燁)이라는 친형이 있습니다. 같은 어머니의 뱃속에서 나온 형제이면서도, 황문엽은 평소에 선심 쓰기를 좋아하고 소불재승(塑佛齋僧)에 열심이며 빈곤하고 약한 사람을 늘 도와주고 구해 주는 착한 사람이어서 무위군의 성 안에서는 그를 황면불(黃面佛)이라고 부릅니다. 그런데 아우 황문병이란 놈은 나쁜 짓을 도맡아 하고 사람을 해치기를 일삼기 때문에 무위군에서는 놈을 황봉자(黃棒刺)라고 합니다. 이 형제들은 각각 다른 뜰안에 살고 있지만, 드나드는 골목은 한 골목입니다. 황문병은 성(城) 쪽으로 가까운 곳에 살고 있으며, 황문엽은 큰 거리 쪽으로 가까운 곳에 살고 있습니다. 소인이 그곳에서 일을 하고 있을 때, 황문병이 밖에서 돌아오더니 형에게 말하기를, 채구지부는 감쪽같이 속고 모르는 것을 자기가 가르쳐 주어서 먼저 역적들의 목을 베고 나서 조정에 상주하도록 했다고 하니, 형 황문엽은 격분해서 호통을 쳤습니다. 너와 털끝만큼도 상관이 없는 사람을 어째서 죽이라고 하느냐? 네 놈은 천벌을 받고야 말 것이라구요!"

또 후건은, 며칠 전 사형장이 습격당한 뒤로 황문병이 잔뜩 겁을 집어먹은 눈치로 어젯밤에도 강주로 가서 채구지부를 만나서 무슨 상의를 하는 모양이며 아직도 집에 돌아오지 않았다는 사실, 그리고 황문병의 집에는 남녀 하인배들이 4,50명이나 있다는 사실을 상세히 송강에게 알려 주었다.

송강은 후건의 말에 용기를 얻어서 다음과 같은 작전계

획을 세웠다.

"목태공은 포대(布袋) 8, 90개를 마련하시고 갈대나무 1백10여 단만 장만하시고, 큰 배 다섯 척과 작은 배 두 척만 준비해 주시오. 장순과 이준은 작은 배 두 척을 타고 강물 위에서 이렇게 해주고, 큰 배 다섯 척은 장횡과 원씨 삼형제와 물에 정통한 친구들이 지키고 있도록 해주면 일은 다 되는 것이오! 후건은 설영과 백승 두 친구를 거느리고 먼저 무위군의 성 안으로 침입하여 숨어 계시오. 내일 밤 삼경 삼점(三點)에 성문 밖에서 방울을 단 비둘기를 날릴 것이니, 그 소리를 듣거든 백승은 즉각에 황문병의 집 근처에 흰 비단 깃발을 꽂아서 목표로 삼도록 해주시오. 그리고 석용, 두천 두 사람은 걸인 행세를 하고 성문 근처에 숨어 있어 주시오. 불길이 뻗쳐오르면 그것을 신호로 알고 곧 성문을 지키고 있는 병사를 죽여 버리고, 이준과 장순 두 사람은 강 위를 지키고 있다가 민첩하게 호응해 주시오."

송강의 계획대로 우선 설영·백승·후건이 출발했다. 그 뒤로 석용·두천이 걸인 행세를 하고 품속에 단도를 품고 출발했다.

또 한편에서는 포대와 갈대나무를 배에 실었다. 여러 두령들은 약속한 시간에 병사들을 뱃속에 잠복시키고 함께 배를 탔다. 조개·송강·화영은 동위의 배를 타고, 연순·왕왜호·정천수는 장횡의 배에, 대종·유당·황신은 원소이의 배에, 여방·곽성·이립은 원소오의 배에 각각 자리잡고, 주귀·송만 두 사람은 목태공의 집에 남아서 강주성 안의 동정을 살피기로 했다. 그리고 동맹이 고기잡이 쾌선을 타고 탐로(探路)를 나섰다.

때는 7월 말. 서늘한 밤바람도 조용하고, 밝은 달, 맑은 강물에 산광(山光) 수영(水影)이 상하일벽(上下一碧)을 이룬 가운데 호걸들은 일대 진격을 개시하였다.

그날 밤 초경.

호걸들을 태운 배는 무위군 강변에 도착. 갈대숲 깊숙한 곳을 물색하여 한 줄로 늘어서 있었다. 동맹이 배를 뒤로 물리고 보고하였다.

"성 안에서는 아무런 변동도 발견할 수 없습니다."

송강은 일동에게 명령을 내려 갈대나무와 모래를 가득 담은 포대를 강변으로 올려 가지고 성벽을 향하여 행진을 개시했다. 경고(更鼓)가 이경(열시)을 알렸을 때, 송강은 모래부대와 갈대나무를 성벽 아래로 끌고 가서 쌓아 올리도록 분부했다.

장횡과 원씨 삼형제만 배 위에 남겨 두고 그밖의 여러 호걸들은 성변(城邊)을 향하여 달려갔다. 성 위를 바라보니, 북문에서 반리 거리밖에 떨어져 있지 않았다. 송강은 곧 방울 달린 비둘기를 날렸다. 성 위에서는 대나무 가지 위에 매달린 백호대(白虎帶)가 바람에 휘날렸다

송강은 그것을 보자 군사에게 분부하여 성변에 모래부대를 쌓아 올리도록 하고, 한편으로 갈대나무와 기름칠한 불쏘시개(由柴)를 가지고 성 위로 올라가게 했다.

이때, 백승은 벌써 그곳에서 대기하고 있다가 여러 군한(軍漢)들에게 손으로 가리키며 말했다.

"저편 골목이 바로 황문병이 거처하는 곳이오! 그리고

설영과 후건은 이미 황문병의 집 안에 침입하여 대기하고 있으며, 석용·두천 두 사람도 성문 근처에서 때만 기다리고 있소."

송강은 그 말을 듣자, 호걸들을 거느리고 즉각에 성벽을 내려서서 황문병의 집으로 곧장 쳐들어갔다. 그 집 처마 밑에 후건이 숨어 있었다. 송강은 가까이 불러 가지고 귓속말을 했다.

"채마밭 문을 열고 군사들이 갈대나무와 기름칠한 불쏘시개를 그 안으로 옮겨 놓도록 해주고, 설영은 곧 불을 지르도록 하고 황문병의 집 대문을 두드리며, 옆집 영감님 댁에 불이 났으니 잠시 세간을 옮겨다가 맡겨 두게 해주십시오! 하고 소리를 지르도록 해주시오! 대문이 열린 다음에는 나는 나대로 처치해 버릴 생각이 있으니까."

송강은 호걸들을 전후로 배치하여 양편을 꼭 막고, 후건은 앞장서서 채마밭 문을 열어서 군한들이 갈대나무를 운반해 들여놓도록 하였다. 그런 다음 설영에게 불쏘시개를 주어서 불을 지르게 해놓고 대문으로 달려가서 송강이 지시한 대로 문을 두드리며 소리를 지르게 했다.

과연, 안에서는 그 소리를 듣더니 달려나와서 밖을 내다봤다. 옆집에 불이 났는지라 당황하여 대문 밖으로 뛰쳐나왔다. 이 틈을 타서 조개·송강은 고함을 지르며 집 안으로 쳐들어갔다.

호걸들은 저마다 무기를 손에 들고 닥치는대로 찔러 죽였다. 황문병의 집안 일가족속들은 남녀노소를 불문하고 4,50명이나 깡그리 죽여 버렸다. 그런데 이상하게도 황문병만은 그 틈에서 찾아낼 수 없었다.

호걸들은 황문병이 여태까지 착한 백성들을 착취해서 장만한 금은재물, 가장집기를 모조리 걷어서 휘파람 소리의 신호를 따라서 일제히 성 위로 끌고 올라갔다.

석용과 두천은 불길이 치미는 것을 보자 성문을 지키고 있는 병사를 때려죽였고, 흑선풍 이규는 판부 두 자루를 휘두르며 달려들어서 멋도 모르고 불을 끄겠다고 덤벼드는 이웃 사람들을 해산시켰다. 화영은 활을 쏘며 고함을 질러서 무수한 병사들을 쫓아 버리고, 설영은 황문병의 집 앞뒤로 불을 질러 버렸다.

흑선풍 이규가 달려들어서 성문을 활짝 열어젖히니, 호걸들의 절반은 성문을 통해서 달려 나왔고 절반은 성벽을 넘어서 나왔으며, 장횡·원씨 삼형제와 동씨 형제들도 달려와서 합류하여 약탈한 물건을 배에 실었다.

무위군에서는 강주에서 양산박의 호걸들이 사형장을 습격하여 무수한 사람을 죽였다는 사실을 알고 있었기 때문에 추격해 오는 자도 없었고, 너나 할 것 없이 몸을 사리고 숨어 있을 뿐이었다.

호걸들 일행은 황문병을 잡지 못한 것을 분해하면서도, 어쩔 수 없이 배를 타고 목홍의 집을 향해 저어 갔다.

강주에서는 무위군에 불길이 치미는 것을 바라보자 온 성 안에 일대 소동이 일어났다. 즉각 본부로 보고가 날아들어갔다.

황문병은 때마침 부에서 일을 협의하고 있다가, 당황해서 일어났다.

"소생의 고장에 불이 났습니다. 급히 집으로 돌아가 봐야겠습니다.!"
  채구지부는 그 말을 듣자 즉각에 성문을 열고 관선(官船)을 내주어서 돌려보냈다.
  불길에 시뻘겋게 된 강물을 헤치며 황문병이 당황하여 배를 저어 나가고 있을 때 뒤에서 한 척의 자그마한 배가 관선을 스쳐 나갔고, 얼마 있자 또 한 척의 자그마한 배가 앞으로 곧장 달려들었다.
  황문병의 종인(從人)이 호통을 쳤다.
  "무슨 배냐? 왜 이렇게 곧장 달려드느냐?"
  자그마한 배 위에서는 장정 한 사람이 벌떡 일어서며 소리를 질렀다.
  "강주로 화재를 보고하러 가는 배다!"
  황문병이 불쑥 나서며 물었다.
  "불은 어디서 났느냐?"
  "북문 안에 있는 황통판(黃通判) 집에서 났다. 양산박의 호걸들이 일가족속을 모조리 죽이고 가장집물을 깡그리 약탈해 갔다. 지금도 불길이 한창 타오르는 중이다!"
  "아앗!"
  처참한 비명소리를 지르며 황문병이 어쩔 줄 모르고 당황해할 때, 저편 배의 장정이 손에 잡고 있던 쇠갈퀴로 이편 관선을 찍어 당기며 비호같이 뛰어 올라왔다.
  눈치빠른 황문병은 배꼬리로 몸을 피하여 강물 속으로 텀벙 뛰어들고 말았다. 이때 또 다른 한 척의 배가 나타나더니 장정 한 사람이 텀벙 강물 속으로 뛰어들어서 황문병의 허리를 껴안고 머리채를 움켜잡아서 배 위로 끌어올렸고, 배 위의 장정은 황문병을 받아 올려서 동아줄로 꽁꽁 묶어 버렸다.

물 속에서 황문병을 산 채로 잡은 것은 낭리백조 장순이었고, 배 위에서 쇠갈퀴를 쓴 자는 혼강룡 이준이었다.

장순과 이준은 황문병을 자기네들 배 위로 옮기고 관선을 돌려보내 준 다음 곧장 목태공의 집으로 배를 몰았다. 강변에서는 여러 두령들이 그들을 기다리며 약탈한 물건을 끌어올리고 있었다.

주귀와 송만이 일행을 영접하여 목태공의 집 깊숙한 대청으로 안내했고, 송강은 황문병의 젖은 옷을 벗겨서 버드나무에 알몸뚱이를 꽁꽁 묶어 놓았다. 그런 다음 30여 명의 두령들이 그 언저리에 죽 둘러앉아서 술잔을 들게 했다.

송강은 술잔을 높이 들고 황문병에게 호통을 쳤다.

"네 놈은 어찌하여 권세와 지위 있는 사람과 결탁하여 선량한 백성들을 괴롭히고, 착한 너의 형 황문엽과는 딴판으로 나의 목숨까지 빼앗으려고 간악한 재간을 부렸느냐? 오늘이야말로 네 놈의 죽는 꼴을 내 눈으로 봐야겠다!"

흑선풍 이규가 벌떡 일어서서 덤벼들었다.

"내가 우리 형님 대신 이놈을 갈갈이 찢어서 숯불에 구워먹어 버리겠소!"

마침내, 황문병의 넓적다리 투실투실한 살점은 흑선풍 이규의 날카로운 비수 끝에 도려내어져 여러 호걸들의 술안주감이 돼 버리고 말았다.

여러 호걸들이 축하의 인사를 하자 송강은 별안간 땅바닥에 꿇어 엎드렸다. 양심의 가책 때문에 괴로운 모양이었다.

"내 이미 두 주성(州城)을 소란케 했고 무수한 인명을 살해했으니 조정에서 알게 될 것은 물론, 이리 된 바에야 양산박으로 따라가서 형들에게 몸을 의지하는 도리밖에 없을 것 같소!"

여러 호걸들이 이 뜻을 쾌히 받아들인 것은 물론, 송강도 크게 기뻐하여 일동에게 감사하다 절하고, 주귀와 송만을 먼저 산채로 보내어 연락을 취하기로 하고, 여러 호걸들은 그 뒤를 따라서 5대(隊)로 나누어서 출발하기로 했다.

제1대―조개·송강·화영·대종·이규.
제2대―유당·두천·석용·설영·후건.
제3대―이준·이립·여방·곽성·동위·동맹.
제4대―황신·장순·장횡·원씨 삼형제.
제5대―연순·왕왜호·목홍·목춘·정천수·백승.

이렇게 5대가 차례차례 떠나간 다음 맨 나중에 떠나게 된 목홍은, 자기 집 안의 가장집물을 수습한 다음, 불을 질러서 집을 깨끗이 태워 버리고 논밭까지 버리고 양산박으로 향했다.

제1대로 출발한 송강 일행 오기가 사흘 만에야 황문산(黃門山)이란 곳에 도착했을 때, 송강이 말 위에 앉아서 조개에게 말했다.

"이 산은 형세가 괴악(怪惡)해 보입니다. 괴상한 놈들이 떼를 지어서 파묻혀 있지나 않을까요. 사람을 시켜서 뒤따르는 인마들을 빨리 도착하도록 해서 함께 넘어가도록 하십시다."

송강의 말이 채 끝나기도 전에 앞산 중턱으로부터 돌연

징소리·북소리가 울려나왔다. 화영은 즉각 활에 화살을 꽂고, 조개와 대종은 각각 박도를 잡고, 흑선풍 이규는 두 자루의 도끼를 휘두르며 송강을 보호하고 일제히 말을 달렸다. 비탈길 근처에서 4,5백 명의 산적들이 내달아 앞을 막았다. 앞장서 있는 네 명의 장정이 무기를 잔뜩 꼬나 들고 큰 소리로 호통을 쳤다.

"네 놈들은 강주를 소란케 하고, 무위군에서 무수한 인명을 살해한 뒤 약탈을 감행했고 이제 양산박으로 돌아가는 모양인데, 우리 네 사람은 여기서 기다리고 있은 지 오랬다! 눈치코치가 있는 놈들이라면, 송강을 내놓고 가거라! 그렇게 한다면 목숨만은 살려 주마!"

송강은 썩 나서서 땅에 꿇어앉았다.

"이 송강이 억울한 죄를 뒤집어쓰고 사지에 빠진 것을 여러 호걸들이 구출해 주신 것입니다. 제발 네 분의 영웅들께서는 인정을 베푸시어 목숨만은 살려 주시기 바랍니다!"

네 사람의 장정은 송강이 땅에 꿇어앉자, 다 같이 당황하여 말에서 내려 무기를 집어던지고 땅바닥에 꿇어 엎드렸다.

그들의 말을 들어 보면, 형제나 다름없는 이들 네 친구는 평소부터 산동의 급시우 송강을 몹시 숭배해서 꼭 한번 만나보고 싶던 중, 이번에 양산박 사람들이 사형장을 습격하고 무위군에서 황통판을 죽이고 약탈했다는 사실을 잘 알고, 이곳을 통과하지나 않나 해서 지키고 있었다는 것이었다.

두령격인 첫째 장정은 구붕(歐鵬). 조관(祖貫)이 황주

(黃州). 본래는 양자강의 수비를 맡아 보던 군인이었는데, 상관에게 미움을 받아 도주하여 산적이 되었으며, 마운금시(摩雲金翅)라는 별명을 듣는 호걸.

둘째 장정은 장경(蔣敬). 조관은 호남(湖南) 담주(潭州). 신산자(神算子)라는 별명을 듣는 사나이. 과거에 낙제하자 문(文)을 버리고 무(武)를 숭상하게 됐는데, 모략에 뛰어나고 독서산수(讀書算數)에 능하며, 계산에 있어서 일푼일리(一分一厘)가 틀리지 않는 귀신 같은 재간을 지녔고, 병법에 정통하고 창봉도 잘 썼다.

셋째 장정은 마린(馬麟). 조관은 금릉(金陵—남경) 건강(建康). 본래가 건달 망나니 출신으로 쌍철적(雙鐵笛)을 잘 불고, 큼직한 곤도(滾刀)를 잘 써서 백여 명쯤 대적해도 끄덕없는 호걸이어서 철적선(鐵笛仙)이라는 별명으로 불리는 사나이.

넷째 장정은 도종왕(陶宗旺). 조관이 광주(光州). 농부 출신으로 가래질을 잘하기로 유명하고, 힘이 세어서 창도도 잘 쓴다. 구미구(九尾龜)라는 별명을 듣는 사나이.

"무례하게도 호통을 친 저희들의 잘못을 용서해 주시고, 산채에 변변치 못하오나 주석을 마련했사오니 함께 올라가시어 쉬어서 가시면 영광인가 합니다."

네 장정이 이렇게 말하고 있을 때, 20리 거리를 두고 전진해 오던 제2대의 인마도 도착했다.

황문산 산채에서는 굉장한 주연이 베풀어졌으며, 그 자리에서 송강은 네 장정에게 권했다.

"이번에 함께 양산박으로 가서 일해 보시는 게 어떻겠소?"

네 장정은 기뻐하면서 쾌히 승낙했다. 다른 두령들도 여간 기뻐하지 않았다. 산채에서 하룻밤을 쉬고, 그 이튿날 송강 일행 제1대가 여전히 앞장을 서서 출발했고, 20리의 거리를 떨어져서 제2대가 떠났다.

네 장정은 제6대가 되어서 금은재백을 수습해 가지고 산채에 불을 지르고 일행의 뒤를 쫓았다.

일행은 주귀의 주점에 도착했다. 오용·공손승·임충·진명 네 두령과, 새로 가담한 소양(蕭讓)·김대견(金大堅) 두 두령은 먼저 돌아온 주귀와 송만으로부터 연락을 받고, 매일같이 부하를 주점에 내보내어 영접할 배를 대기시켜 놓고 있었다. 일행이 도착하자, 1대씩 차례차례 금사탄을 건너게 하여 상륙시키고, 풍악을 울리며 호걸들을 산채로 맞아들였다.

관문 밑에 이르자, 군사 오학구 등 여섯 사람이 접풍주(接風酒—환영주)를 마련하고 있었으며, 호걸들이 취의청에 집결하자 향기 높은 향불을 한 화로 그득하게 피웠다.

조개는 송강을 산채의 주인으로 모시려고 첫째 좌석을 그에게 권했다. 그러나 송강은 그것을 받아들이지 않았다.

"형님, 그것은 잘못입니다. 이 송강의 목숨은 여러분들이 생사를 헤아리지 않고 건져 주신 것입니다. 형님은 처음부터 이 산채의 주인이셨으니 어찌 아우의 몸으로 그 자리를 맡을 수 있겠습니까. 강제로라도 권하신다면 이 아우는 죽음을 택하고 말겠습니다!"

"왜 그런 말씀을 하시오? 그 옛날에 아우님이 위험을 무릅쓰고 우리 일곱 사람을 무사히 산으로 도주하게 해주시지 않았다면 오늘날 이렇게 성대한 모임을 가질 수는 없었을 것이오. 아우님은 우리 산채의 은인이시오. 이 자리에 앉아 주지 않으신다면 누가 앉겠소?"

"나이로 따져도 형님은 나보다 열 살이나 위십니다. 내가 그 자리에 앉는다면 너무나 뻔뻔스런 일입니다!"

송강은 재삼 사양하고 역시 조개를 맨 첫자리에 앉게 했다. 그리고 송강이 둘째, 셋째 자리에 오학구, 넷째 자리에 공손승이 앉았다. 송강이 말하였다.

"우리는 공로(功勞)의 대소를 따질 것 없이, 본래부터 양산박에 계시던 두령들은 왼편 주인 자리에, 새로 가담한 두령들은 오른편 자리에 자리잡고 다음날에 다시 공로를 따져서 자리를 작정하도록 하십시다."

여러 호걸들이 입을 모았다.

"형님의 말씀이 지당하오!"

이리하여 왼편 자석에는 임충·유당·원소이·원소오·원소칠·두천·송만·주귀·백승, 오른편 좌석에는(나이를 따져서 서로 사양하며) 화영·진명·황신·대종·이규·이준·목홍·장횡·장순·연순·여방·곽성·소양·왕왜호·설영·김대견·목춘·이립·구붕·장경·동위·동맹·마린·석용·후건·정천수·도종왕 등 도합 40명의 두령들이 자리를 잡고 앉았다. 풍악을 울리며 경사스러운 잔치자리를 베풀었다.

이 자리에서 송강은 강주의 채구지부가 요언을 날조해 낸 사실과 경위를 여러 호걸에게 설명하고, 모든 사건의 원인은 황문병의 간계에서 빚어졌음을 얘기하는 한편 여러 호걸들이 자기의 생명을 건져 준 데 재삼 감사했다.

이때, 흑선풍 이규가 불쑥 일어서며 말하였다.

"잘 됐소! 이것은 우리 형님이 하느님 말씀에 응하셨을 뿐이오! 다소 고생은 하셨다지만 황문병이란 놈을 통쾌하게 찢어 죽였고 이렇게 많은 군마가 생겼으니 반란을 일으킨들 뭣이 겁나겠소! 조개 형님은 송나라의 대황제(大皇帝)가 되시고, 송강 형님은 소황제(小皇帝)가 되시고, 오선생은 승상(丞相)이 되시고, 공손도사(公孫道士)는 국사(國師)가 되시고, 우리는 모두 장군이 되어서 동경으로 쳐들어가 천자의 자리를 빼앗아 버리고 한번 멋들어지게 살아 봅시다! 이런 양산박 같은 물구덩이〔水泊〕에서 사느니보다 좋지 않겠소!"

대종이 대뜸 호통을 쳤다.

"여보게 철우(鐵牛)! 자네 그게 무슨 버르장머리없는 소린가! 오늘날 자네는 여기 와 있는 이상, 강주에서 하던 버릇을 부려서는 안 되네! 무슨 일에나 두 분 두령 형님들의 말씀과 명령에 복종해야지, 함부로 쓸데없는 소리를 하고 주둥이를 놀려서는 안 된단 말일세! 두 번 다시 그 따위 못생긴 소리를 한다면 당장 자네 모가지를 베게 해서 다른 사람들도 그런 일이 없도록 보여 주기로 하겠네!"

"이크! 내 모가지를 당장에 뎅겅 베어 버린다면, 언제 또다시 새 모가지가 자라나겠소! 나는 술이나 마시구 있을 테니 내버려 두시오!"

여러 호걸들은 호탕한 웃음을 터뜨렸다.

송강은 또 예전에 관군을 무찌르던 이야기를 꺼냈다.

"그때, 나는 관군이 쳐들어온다는 말을 듣고 대경실색했더니, 이번에는 정말 그런 일이 내 몸에 닥쳐올 줄은 꿈에도 생각지 못했소!"

오용이 말했다.

"형님이 애당초 제 말을 들으시고 산속에서 편히 지내시고 강주로 가시지만 않았다면, 이런 시끄러운 사건은 생기지 않았을 겁니다. 모두가 형님의 운수였던 모양이죠!"

"그런데, 그 황안이란 자는 지금 어디서 뭘 하고 있소?"

조개가 대답했다.

"놈은 2,3개월도 못 가서 병이 들어 세상을 떠났소!"

이 말을 듣자, 송강은 탄식하여 마지않았다. 그날은 여러 호걸들이 다 같이 술을 마시고 즐겁게 지냈다. 조개는 우선 목태공의 가족에게 거처할 곳을 마련해 주고, 또 황문병의 가장집물을 풀어서 공로가 많은 부하들에게 나누어 주었다.

그리고 전에 가져왔던 신롱을 대원장에게 돌려주려 했으나 대종은 막무가내 받으려 들지 않고, 창고에 보관해 두었다가 공동으로 사용하자고 했다.

조개는 또 부하들을 전부 불러서 새로 가담한 이준 이외 여러 두령들과 인사를 시켰다. 모든 일이 자리잡히자 산채에서는 연일 소와 말을 잡아서 성대한 주연을 베풀었다.

사흘째 되던 날, 송강은 주연의 석상에서 이렇게 말했다.

"나는 며칠 동안 틈을 얻어서 산 아래로 내려갔다 와야겠습니다."

"어디를 가시겠다는 거요? 무슨 중대한 일이라도 있으시오?"

　조개가 물으니, 송강은 그제야 조용조용 자기가 가야
할 곳을 말했다.
　과연 송강은 어디를 가려고 하는 것일까?

42 나에게도 어머니는 있다

還 道 村 受 三 卷 天 書
宋 公 明 遇 九 天 玄 女

"나는 노부(老父)님이 집에서 어떻게 지내시는지 궁금해서 견딜 수가 없소. 강주에서 경사(京師)로 신주(申奏)가 올라가는 날에는 필연코 제주(濟州)로 이관되어, 운성현에서 가족을 잡아들여 정범(正犯)을 잡을 때까지 괴롭게 굴 것이니, 노부님의 생사를 보증키 어려울 것이오. 이 송강은 집으로 내려가서 가족을 데려오고 노부님을 산 위로 모셔다가 걱정거리를 없애고 싶소. 여러 아우님들이 승낙해 주실지?"

조개는 2,3일 더 있다가 산채가 완전히 자리잡힌 다음에 여러 호걸들과 동행하자고 했으나, 송강은 막무가내 고집을 부렸다.

"2,3일 더 있어도 좋겠지만, 가족이 체포될까 걱정스러워서 그렇게 할 수 없소. 또 여럿이서 가게 되면 도리어 마을 사람들이 눈치채게 될 것이니, 나 혼자서 살짝 다녀오겠소!"

송강은 노부님을 위해서는 생명을 잃어도 어쩔 수 없는 일이라고 고집을 부리며 기어이 산을 내려갔고, 여러 호걸들은 금사탄까지 전송해 주고 산채로 돌아왔다.

송강은 주귀의 주점을 지나 곧장 운성현으로 들어가,

그 이튿날에는 걸음을 빨리하여 송가촌(宋家村) 근처까지 갔지만 아직도 시각이 일러 숲속에 숨어 있다가, 날이 저물기를 기다려서 자기 집 대문을 두드렸다.

대문을 열고 나온 아우 송청(宋淸)이 형을 보자, 대경실색하며 물었다.

"형님, 어떻게 돌아오셨소?"

"아버님과 너를 데려가려고 왔다!"

"형님이 강주에서 저지른 사건은 지금 이 고장에도 다 알려졌소. 본 현에서는 조도두 형제를 보내어서 허구한 날 우리 부자를 잡아가려고 야단이니, 옴쭉달싹도 못하고 감시를 당하는 몸이 되었소. 강주에서 문서(文書)가 도착하기만 하면 우리 부자는 체포되어서 형님이 잡힐 때까지 감옥에 처박혀 있어야 할 판이오. 낮이나 밤이나 1,2백 명의 토병들이 우리 집 주변을 순시하고 있으니, 어물어물하지 말고 빨리 양산박으로 돌아가셔서 두령들과 함께 우리 부자를 구출해 주실 방법을 강구해 주시오!"

송강은 그 말을 듣자, 어찌나 당황했던지 전신에서 식은 땀이 비오듯, 대문 안으로 들어서지도 못하고 돌아서서 양산박을 향하여 뺑소니를 쳤다.

그날 밤은 으스름 달밤이어서 길이 잘 보이지 않았다. 송강은 인적이 드문 좁은 길을 골라서 걸어갔다. 한 시간쯤 걸었을 때, 난데없이 등덜미에서 고함소리가 들렸다.

돌아서서 귀를 기울이니 1,2리쯤 떨어진 곳에서 횃불이 시뻘겋게 뻗쳐 오르며,

"송강! 게 있거라!"

하는 고함소리가 들려왔다. 송강은 도망을 치면서 혼자 마

음속으로 중얼거렸다.

"조개의 말을 들었으면 좋았을 것을…. 역시 이런 봉변을 당하게 됐구나! 하느님! 이 송강을 한 번만 살려 주십시오!"

저편으로 몸을 숨길 만한 곳이 보였다. 그곳을 향해서 줄달음질을 쳤다.

얼마 안 되어서 하늘의 엷은 구름이 걷히고 밝은 달이 솟아올랐다. 송강은 비로소 신변을 살펴보고,

"이크! 큰일났구나!"
하면서 당황해서 어쩔 줄 몰랐다.

좀더 자세히 살펴보니 그곳은 바로 환도촌(還道村)이란 곳인데, 사방이 고산준령(高山峻嶺)으로 둘러싸여 있고, 산기슭에는 한 줄기 강물이 흘러가고 있으며, 단지 한 갈래의 길밖에 없는 곳이었다. 이 마을에 발을 들여놓으면 그것이 마지막, 이 한 갈림길밖에 또 다른 길이 없었다.

송강은 바로 그 길 어귀에 서 있었다. 되돌아설 수도 없었다. 쫓아오는 놈들이 퇴로를 막아 버린 것이다.

횃불이 시뻘겋게 뻗쳐 올라서 주변은 낮같이 밝았다. 송강은 하는 수 없이 환도촌으로 달려들어 여기저기 몸을 숨길 만한 곳을 찾았다. 깊숙한 숲속으로 뛰어 들어갔더니 한 군데 낡은 묘가 눈에 띄었다.

송강은 묘문을 열고 쑥 들어서서 몸을 숨길 곳을 찾았다. 전전(前殿) 후전(後殿)을 모조리 돌아봤지만 몸을 감출 곳이 없어서 마음은 더 한층 초조하고 당황했다.

밖에서 사람의 음성이 들려왔다.

"이 묘 속으로 숨어 버린 모양이군!"

송강은 그것이 도두 조능(趙能)의 목소리라는 것을 알았다. 어떻게 몸을 숨겨야 좋을지 몰라 허둥거리다가 얼핏 보니 전상(殿上)에 신주(神廚)가 하나 있었다. 얼른 휘장을 걷어치고 그 속으로 몸을 틀어박고 단봉을 잔뜩 움켜쥐고 있었다.

조능과 조득(趙得)은 4,50명의 부하를 거느리고 횃불로 여기저기를 비추며 제단 근처까지 달려들었다. 그러나 아슬아슬하게 그대로 지나쳐 가고 신주 속은 들여다보지 않았다.

그런데 별안간 조득이 횃불로 신주 속을 비추어 봤다. 놈은 박도 끝으로 휘장을 걷어올리고 위아래로 횃불을 비추어서 골고루 살펴봤다. 그런데 이상한 일이었다. 별안간 연기가 뭉게뭉게 피어 오르더니 시커먼 먼지가 위에서 떨어져 조득의 눈 속으로 들어갔다. 조득은 눈을 뜨지 못하고 횃불을 집어던져 발로 문질러 끄면서 토병들에게 소리를 질렀다.

"이 속에는 없다. 다른 데로 달아날 길도 없는데 도대체 어디로 꺼져 버렸단 말이냐? 귀신이 곡할 노릇이다."

이때 여러 토병들은 송강이 제아무리 날쌔다 해도 한 갈래 길밖에 없으니 돌아가서 환도촌의 어귀나 잘 방비하고 있으면 꼭 붙잡을 수 있을 것이라고 주장했다. 조득도 그들의 말이 옳다 생각하고 제단에서 나가 버렸다.

"아! 인제는 살았구나! 이야말로 천우신조하신 것이다!"

송강이 이런 말을 속으로 중얼거리기가 무섭게, 몇 명의 토병이 묘문 앞에서 소리를 질렀다.

"도두님! 반드시 이 속에 들어 있을 것입니다!"

그들은 되돌아왔고, 조능이 손을 뻗쳐 휘장을 걷어올리자 6,7명의 토병이 고개를 신주 속으로 쑥 디밀고 들여다봤다. 돌연, 신주 속에서 일진(一陣)의 괴상한 바람이 휘몰아쳐 나오더니 횃불을 모조리 꺼버렸다. 묘 안은 캄캄해져서 지척을 분간키 어려웠다.

"이상한 일인데! 어디서 이런 괴상한 바람이 나올까? 아마 신명(神明)께서 이 속에 계시다가 우리들이 함부로 횃불을 비치니까, 바람을 일으키셔서 혼을 내려고 하시는지도 모르지! 하여간 얼른 돌아가서 마을 어귀나 잘 방비하고 있자!"

조능은 이렇게 말했지만 조득은 신주 속을 한 번 창으로 쑤셔 보자고 했다. 두 놈이 신주 앞으로 대들려고 하는 바로 그 찰나에, 별안간 신주 뒤에서 일진의 괴상한 바람이 일더니 모래와 돌을 휘몰아쳐다가 뿌리면서 묘를 뒤집어엎을 것같이 시커먼 구름이 사방에 떠돌고, 소름 끼치는 찬 기운이 사방을 휩쓸었다.

"야! 빨리 나가자! 신명님께서 화가 나셨다."

자빠지고 고꾸라지며 앞을 다투어 묘문 밖으로 뛰쳐나왔을 때, 묘 안에서 누군지,

"살려 주십시오!"

하고 악을 쓰는 소리가 들렸다.

조능이 돌아서서 쫓아가 보니 2,3명의 토병이 섬뜰에 쓰러진 채 옷자락이 나무뿌리에 걸려 가지고 쩔쩔 매고 있었다. 옷자락을 잡아당겨서 묘 밖으로 데리고 나왔다.

송강은 신주 속에서 놈들이 살려 달라고 고함을 지르는

소리를 듣고 코웃음을 쳤다.

묘 밖에 있던 토병들의 말이 들렸다.

"여기 계신 신명께서는 영험이 무섭단 말야! 자네들이 안에서 너무 시끄럽게 구니까 신명의 부하들이 화가 나서 야단을 치는 걸세! 우리는 마을 어귀나 방비하면서 지키는 게 좋을 거야! 놈이 날아서 어디로 달아나지는 못할 테니까!"

조능, 조득도 맞장구를 쳤다.

"옳은 말일세! 사방에서 마을 어귀나 지키도록 하세!"

일행은 마을 어귀를 향해 달려가고 말았다.

송강은 신주 속에서 곰곰 생각하고 있었다.

놈들에게 붙잡히지 않고 무사히 숨어 있기는 했지만, 이제부터 어떻게 이 마을을 빠져나갈지 암담한 일이었다.

이때, 뒤편 낭하(廊下)로부터 누군지 나오는 소리가 들렸다.

"또 큰일났구나! 진작 뛰쳐나갈 것을!"

송강이 이렇게 겁을 먹고 있을 때, 청의동자(靑衣童子) 두 명이 신주 가까이로 걸어오더니 이렇게 말하였다.

"소동(小童)들은 여신(女神)의 법지(法旨)를 받들고 성주(星主;송강—백팔성군(百八星群)의 주인)님께 여쭐 말씀이 있어서 왔습니다."

송강이 어찌 감히 대답을 할 수 있으랴. 밖에서 동자들이 또 아뢰었다.

"여신께서 모셔 오라고 하십니다. 성주님께서는 함께 가시기 바랍니다!"

송강은 마치 앵성연어(鶯聲燕語)를 듣는 듯, 남자의 소

리 같지 않아 신의(神椅) 밑으로 기어나와서 자세히 살펴
보았다. 바로 청의동녀(靑衣童女) 둘이서 계단 옆에 서 있
었다. 송강이 깜짝 놀라 자세히 살펴보니 그것은 바로 흙
으로 빚은 신상(神像)이었다. 그런데도 밖에서는 또 들리
는 소리가 있었다.

“송성주(宋星主)님! 여신께서 모셔 오라고 하십니다!”

송강이 그제야 휘장을 양편으로 젖히고 기어나와서 살
펴보니, 머리를 둘둘 감아 올린 청의동녀 둘이 똑같이 몸
을 굽혀 절을 하고 있었다.

송강은 배짱을 든든히 먹고 물었다.

“두 분 동녀께서는 어디서 오셨습니까?”

“여신의 법지를 받들고 성주님을 궁으로 모셔 가려고 왔
습니다.”

“무엇인가 잘못 알고 오신 것이 아닙니까?”

“천만에, 그렇지 않습니다. 저희들을 따라 가보시면 아
실 것입니다.”

“여신께서는 어디 계십니까?”

“바로 뒤에 있는 궁전에 계십니다.”

동녀들이 앞장을 서고 송강은 뒤를 따라 후전(後殿)을
옆으로 돌아 들어서니 거기에는 장각문(牆角門)이 있었
다. 그 장각문 안으로 들어서자 별빛과 달빛이 하늘에 가
득하고, 향기로운 바람이 불어 오며, 사면이 모두 무성한
숲이요 대나무밭이었다.

송강은 동녀를 따라서 1리쯤 걸어갔다. 잔잔히 흐르는
시냇물 소리가 들리는데 앞을 바라다보니 청석교(靑石橋)
와 주난간(朱欄杆), 시냇가에는 기화이초(奇花異草)가 심

어져 있고 창송무죽(蒼松茂竹)이 빽빽했다. 다리를 건너
서니 이번에는 큼직한 붉은 창살문이 있었고 그 안으로
궁전이 우뚝 솟아 있었다.

송강은 궁전으로 들어섰다. 몸이 부들부들 떨렸다. 모골
이 송연할 지경이었다.

동녀는 휘장 앞으로 송강을 안내하고 갔다. 송강은 그
앞에 꿇어 엎드렸다.

"신은 하탁서민(下濁庶民)으로서 성상(聖上)을 알아뵐
수 없사오니 굽어살피시어 불쌍히 여겨 주옵서기 복망(伏
望)하나이다!"

대기하고 있던 청의동녀 네 사람이, 머리도 들지 못하
는 송강을 부축하여 비단 안석에 앉혔다.

전상(殿上)에서 낭랑한 소리가 들렸다.

"주렴을 걷어올려라!"

동녀 몇이서 붉은빛 주렴을 둘둘 말아올려 금빛 고리에
끼어 달았다. 여신이 말했다.

"성주! 그 동안 무고하셨소?"

송강은 일어서서 재배하며 말하였다.

"신은 서민이로소이다. 감히 성용(聖容)을 뵐 수 없사옵
니다!"

"성주, 이미 여기까지 온 이상 그런 예의를 차릴 것은
없소!"

송강은 그제야 머리를 쳐들고 금벽(金碧)이 교휘(交輝)
하는 전상을 바라보았다. 용등봉촉(龍燈鳳燭)이 밝혀진
양편으로는 청의동녀들이 홀규(笏圭)를 받들고, 깃발과
부채를 들고 시립해 있었다.

그리고 정면으로 칠보구룡(七寶九龍)의 용상 위에 여신이 앉아 있었는데, 몸에는 금루강초(金縷絳綃)의 옷을 입고 손에는 백옥규장(白玉圭璋)을 들고 있는 모습이, 실로 천연묘목(天然妙目), 정대선용(正大仙容)이었다.

여신이 말하였다.

"성주! 이리 가까이 오시오!"

그리고 동자에게 분부하여 술을 가져오라 했다. 좌우 양편에 시립하고 있던 청의동녀가 연화보병(蓮花寶瓶)에다 술을 담아 가지고 와서 잔에 따랐다.

송강은 일어서서 사양치 않고 그 술잔을 받아 가지고 다시 여신 편으로 돌아서서 무릎을 꿇고 앉아 마셨다.

또 다른 동녀 하나가 쟁반에 대추를 받쳐 들고 나와서 송강에게 권했다. 송강은 전전긍긍, 간신히 손을 뻗어 한 개를 집어 입에 넣었다. 동녀들은 또 술과 대추를 권했다.

송강은 술 석 잔을 마시고 대추 세 개를 먹고 나서, 거나한 기분에 너무 실례가 되지 않을까 해서 재배하면서 말했다.

"신은 주량이 얼마 되지 않사와 그만 사양하겠나이다!"

"성주께서 술을 더 마시지 못하겠다 하니 그만두고, 천서(天書)를 가져다가 드리도록 해라!"

천의동녀가 병풍 뒤로 들어가더니 누런 비단 보자기에 싼 천서 3권을 푸른 쟁반에 받쳐 들고 나와서 송강에게 주었다.

그것은 길이 다섯 치, 폭이 세 치, 두께가 세 치쯤 되는 것인데, 감히 펼쳐 볼 생각도 못하고, 재배하며 받아서 소맷자락 속에 넣었다. 여신이 말하였다.

"송성주! 그대에게 천서(天書) 세 권을 물려줄 것이니 하늘을 대신하여 도(道)를 행하고 많은 사람의 주인이 되어 충의를 다하시오. 신(臣)이 되어서 보국안민하고 사(邪)를 없애고 정(正)에 돌아갈 것이며, 이런 일을 세상에 누설치 말고 명심해 두시오. 옥제께서는 성주가 마심(魔心)이 아직도 끊어지지 않았고 도를 완전히 행하지 못했기 때문에 잠시 벌을 내리시어 하계(下界)에 있도록 하시는 것이며, 멀지 않아 다시 자부(紫府—천궁)에 올라오도록 하실 것이니 추호라도 게을리해서는 안 되오. 만약에 일후에 죄를 저질러서 저세상[酆都—명부]에 떨어져 버리게 된다면 나 역시 그대를 구출할 도리가 없소. 이 세 권의 천서를 선관숙시(善觀熟視)할 것이로되, 단지 천기성(天機星—지다성 오용)하고만 함께 볼 것이요, 다른 사람은 누구하고나 같이 봐서는 안 되오. 성공한 뒤에는 곧 불에 태워 버리고 세상에 남겨 두지 마시오. 부탁한 말을 잘 명심해 두고, 지금은 하늘과 땅에 서로 멀리 떨어져 있으니 오래 머무르지 말고 속히 돌아가시오!"

여신은 동자에게 명령하여 송강을 전송해서 돌려보내라하고 마지막 인사를 했다.

"다른 날에 하늘나라 경루금궐(瓊樓金闕)에서 다시 만나게 될 줄 아오!"

송강은 여신에게 감사하다 절하고 청의동녀를 따라서 전정(殿庭)으로 내려섰다. 창살문을 지나서 돌다리 근처까지 오자 청의동녀가 말하였다.

"성주님을 놀라시게 했지만, 여신님의 호우(護祐)가 아니었다면 벌써 붙잡히셨을 것입니다. 날이 밝게 되면 저절로 이런 재난에서 이탈하실 수 있겠지요. 성주님, 저것 좀 보세요! 돌다리 아래서 용(龍)이 두 마리 놀고 있습니다!"

송강이 난간에 의지하여 내려다보니 과연 두 마리의 용이 물속에서 놀고 있었다. 이때 두 청의동녀가 송강을 아래로 떠밀어 버렸다.

"아앗!"

송강이 큰 소리를 질렀을 때에는 여전히 신주 안에서 몸부림치고 있었다. 눈을 떠보니 허무맹랑한 꿈이었다.

송강이 엉금엉금 기어 일어나서 살펴보니 달 그림자는 정오(正午)를 가리키고 밤은 삼경쯤 되는 것 같았다.

소맷자락 속을 더듬어 보았다. 손에 집히는 것은 대추 씨 세 개와 수건에 싼 천서(天書)였다. 꺼내서 살펴봤더니 그것은 틀림없는 천서였고, 입에서는 술냄새도 났다.

정말 괴상한 꿈이었다.

휘장을 걷어치고 밖을 살펴봤다.

구룡의자에 한 분의 묘면(妙面) 여신이 조금 전과 똑같이 앉아 있었다. 송강은 신주 속에서 손으로 더듬더듬 단봉을 집어들고 옷에 묻은 먼지를 털면서 전을 내려와 묘 밖으로 나섰다.

위를 쳐다봤다.

다 낡은 액자에 '현천지묘(玄天之廟)'라는 넉 자가 금자(金字)로 씌어 있었다. 송강은 두 손으로 이마를 짚고 감사하다는 절을 했다.

한참 있다가 마을 어귀를 향하여 살살 걸어나가 봤다.

묘에서 얼마 가기도 전에, 앞으로 멀찌감치 떨어진 곳에서 하늘을 무찌를 듯한 고함소리가 들려왔다.

"이크! 또 큰일났구나! 나가지 말자!"

송강은 나무 그늘에 몸을 숨겼다. 그랬더니 몇 명의 토병들이 떼를 지어서 헐레벌떡거리며 칼과 창을 지팡이삼아서 몰려들었다. 이구동성으로 떠들어댔다.

"신명께선 목숨만 살려 주십시오!"

도두 조능도 달려오면서 소리를 질렀다.

"인제는 모두 꼼짝 못하고 죽게 되었다!"

"이상하다! 저놈이 왜 저렇게 당황해할까?"

송강이 숨을 죽이고 나무그늘에 숨어서 바라보니, 우락부락하게 생긴 장정 하나가 괴물처럼 웃통을 벗어젖힌 채 손에는 두 자루의 판부를 잔뜩 움켜잡고 조능을 쫓아오며 소리를 질렀다.

"이놈! 꼼짝 말고 게 있거라!"

그것은 바로 흑선풍 이규였다.

조능은 묘 앞으로 도망쳐 왔으나 소나무 뿌리를 잘못 밟고 땅 위에 나뒹굴어 버렸다. 이규는 선뜻 대들어서 한 발로 조능의 잔등을 밟고 서서 도끼를 높이 쳐들어 단번에 찍어 버리려고 했다. 이때 또 다른 장정 두 사람이 달려들었다. 구붕(歐鵬)과 도종왕(陶宗旺)이었다.

이규는 두 장정이 달려드는 것을 보자, 그들이 공로를 서로 다투다가 사이라도 좋지 않아질 것을 걱정했음인지, 높이 쳐들었던 도끼로 조능을 내리찍어서 두 토막을 내 버리고, 여러 토병들을 모조리 쫓아 버렸다.

뒤쫓아서 세 사람의 장정이 또 달려들었다. 앞장을 선

것은 적발귀 유당, 둘째가 석장군 석용, 셋째가 최명판관 이립이었다.

송강은 이때까지도 나무그늘에 숨어 있었지만, 결국 이들 여러 두령에게 발각되지 않을 수 없었다.

알고 보면, 송강이 혼자서 길을 떠난 뒤에 조개는 도무지 안심할 수 없어서 여러 두령들을 거느리고 뒤를 쫓았던 것이다. 조능·조득 두 도두가 송강을 추격한다는 사실을 알게 되자, 더욱 초조해서 놈들의 뒤를 밟아 온 것이었다.

그들은 송강 앞에 우르르 몰려들었다.

조개를 위시하여 화영·진명·황신·설영·장경·마린·이준·목홍·목춘·장횡·장순·후건·소양·김대견 등등이었다.

조개가 대뜸 말하였다.

"아우님은 내 말을 듣지 않으시고 혼자서 하산하시더니 하마터면 큰일날 뻔했소! 그러나 아우님! 기뻐하시오! 춘부장과 계씨, 그리고 다른 가족들도 이미 내가 대종을 시켜서 두천·송만·왕왜호·정천수·동위·동맹과 함께 산채로 모셔가도록 지시했으니 지금쯤은 도착하셨을 것이오."

송강은 기뻐서 어쩔 줄 모르며 조개 앞에 꿇어앉아서 감사하다고 절을 했다.

조개와 송강은 서로 기뻐하면서 여러 두령들과 말을 타고 환도촌을 뒤로 했다. 송강은 말 위에서 손으로 이마를 짚고 천지신명께 감사하며, 일후에 기어이 심원(心願)을 성취할 것을 맹세했다.

양산박에서는 부자·형제가 상봉하는 감격적인 장면이 벌어졌다.

영문도 모르고 납치되어 온 송강의 부친이 감격에 넘쳐서 아들에게 말하였다.

"가장 미운 놈은 조능·조득 형제들이다. 허구한 날 부하를 보내어 우리 부자를 엄중히 감시했고, 강주에서 문서만 도착하면 즉각에 우리 부자를 체포해서 넘겨주려고 하던 판이었다. 네가 대문을 두드렸을 적에도 앞 사랑방에는 8,9명의 토병들이 감시하고 있었다. 놈들이 얼마 안 있다가 어디론지 사라져 버렸기에 이상하다고 생각했더니, 밤이 삼경쯤 되어서 이번에는 2백 명이나 더 되는 장정들이 대문을 밀쳐 버리고 덤벼들더니, 나를 교자에 태우고 너의 아우 사랑(송청)더러 가장집물을 수습하라고 명령하고 집에다 불을 지른 채 다짜고짜로 곧장 나를 여기까지 납치해 온 것이다!"

송강은,

"이렇게 우리 부자가 상봉하게 된 것도 여러 친구·형제들의 덕택입니다!"

하면서 아우 송청을 불러서 여러 두령들에게 인사를 시켰다. 조개 이하 여러 두령들도 송태공에게 인사를 드리고 소와 말을 잡아서 축하의 잔치를 베풀었다.

사흘째 되던 날, 조개는 측근의 몇몇 두령을 모아 놓고 오붓하게 술상을 따로 차리고 송강 부자 상봉을 축하했는데, 이 자리에서 공손승이 무슨 충격을 받았음인지 계주(薊州)에 남겨 두고 온 노모를 생각하고, 술자리에서 벌떡 일어서면서 말했다.

"여러 호걸들께서 빈도(貧道)를 오랫동안 골육형제나 다름없이 대해 주신 은혜는 실로 태산 같습니다만 단지 한 가지 마음에 걸리는 것은, 조두령을 모시고 산채에서 즐거운 나날을 보내면서도 고향에 계신 노모님을 한 번도 찾아뵙지 못했다는 사실입니다. 여러 두령들께서 4,5개월 동안만 틈을 주신다면 고향에 돌아가서 노모님을 한 번 만나뵙고 자식된 도리를 다해 볼까 합니다!"

조개가 말하였다.

"평소부터 선생의 말씀을 듣고 영당(令堂―자당)께서 북쪽에 혼자 계시며 받들어 드릴 사람도 없으시다는 것을 잘 알고 있었는데, 이제 그렇게 말씀을 하시면 거절할 도리가 없습니다. 서로 작별하는 것이 서운하기는 하지만, 내일 전송해 드리도록 하겠습니다."

공손승은 감사하다 절을 하고, 그날은 여러 두령들과 함께 통쾌히 술을 마셨다. 그 이튿날 아침 관하에서는 다시 공손승의 송별연을 베풀게 되었다. 공손승은 마침내 예전과 같이 운유도인(雲遊道人)의 몸차림을 하고 등에는 자웅 한 쌍의 보검을 둘러메고 산을 내려갔다. 두령들은 그를 관하 연석에 맞이하여 한 사람마다 송별의 술잔을 함께 들어주었다. 술잔이 돌아가고 있을 때, 조개가 말하였다.

"일청 선생! 이번에 떠나신다는 길을 만류할 도리는 없으나, 약속만은 꼭 지켜 주셔야겠습니다. 본래는 가시지 못하게 할 것이로되 노존당(老尊堂)께서 계시다 하니 감히 막을 길이 없습니다. 백 일을 넘지 마시고 꼭 산채로 돌아오시기 바랍니다."

"오랫동안 여러 두령님들의 신세를 졌는데 어찌 약속을 지키지 않겠습니까. 고향에 돌아가서 진인(眞人)을 찾아뵙고 노모님을 안심시켜 드린 후 곧 산채로 돌아오겠습니다."

송강이 말하였다.

"선생께서는 이곳에서 사람을 몇 명 데리고 동행하셔서 노존당을 산채로 모셔 올리시도록 하면 어떻겠습니까?"

"노모님께서는 평생에 깨끗하고 조용한 곳을 사랑하셔서 시끄럽고 떠들썩한 곳으로는 모셔 올 수가 없습니다. 또 집안에는 전산산장(田産山莊)이 있어서 노모님 혼자서도 꾸려 나가실 수 있으므로, 빈도는 다시 한 번 찾아뵙고 성친(省親)의 예를 갖춘 다음 곧 돌아올까 할 뿐입니다."

"그러시다면 생각대로 하시는 수밖에 없습니다. 제발 빨리 돌아와 주시기만 바랍니다."

조개는 금붙이, 은붙이를 한 쟁반 가져다가 공손승에게 주었다. 공손승은,

"그렇게 많이 필요 없습니다. 노자돈이나 있으면 됩니다."

하면서 사양했다. 조개는 할 수 없이 절반이라도 받아 넣도록 했다.

공손승은 그것을 받아서 전대에 넣어 배에 차고 정중히 절을 한 다음, 여러 호걸들과 작별의 인사를 하고 금사탄을 건너서 자기 고향인 계주로 향했다.

두령들이 주연을 수습해 가지고 산채로 올라가려고 했을 때, 돌연 흑선풍 이규가 관하에서 큰 소리로 엉엉 울었다.

송강이 당황하여 대뜸 물었다.

"이 사람아! 왜 우는 건가? 무슨 걱정스러운 일이라도 있다는 건가?"

흑선풍 이규는 흐느끼면서 냅다 소리를 질렀다.

"이런 빌어먹을! 이 사람도 아버지를 만나보러 가고, 저 사람도 어머니를 만나보러 가는데 이 철우만, 그래 토굴 속에서 솟아나온 놈이란 말이오?"

조개가 물었다.

"그래서 자네는 지금, 어쩌겠다는 건가?"

"나도 단지 한 분 어머니가 고향에서 기다리고 계시며, 한 분 형님은 타향으로 머슴살이를 나갔으니, 한 번 돌아가서 어머님을 만나뵙고 싶소!"

"그렇다면 몇 친구와 동행하여 어머님을 산채로 모셔 오도록 하면 좋을 게 아닌가?"

그 말을 듣자 송강이 선뜻 가로막았다.

"그건 안 됩니다. 이 아우는 성미가 너무 급해서 고향에 돌아가면 반드시 실수를 저지를 겁니다. 누구를 딸려 보내도 역시 좋지 않습니다. 불같은 성미에 반드시 노상에서 사건을 일으키고야 말 것이고, 또 강주에서 무수한 사람을 죽었으니, 누가 흑선풍을 모르겠습니까? 여태까지 문서가 그곳으로 돌아가지 않았을 리 없으니 반드시 본적지를 뒤져서 체포하려 들 것이고, 또 생김생김이 괴상망측하니 멀고 먼 길에 무사하기 어렵습니다. 좀더 기회를 보아 조용해진 다음에 가게 해도 늦지 않을 겁니다!"

이규는 초조한 나머지 소리를 꽥 질렀다.

"형님도 마음씨가 공평한 사람이 못 되오. 그래, 형님은 아버님을 모셔다가 산에서 즐겁게 지내시고, 내 어머니는 시골서 고생만 하고 계시란 법이 어디 있소?”

　“이 사람아, 초조하게 굴 것은 없네! 자네가 꼭 어머니를 모시러 가겠다면 내가 하라는 대로 세 가지 조건만 듣는다면 곧 가도록 해줌세!”

　송강은 손가락을 뻗치면서 세 가지 조건을 이규에게 말했다.

43 가짜와 진짜가 만나서

假 李 逵 翦 俓 劫 單 身
黑 旋 風 沂 嶺 殺 四 虎

송강이 흑선풍 이규에게 제시한 세 가지 조건은 이러했다.

첫째, 일을 치르고 돌아올 때까지 술을 한 방울도 입에 대지 말 것.

둘째, 성미가 괴상해서 동행할 사람은 없으니, 혼자서 남몰래 가 모친을 모시고 올 것.

셋째, 두 자루의 판부는 이곳에 두고 갈 것.

이규는 이 세 가지 조건을 쾌히 승낙하고 요도(腰刀) 한 자루를 허리에 차고 박도를 들더니, 술을 서너 잔 단숨에 죽 들이켜고는 여러 호걸들과 통쾌하게 작별의 인사를 했다. 그러고는 산을 내려가 금사탄을 건너서 길을 떠났다.

한편, 송강은 이규를 떠나 보내 놓고도 그가 도중에 무슨 일을 저지를까 불안해서 곧 주점으로 사람을 보내어 주귀를 불러다 놓고 상의했다.

주귀가 말했다.

"저 역시 이규와 동향인 기주 기수현 태생으로, 아우 주부(朱富—笑面虎)가 기수 서문 밖에서 술집을 내고 있습니다. 이규는 같은 현 백장촌(百丈村) 동점동(董店東)이란 고장에 살고 있었는데, 그 형 이달(李達)이 남의 집에 가서 머슴살이를 하고 있다는 것도 잘 알고 있습니다. 이규는 어려서부터 개구쟁이에 망나니였는데, 사람을 때려 죽인 까닭에 제 고장엘 돌아가지 못하고 천하를 떠돌아다니는 몸입니다. 그놈의 뒤를 밟아 가며 살펴 주기는 쉬운 노릇이지만 저의 주점을 비워 놓을 수 없는 것이 걱정입니다.”

송강이 주점은 후건과 석용에게 당분간 맡겨 두자고 했더니, 주귀는 쾌히 승낙하고 기주를 향하여 이규의 뒤를 쫓아서 떠났다.

앞서서 떠난 이규는 송강과의 약속대로 며칠 동안 술은 한 방울도 입에 대지 않고 기수현 서문 밖에 도착했다.

앞을 바라보니, 사람들이 떼를 지어 몰려서서 높직하게 붙은 방문(榜文)을 읽고 있었다.

제1명—정적(正賊—주범) 송강. 운성현 사람.
제2명—종적(從賊—공범) 대종. 강주 양원압옥.
제3명—종적 이규. 기주 기수현 사람.

이규는 사람들의 뒤에서 이런 소리를 들으며 손발이 들먹이었으나, 어찌할 도리가 없었다. 이때 난데없이 누가 달려들더니 이규의 허리를 덥석 껴안았다.

“장형! 여기서 뭘 하고 있는 거요?”

그것은 바로 한지홀률 주귀였다. 주귀는 이규를 끌고 서문 밖에 있는 어떤 주점 깊숙한 방으로 들어가더니 손가락질을 하면서 꾸짖었다.

"이형은 송공명 형님과의 약속도 저버리고 그런 데서 뭣을 기웃거리고 있소? 송강을 체포한 자에게는 상금 1만 관, 대종을 잡으면 5천 문, 이규를 잡으면 3천 문, 이렇게 돼 있는데 뭘 어물어물하고 있는 것이오?"

"술을 입에 대지 말라고 송강 형님이 했기 때문에 걸음이 더디어져서… 겨우 거기까지 와 있던 판이었소. 대관절 이 술집하고는 잘 아는 모양인데, 여기는 누구의 집이오?"

"이 술집은 바로 내 아우 주부의 집이오. 나도 이 고장 태생으로 본래는 장돌뱅이로 돌아다니다가 본전을 다 까먹고 양산박에 가서 도둑놈이 되었다가 이번에 처음으로 고향에 돌아온 셈이오."

주귀는 아우 주부를 불러서 이규에게 인사를 시켰고, 주부는 술상을 차려내어서 이규를 대접했다. 이규는 밤이 사경이나 되도록·술을 실컷 마셨다. 주귀는 말릴 도리가 없었다.

오경(五更)이 되어서 이규가 다시 길을 떠나려고 했을 때, 주귀는 신신당부했다.

"이형! 뒷길로 가지 말고 대박수(大朴樹)가 있는 곳에서 꾸부러져서 동쪽 큰 길로 곧장 가면 바로 백장촌, 동점동에 갈 수 있소. 빨리 가서 모친을 모시고 와서 나와 함께 산채로 돌아갑시다."

"나는 뒷길로 가겠소. 멀리 큰 길을 돌아서 가기는 싫소!"

이규는 주귀·주부 형제와 작별하고 백장촌을 향하여 10리 길이나 걸어갔다. 날이 밝기 시작했다. 이슬에 젖은 풀숲에서 토끼 한 마리가 튀어나오더니 깡충깡충 이규의 가는 길로 뛰어갔다. 이규는 한참 동안이나 토끼를 쫓아가다가 약이 올라서 혼자 껄껄대고 웃었다.

"요런 망할 토끼가 내 갈 길을 재촉해 주는 셈인가!"

앞으로 계속해서 길을 걸어갔더니, 50그루나 되는 큰 나무가 무성한 숲속이 다가왔다. 별안간 거창하게 생긴 장정 하나가 숲속에서 뛰어나오며 호통을 쳤다.

"세상 물정을 아는 놈이라면, 돈을 내놓고 가거라! 보따리까지는 뺏지 않겠다! 나는 흑선풍이란 사람이다."

"네 놈은 뭣하는 놈이냐? 어디서 온 놈이냐? 감히 이 영감의 명목(名目)을 사칭하고 여기서 나쁜 짓을 하고 있다니!"

이규는 약이 바짝 올라서 박도로 그 장정의 넓적다리를 후려갈겼다. 그 장정은 땅바닥에 나자빠지면서 목숨만 살려 달라고 손이 발이 되도록 빌었다.

이규는 호통을 쳤다.

"이 못된 놈아! 내가 바로 천하의 호걸 흑선풍 이규다! 네 놈은 어째서 내 이름에도 똥칠을 해 가며 여기서 이따위 강도질을 하고 있느냐?"

"소인은 본명을 이귀(李鬼)라고 합니다. 흑선풍이라고 한 것은 거짓말입니다. 바로 앞마을에 살고 있사온데 흑선풍이라고만 하면 귀신도 떠는 것을 알고 이렇게 강도질을 해먹고 그날 그날을 살아가고 있습니다. 제발, 소인의 목숨만은 살려 주십시오. 소인을 죽이시면 두 목숨을 죽이시는 셈이 됩니다."

"두 목숨을 죽이다니?"

"소인은 집에 90 노모님을 모시고 있습니다. 이런 짓이라도 해서 노모님을 봉양하고 있는데, 소인을 죽이시면 우리 노모님도 굶어 돌아가실 것입니다!"

이규는 가슴속이 뭉클했다. 자신도 노모를 찾아가는 아들이 아닌가! 품속에서 10냥의 은붙이를 꺼내어 선뜻 이귀에게 주면서 호통을 쳤다.

"네 놈이 늙은 어미를 생각하는 극진한 효성을 기특히 여기어 내 이것을 주는 것이니, 일후부터는 이것을 밑천으로 다른 장사를 하고 두 번 다시 이 따위 짓은 하지 말아라!"

이규는 산속의 강도 이귀를 타일러서 돌려보내고, 점심 때까지 계속해서 길을 걸었다. 시장기를 참을 수 없었다. 산골짜기에 있는 초가집 한 채를 발견하고 달려가서 술과 밥을 청했다. 젊은 주인여자가 나오더니, 술은 없으나 밥이면 될 수 있다 하며 부엌으로 들어가서 불을 피우고 밥을 짓기 시작했다.

이규는 그 집 뒤꼍으로 들어가 산 밑에서 소변을 보고 있었다. 바로 이때.

체격이 거창하게 생긴 장정 하나가 팔다리에 맥이 탁 풀려서 어슬렁어슬렁 이 집으로 돌아왔다. 그가 바로 얼마 전에 진짜 흑선풍에게 혼이 난 가짜 흑선풍 이귀였고, 밥을 짓고 있는 여자는 그의 아내였다.

이규는 뒤꼍에 몸을 숨기고 이귀 부처가 주고받는 수작을 엿듣고 있었다.

이귀는 진짜 흑선풍을 만나서 목숨을 빼앗길 뻔했다는 자초지종을 자기 아내에게 이야기하고, 집안에 90 노모가 있다고 거짓말을 해서 흑선풍을 속이고 은붙이까지 받아 가지고 왔다고 자랑삼아 떠들어댔다. 그 아내가 깜짝 놀라며 말하였다.

"떠들지 말아요. 방금 가무잡잡하게 생긴 장정 하나가 밥을 지어 달라고 우리 집으로 들어왔는데 만약에 이놈이 바로 그 흑선풍이라는 놈이라면, 우리 마취약을 구해다가 음식에 타서 먹이어 처리해 버리십시다. 그놈의 금붙이, 은붙이를 털어 가지고 성 안으로 들어가서 딴 장사라도 하면, 이런 데서 강도질을 하고 사는 것보다 좋지 않겠소!"

이규는 가짜 흑선풍에게 속은 것이 분해서 견딜 수 없었다. 대뜸 요도를 뽑아 가지고 이귀에게 덤벼들어서 단숨에 목을 뎅겅 베어 버렸다. 여자는 어디론지 뺑소니를 쳐 버리고 잡을 수 없었다. 이규는 이귀의 시체를 집안으로 끌어들여 놓고 불을 질러 버렸다.

해가 서녘에 기울기 시작할 무렵에, 이규는 동점동 자기 집에 도착했다. 대문을 밀고 안으로 들어서니, 아들을 고대하며 눈물로 세월을 보내다가 두 눈이 멀어서 장님이 된 늙은 어머니가 침상 위에 앉아서 염불만 하고 있었다.

"어머니! 제가 돌아왔어요! 철우가 돌아왔습니다!"

아들의 음성을 들은 늙은 어머니의 놀라움과 기쁨은 이만저만이 아니었다. 이규는 차마 양산박에서 강도 노릇을 한다는 말을 못하고 거짓말을 꾸며댔다.

"저는 이번에 벼슬자리를 한자리 하게 되어서 어머님을 모셔 가려고 왔습니다."

"나를 데려간다고! 너의 형녀석이 돌아오거든 상의해서

가기로 하자."

"형을 기다려선 뭣합니까? 빨리 저를 따라가십시다!"

이때, 마침 형 이달이 밥통을 손에 들고 집으로 돌아왔다. 아우 이규를 발견하자 호통을 치며 꾸지람을 하고 펄펄 뛰었다.

"네 놈이 양산박에서 그 동안 무슨 짓을 하고 있는지 나는 잘 알고 있다. 네 모가지에는 3천 문의 현상금이 달려 있는데, 어찌 뻔뻔스럽게 고향에 돌아와서 돼먹지도 않은 수작을 하느냐? 냉큼 이 집에서 나가지 못할까!"

"형님, 그다지 화를 내실 거야 있소? 함께 산채로 가서 편하게 삽시다그려!"

이달은 아우의 말을 듣더니 화를 벌컥 내며 때리려고 덤볐다. 그러나 감당할 수 없음을 잘 아는 그는 밥통을 내동댕이치며 밖으로 나가 버렸다.

이규는 겁이 났다.

'형님이 저렇게 뛰쳐나갔으니, 반드시 사람들에게 알려서 나를 붙잡히도록 할 것이다. 빨리 뺑소니치는 게 상책이다. 형은 이렇게 많은 은붙이 같은 것을 구경한 일도 없을 것이니 침상 위에 은붙이 50냥만 놔두고 가자. 형이 집에 와서 이것을 보면 나를 붙잡을 생각은 하지 않겠지!'

허리에 차고 있는 전대 속에서 큼직한 은붙이 하나를 꺼내어 침상 위에 던져 놓고 어머니에게 말했다.

"자아, 어머니 제 등에 업히십시오."

"나를 등에 업고 어디로 간다는 거냐?"

"아무 말씀 마세요! 어딜 가시든지 편히 사시게 될 것이니 안심하시고."

이규는 늙은 모친을 등에 업고 한 손에 박도를 잡은 채 좁은 길을 찾아서 떠났다.

한편, 이달은 재주(財主)의 집에 달려가서 소식을 전하고 10여 명의 하인배 장정들을 거느리고 쏜살같이 집으로 되돌아왔다. 그러나 어머니의 그림자는 보이지 않고 침상 위에 은붙이 하나가 놓여 있었다.

'이놈이 은붙이를 두고 어머니를 모시고 달아난 것을 보니, 분명히 양산박에서 어떤 놈이 뒤따라 같이 왔던 모양이다. 뒤를 쫓았다가는 내 목숨이 위태로울 뿐이다!'

하인배 장정 녀석들도 이달이 속수무책인 꼴을 보자, 한참 동안이나 망설이기는 했지만, 결국 아무 소리도 못하고 돌아가 버렸다.

이규는 형 이달이 사람을 몰아 가지고 뒤를 쫓아올까 겁내어, 깊은 산속 인적이 드문 곳만 찾아서 모친을 등에 업고 달아났다. 어느 산고개 밑에 다다랐을 때 날이 완전히 저물었다. 장님인 모친은 때를 분간할 리 없었지만, 이규는 그 산고개가 바로 기령(沂嶺)이고 여기를 넘어서야만 인가(人家)가 있으리라는 것을 잘 알고 있었다.

모친은 갑자기 심한 갈증을 견딜 수 없으니 물을 마시게 해달라고 아들을 졸랐다. 이규는 기진맥진한 몸을 끌고 산고개 위로 올라가서 소나무 밑에 있는 큼직한 바윗돌에 모친을 내려놓고 박도를 땅에 꽂아 놓은 다음 물을 구하러 나섰다.

마침내 산골짜기를 흘러내리는 물줄기를 발견하고 우선 그 앞에 엎드려서 두 손으로 물을 떠서 실컷 마시기는 했

지만, 물을 담아 가지고 모친에게 가지고 갈 방법이 없었
다. 다시 일어서서 사방을 살펴보니 멀리 산꼭대기에 한
군데 묘가 보였다. 이규는 등나무줄기를 타고 칡덩굴을 더
듬어 묘 앞까지 가서 문을 열어 봤다. 바로 사주대성(泗洲
大聖)의 사당(祠堂)이었다.

거기에는 돌로 만든 향로 하나가 땅에 파묻혀 있었다.
이규는 있는 힘을 다해서 그 향로를 뽑아 가지고 산골짜
기로 내려와, 물을 담아서 모친이 쉬고 있는 바윗돌 앞으
로 왔다.

이상한 일이었다. 모친의 그림자가 보이지 않았다. 소리
를 질러 보았으나 행방조차 알 도리가 없었다. 이규는 당
황하여 향로를 집어던지고 사방을 자세히 살펴보았다. 30
보쯤 걸어가면서 조심조심 살펴보니 풀 위에 피의 흔적이
역력히 묻어 있었다. 이규는 눈이 뒤집힐 것 같았다. 피의
흔적을 따라서 앞으로 나갔더니 큼직한 동굴이 하나 있었
고, 그 앞에서는 새끼 호랑이 두 마리가 사람의 넓적다리
를 뜯어먹고 있었다.

이규는 극도로 치밀어오르는 분노를 참지 못하고 당장에
박도를 움켜잡고 두 마리의 새끼 호랑이를 하나하나 모조
리 쳐죽여 버렸다. 그리고 다시 호랑이 굴 속으로 깊숙이
들어가서 어미 호랑이가 돌아오기를 기다렸다. 얼마 안 가
소만한 호랑이 한 마리가 새끼들이 죽어 자빠진 것을 발견
하고 산이 떠나갈 듯 으르렁거리며 발광을 치며 들어오고
있었다. 굴 속으로 뒷걸음질쳐 들어오며 꼬리를 휘저어 무
엇이 들어오지 않았나 확인하고 있었다.

"이 못된 짐승이 우리 어머니를 잡아먹었구나!"

이규는 박도를 땅에 놓고 허리에 차고 있는 요도를 뽑아 가지고 호랑이 꼬리를 잡아당기는 동시에 있는 힘을 다해서 호랑이의 항문을 푹 찔러 버렸다. 창자 속까지 찔린 어미 호랑이는 무서운 비명소리를 지르며 엄청난 힘으로 내달았다. 이규는 딸려가다시피 어미 호랑이에 끌려갔다. 어미 호랑이는 아픔을 참지 못하여 미친 듯이 달아나더니 골짜기 계곡 가의 바윗돌 밑으로 거꾸러져 버리고 말았다.

이때, 난데없이 나무 옆에서 일진(一陣)의 광풍이 휘몰아치며 으르렁대는 소리와 함께 두 눈이 치올라간 백액호(白額虎) 한 마리가 훌쩍 이규에게 덤벼들었다. 이규는 날쌔게 호랑이의 턱 밑을 정통으로 푹 찔렀다.

이리하여 이규는 네 마리의 호랑이를 한꺼번에 죽여 버리고 다시 굴 속으로 가서 박도를 주워들고 살펴보았으나 호랑이는 다시 나타나지 않았다.

기진맥진한 이규는 사주대성의 사당으로 가서 새벽녘까지 잠을 자고, 이튿날 아침에 일찌감치 일어나서 모친의 두 넓적다리와 남아 있는 뼈다귀를 주워 가지고 웃옷에 싸서 사당 뒤에 구덩이를 파고 묻었다. 땅을 치며 통곡하는 소리가 처량하게 깊은 산속의 아침 공기를 흔들었다.

이규는 시장기와 갈증을 참아 가며 산고개를 넘어섰다. 6,7명의 사냥꾼들이 만들어 놓은 함정과 화살을 수습하고 있다가 전신에 피투성이가 된 이규를 보고 깜짝 놀라서 물었다.

"당신은 대체 산신도 토지신(土地神)도 아닐 터인데 어떻게 혼자 몸으로 이 산고개를 넘어왔소?"

이규는 자기의 정체를 알릴 필요가 없다고 생각하고, 호랑이 네 마리를 잡게 된 자초지종만을 그들에게 자세히 설명해 주었다. 사냥꾼들은 그 말을 통 믿으려 하지 않았다. 이규가 말하였다.

"나는 이 고장 사람도 아닌데, 당신네들에게 거짓말을 해서 뭣하겠소? 정, 내 말을 믿을 수 없다면 같이 가봅시다. 몇 사람이 같이 가서 죽은 호랑이를 떠메어 내려오면 더욱 좋겠소."

"그게 사실이라면, 우리들은 얼마든지 당신에게 사례를 하겠소! 이건 정말 기막히게 대단한 일이니까!"

사냥꾼들이 휘파람을 한 번 부니, 당장에 4,50명의 마을 장정들이 몰려들었다. 이규는 그들을 거느리고 호랑이를 찔러 죽인 산고개로 되돌아갔다. 과연 네 마리의 호랑이가 죽어서 나자빠진 것을 보자, 여러 사람들은 깜짝 놀라며 기뻐서 어쩔 줄 몰랐다. 그들은 동아줄로 호랑이를 묶어서 산기슭으로 끌어내리고, 이규와 함께 상을 타러 그 고장의 부자로 유명한 조태공(曹太公)의 집으로 가자고 했다.

이 조태공이란 자는 일찍이 현리를 지낸 일이 있는데, 이즈음 갑자기 부자가 된 자로 남의 등이나 처먹기 일쑤고, 현 안의 건달패들과 어울려서 공갈협박으로 지내면서 입으로만 충효(忠孝)를 떠드는 놈이었다.

이규가 모친을 모시고 오던 일과 호랑이를 잡게 된 자초지종을 이야기했더니, 조태공은 깜짝 놀라며 물었다.

"당신은 성함을 뭐라고 하시오?"

"성함이랄 것까지는 없습니다만, 그저 장대담(張大膽)이라고 불립지요.”

“정말로 대담한 장사시군! 대담하지 않구서야 어찌 네 마리의 호랑이를 한꺼번에 잡을 수 있었겠소!”

조태공은 이렇게 말하면서 술과 안주를 한상 잘 차려 내어 이규를 대접했다.

그런데 이 마을에서는 기령(沂嶺)에서 네 마리의 호랑이를 죽인 장사가 나타났다 해서, 사방에서 구경꾼들이 떼를 지어 몰려들었다. 조태공이 호랑이를 잡은 장사 이규를 대접하고 있을 때, 장사의 얼굴을 보겠다고 몰려든 구경꾼들 가운데는 공교롭게도 이귀의 여편네가 섞여 있었다. 이 여자는 대경실색하면서 당장에 집으로 달려가서 부모네들에게 알렸다.

“저 호랑이를 죽였다는 가무잡잡하게 생긴 장정이 바로 저의 남편을 죽이고 집에다 불을 지른 그놈이에요. 양산박의 흑선풍 이규란 놈예요!”

“흐음! 머리에 3천 문의 현상금이 걸려 있는 바로 그 강도 살인범이 우리 고장에 와 있다니!”

여자의 아버지는 아무도 모르게 살며시 조태공에게 할 말이 있다는 눈짓을 했다. 조태공은 그 눈치를 채고 화장실에 간다는 핑계를 대고 술좌석에서 뛰쳐나와서 얘기를 듣고는, 곧장 이정(里正)의 집으로 달려가서 이런 사실을 보고했다. 이정은 놀라운 소식을 듣자, 대뜸 이렇게 말하였다.

“그렇다면 술에 잔뜩 취하도록 마시게 해놓고 이렇게 물어 보시오. 이번에 호랑이를 잡았으니 현에 가서 상을 타겠는가? 그렇지 않으면 마을에서 그대로 상을 받겠는가? 만약에 현으로 가기 싫다면 이는 틀림없이 흑선풍일 것이니, 여러 사람이 차례차례로 술을 권해서 곯아떨어지게 한 다음 현으로 통지해서 도두가 나와서 잡아 가도록 하면 될 것이오."

"그거 참 좋은 의견입니다."

모든 사람들이 찬성했다. 이정은 만반 준비를 갖추어서 이규를 잡기로 했다. 조태공은 자기 집으로 돌아오자, 이정의 말대로 이규에게 술을 잔뜩 마시게 하고 나서 어디 가서 상을 타겠느냐고 물었다. 이규는 이렇게 대답했다.

"소생은 단지 이 고장을 지나쳐 가는 나그네로서 앞길이 바쁜 사람이고 그 호랑이는 우연히 죽이게 된 것이니, 현에까지 가서 상을 탈 만한 일도 못 됩니다. 여기서 그대로 사례를 받아도 좋고, 또 아무것도 주시지 않아도 좋습니다. 우선 몸에 걸칠 저고리나 한 벌 주십시오."

조태공은 즉각에 검정 무명옷을 한 벌 내다가 이규의 피투성이 옷과 갈아입히었다. 북을 치고 피리를 불게 해서 성대한 잔치를 벌이고 이규에게 축하의 술이라 하면서 닥치는대로 퍼먹였다.

이규는 그것이 계책이라는 것도 모르고 도도한 술기운에 취해서 송강이 타이른 말은 전혀 생각도 해보지 않았다.

마침내 술이 만취하여 곯아떨어진 이규는 동아줄로 꽁꽁 묶이었고, 이귀의 여편네가 고소인이 되어서 소장을 현에 내놓았다.

지현은 도두에게 즉각에 명령을 내려서 이규를 잡아들

이라 했는데, 이 명령을 받은 도두는 바로 기수현의 청안호(靑眼虎) 이운(李雲)이었다.

기수현은 본래가 좁은 고장이어서 무슨 소문이나 순식간에 마을 구석구석 퍼져나갔다. 동장문 밖 아우 주부의 집에서 이런 소문을 듣게 된 주귀는 깜짝 놀라서 아우와 함께 이규를 구출할 계책을 상의했다.

아우 주부가 꾀를 내었다.

"이규를 잡으러 나가는 도두 이운은 평소에도 저를 잘 돌봐 주고 또 무술도 가르쳐 주곤 하는 사이입니다. 오늘 밤 고기를 2,30근 삶아 가지고 술을 독으로 10여 개 준비해서 술 속에는 마취제를 타놓고, 오경쯤 되거든 젊은 장정들에게 떠메어서 조용한 길목을 지키고 있다가, 이규를 호송하여 오면 위로의 술잔을 주는 체하고 술을 마시게 해서 마취시켜 버리고 이규를 도망치도록 하십시다."

"그거 참 좋은 계책이다. 너도 여기서 술장수를 할 것 없이, 장정 두서넛을 시켜서 살림살이를 꾸려 가지고 앞질러 가서 기다리고 있게 했다가, 이규를 구출해 가지고 함께 산채로 뺑소니치는 것이 좋을 것이다."

주귀 형제는 만반 준비를 갖추어 가지고 사경 때부터 산 어귀에 가서 대기하고 있었다. 날이 밝아 올 무렵에 저편으로부터 요란스런 징소리가 들려왔다. 주귀는 길 어귀까지 나가서 기다리고 있었다.

30여 명의 토병들은 마을에서 밤이 깊도록 술을 마시다가, 사경 전후해서 이규의 팔을 뒤로 젖혀서 결박을 하고 압송의 길을 떠났다. 도두 이운 일행은 말을 타고 뒤쫓아 오고 있었다. 일행이 가까이 오자, 주부가 선뜻 나서면서 앞을 가로막았다.

"사부님, 참 기쁜 일입니다. 이 제자가 좀 거들어 드릴까 하고 여기까지 나왔습니다."

술독에서 술을 퍼내어 잔에 가득 따라 가지고 이운에게 권했다. 주귀는 삶은 고기를 내밀고, 젊은 하인배들은 마른 안주를 올렸다.

이운이 그 광경을 보자 급히 말을 내려서 가까이 오면서 말하였다.

"이렇게 먼 곳까지 나와 주어서 참말 감사하오."

"제자로서 변변치 못한 성의나마 표시해 드리자는 것뿐입니다."

이운은 술잔을 받아들기는 했으나 입에 대지는 않았다. 주부가 꿇어앉아서 아뢰었다.

"사부님께서 술을 드시지 않는 줄은 잘 압니다만, 오늘은 모처럼 축하의 술잔을 드리니 반잔만이라도 드시기 바랍니다."

이 말을 듣자, 이운은 거절할 수 없어서 두어 모금 마시었다. 주부가 또 말하였다.

"술이 정 싫으시다면 삶은 고기라도 좀 집으십시오."

이운은 사양하다 못해서, 주부가 골라 주는 먹음직스러운 고기 두어 점을 그대로 받아서 입 안에 넣었다. 주부는 또 마을의 부자, 이정(里正), 사냥꾼들에게도 술을 석 잔씩 권했다. 주귀도 토병들과 하인배 장정들을 불러서 술을 따라 주었다. 그들은 찬 술이건 더운 술이건, 맛이 있든 없든 닥치는대로 마시고 먹었다. 이규는 두 눈이 휘둥그레져서 주귀·주부 형제를 주시하고 있었다. 그것이 어떤 계

책인 것을 알아차리고,

"여보시오! 나도 좀 먹게 해주시오!"

하고 소리를 질렀다. 주귀가 호통을 쳤다.

"이런 죄수 녀석이 무슨 건방진 소리냐? 너 같은 놈에게 먹일 음식은 없다! 입을 닥치고 조용히 있지 못할까?"

이운이 토병들을 바라다보며 명령했다.

"자, 그만 길을 떠나자!"

그런데 이상하게도 여러 토병들은 서로 얼굴만 쳐다보며 몸을 움직이지 못하고 입을 부들부들 떨며 다리가 비비꼬여서 나자빠지고 말았다.

"아차! 속임수에 넘어갔구나!"

이운이 이렇게 소리를 지르며 앞으로 전진하려고 했으나, 그 역시 머리가 아찔하고 다리가 휘청휘청, 눈앞이 몽롱해져서 땅바닥에 쓰러져 그대로 잠이 들고 말았다.

이때라고 생각한 주귀·주부 형제는 박도를 한 자루씩 움켜잡고 덤벼들어서,

"이놈들 꼼짝 말고 있거라!"

하고 소리치며, 술이나 음식을 먹지 않은 하인배 장정들을 쫓아갔다. 재빠른 놈은 도망쳤고, 둔한 놈은 잡혀서 찔려 죽고 말았다.

"에잇! 고얀 놈들!"

이규는 목청이 터져라고 소리를 지르며 전신에 힘을 불끈 주어서 동아줄을 끊어 버리고, 박도를 빼앗아 들기가 무섭게 이운을 죽여 버리려고 했다.

주부가 당황하여 가로막았다.

"가만있게! 우리 사부님일세! 좋은 분이니 자넨 상관 말

고 어서 달아나기나 하게!"

"조태공이란 늙은 놈을 죽여 버리지 않고는 내 분을 참을 길이 없다!"

이규는 단숨에 쫓아가서 박도를 휘둘러 조태공과 이귀의 아내를 찍어 죽이고 이정(里正)까지 죽여 버렸으며, 사냥꾼마저 하나하나 찔러죽이고 30여 명의 토병까지 모조리 죽여 버렸다. 이규는 그래도 성미가 풀리지 않아서 이를 악물고 으르렁대고 있었는데, 주귀가 벌컥 소리를 질렀나.

"구경꾼들이야 무슨 죄가 있겠나? 그렇게 함부로 사람을 죽이지 말게!"

이규는 그제야 손을 멈추고 토병의 시체에서 의복을 벗겨서 자기 몸에 걸쳤다.

주귀·주부·이규 세 사람은 박도를 든 채 뒷길로 도망치려고 했는데, 이때 주부가 말하였다.

"안 되겠는데! 나는 나의 사부님의 목숨을 빼앗는 것 같은 짓을 했으니 이분이 맑은 정신이 들었을 때 무슨 면목으로 지현(知縣)을 대할 수 있겠소? 반드시 우리들의 뒤를 쫓아올 것이니 두 분이 먼저 가시오. 나는 이분이 깨어나기를 기다려야겠소. 과거에 입은 은의를 생각해서라도 그렇게 해야겠소. 이분은 위인이 충직한 분이니 쫓아오기를 기다려서 함께 산속으로 들어가자고 권고해 보는 것이 나의 할 도리요. 그래야만 이분도 현으로 돌아가서 혼이 나지 않고 살아갈 수 있을 것이오!"

주귀가 받았다.

"자네 말이 옳군! 그러면 나는 먼저 수레를 쫓아서 떠나갈 테니, 이규더러 여기 같이 남아서 좀 거들어 달라고 하게. 이운은 술도 얼마 마시지 않았으니까 얼마 안 되어 깨어날 걸세! 만약에 그가 뒤를 쫓아오지 않는다면 공연히 언제까지고 그를 기다리고 있을 필요는 없는 일일세!”

주부가 말했다.

“형님! 그야 물론이죠! 하여간 나는 이규와 함께 잠시 동안 이분이 깨어날 때까지 기다려 보겠소! 그래야만 나도 의리를 아는 인간이 될 수 있을 것이니….”

“좋아! 자, 그러면 이규! 내 아우를 좀 잘 돌봐 주기 바라네!”

주귀는 두 사람을 남겨 두고 걸음을 빨리하여 먼저 길을 떠났다.

주부와 이규는 길바닥 한편에 앉아서 이운이 깨어나기만 기다리고 있었다.

과연 시간이 얼마 경과되지 않아서 이운이 박도를 휘두르며 비호같이 달려들었다.

“이 강도놈들아! 꼼짝 말고 게 있거라!”

호통을 치는 이운. 이규는 이운의 만만치 않은 기세를 보자, 벌떡 몸을 일으켜 박도를 손에 잡고 주부에게 상처를 입히지 않을 생각으로 이운에게 덤벼들었다.

44 인연을 맺는 사람들

錦豹子小徑逢戴宗
病關索長街遇石秀

이규와 이운은 관로(官路) 한옆에서 6,7합이나 싸웠으나 승부가 나지 않았다. 주부가 중간으로 달려들어 두 사람을 헤쳐 놓고 이운에게 호소했다.

"사부님! 제발 싸움을 그만두시고 제 말씀을 좀 들어 주십시오!"

주부는 양산박에서 두령 노릇을 하고 있는 형 주귀와 송강과의 관계를 설명하고, 이규가 이운의 손에 잡히게 된다면 주귀가 돌아가서 송강을 대할 수 없는 미묘한 사정 때문에 어쩔 수 없이 계책을 써서 이규를 빼앗아 낸 것이며, 이운으로서도 이규를 놓쳐 버리고 지현에게 돌아가서 혼이 나느니보다는 산채로 함께 가서 송강에게 몸을 의탁하는 것이 현명지책이 아니냐고 역설했다.

이운은 한참 동안이나 곰곰 생각했다.

산동의 급시우 송강의 쟁쟁한 명성은 그도 평소에 귀가 아프도록 들어왔고, 또 그 자신 가족도 없는 홀가분한 몸이라 주부의 권하는 말에 쾌히 승낙하였다. 이운과 이규는 손을 맞잡고 친구가 되어서 인사를 교환했다.

이리하여 이규·이운·주귀·주부 네 호걸은 단숨에 양산박 근처까지 달려갔다. 거기서는 마린과 정천수가 기다리고 있었다. 서로 인사를 끝내고 산채로 연락을 취해 주었다.

이튿날, 그들은 주부의 가족과 함께 양산박 대채(大寨)의 취의청에 도착, 조개·송강과 인사를 했다.

인사가 끝난 다음, 흑선풍 이규는 송강에게서 두 자루의 판부를 도로 찾고, 모친을 기령까지 모시고 와서 호랑이에게 잡아먹힌 일, 네 마리의 호랑이를 죽인 일, 가짜 흑선풍을 처치해 버린 일을 자세히 보고하니 여러 호걸들은 웃음을 금치 못했다.

조개와 송강이 무척이나 기뻐하였다.

"아우님이 네 마리의 호랑이를 죽여 버린 덕분에 우리 산채에는 청안호(靑眼虎—이운), 소면호(笑面虎—주부), 새 호랑이가 둘이나 생긴 셈이군!"

축하의 주연이 베풀어졌다. 그 자리에서 오용은 다음과 같이 여러 호걸들의 직책을 새로 배치하여 산채의 기반을 더 한층 든든히 했다.

주귀—종전대로 주점을 차리고 석용·후건을 산채로 도로 돌려보낼 것.

동위·동맹 형제—부하 10여 명을 데리고 서쪽 산의 넓은 지형을 이용하여 주점 하나를 더 만들 것.

이립—부하 10여 명을 데리고 산 남쪽에 주점 하나를 더 만들 것.

석용—부하 10여 명을 거느리고 산 북쪽에 주점 하나를 더 만들 것.

(새로 만든 주점에는 각각 수정(水亭)을 마련해서 신호의 화살로 배와의 긴밀한 연락을 취하고, 사고 발생시에는

신속, 민첩한 보고의 책임을 질 것.)

두천—산채 정면으로 세 군데 큰 관문을 만들고 그 통할의 책임을 질 것.

도종왕—토목공사의 총감독. 나루터를 깊이 팔 것. 수로 수축(修築), 하도(河道) 개발, 완자성(宛子城) 성벽 수리, 산전대로(山前大路) 수축(그는 본래 농부 출신이므로 이런 일에 익숙했다).

장경—창고의 지출 납입 기장(記帳).

소양—산채 내외, 산상산하(山上山下) 및 세 군데 관문의 통첩(通牒), 출입 단속. 대소 두령의 호수(號數) 등록.

김대견—일체의 병부(兵符)·인신(印信)·패면(牌面)의 조각(彫刻).

후건—의포개갑(衣袍鎧甲)·오방기호(五方旗號) 등의 관리 및 제조.

이운—양산박의 일체 방실청당(房室廳堂)의 감독과 건축.

마린—대소 전선(戰船)의 관리·수리·제조.

송만·백승—금사탄의 별채를 지킬 것.

왕왜호·정천수—압취탄(鴨嘴灘)의 별채를 지킬 것.

목춘·주부—산채의 천량(錢糧) 수입 관리.

여방·곽성—취의청 양편의 이방(耳房)을 지킬 것.

송청—연석(宴席)에 관한 일을 도맡아 볼 것.

양산박에는 평온하고 무사한 나날이 계속되었다. 어느 날, 송강은 조개·오학구와 그밖의 여러 두령들과 한담을 나누다가 우연히 공손일청(公孫一淸)의 이야기를 꺼냈다.

계주로 가서 모친과 스승을 찾아보고 백 일 이내로 돌아 오겠다던 그가 약속한 기일이 훨씬 지났는데도 돌아오지 않았기 때문이었다.

결국, 송강은 '신행법(神行法)'을 써서 비호같이 빨리 길을 달릴 수 있는 대종을 파견해서 공손 선생의 행방을 탐지케 하기로 결정했고, 대종도 쾌히 승낙하고 바로 그 이튿날 아침, 양산박을 뒤로 하고 일로 계주로 향했다.

대종은 사흘 만에 벌써 기수현 접경지대에 이르렀다. 급히 길을 달리고 있을 때 저편으로부터 쇠로 만든 필관창(筆管鎗)을 손에 잡은 무시무시하게 생긴 장정 하나가 나타났다. 그는 대종의 빠른 걸음걸이를 보더니 걸음을 멈추고 서서 불렀다.

"신행태보!"

대종은 깜짝 놀라서 역시 걸음을 멈추며 반문했다.

"장사는 소생과 일면식도 없는데 어찌 소생의 이름을 부르시오?"

"역시 틀림없는 신행태보님이셨군요!"

그 장정은 창을 집어던지고 대종 앞에 꿇어 엎드렸다. 대종이 그의 성명을 물었다. 그는 세상 사람들이 금표자(錦豹子)라는 별명으로 부르는 양림(楊林)이라는 창덕부(彰德府) 태생인데, 평소에 도둑질을 업으로 삼고 지내던 중, 몇 달 전에 우연히 어느 주점에서 공손승 선생을 만나서 양산박의 자세한 이야기를 들었고, 거기 가서 가담하라는 권고까지 받았으며, 신행태보 대원장이란 인물이 하루 8백 리 길을 달리는 신출귀몰한 재간을 지니고 있다는 이야기도 들었기 때문에 그렇게 불러 봤다는 것이었다. 그리고 그는 자기가 계주 일대 주군(州郡)의 거리는 어둡지 않으니 동행해서 공손승을 찾겠다 하며 당장에 대종과 의형제를 맺었다.

대종은 양림에게도 신행술을 써서 자기와 똑같이 걸음을 빨리 하여 음마천(飮馬川)이란 곳에 당도했다. 양림의 말을 들어 보면 이 음마천이란 곳은 산 서편으로 도둑놈들이 떼를 지어서 몰려 있으며, 말같이 생긴 그 산이 아름답고 물줄기가 산을 싸고 흐르기 때문에 음마천이라고 부른다는 것이었다.

대종과 양림이 산 가까이 다다랐을 때, 난데없이 징소리, 북소리가 요란스럽게 울리며 1,2백 명의 산적 부하들이 달려나왔고, 앞장을 선 장정 둘이 목숨은 살려 줄 테니 소지품을 깡그리 내놓고 가라고 호통을 쳤다.

그러나 두 장정은 양림을 한 번 보자,

"아차! 잘못 봤군! 이건 우리 양림형이셨군!"
하고 반색을 했다.

그 말을 듣자, 양림은 대뜸 두 장정을 대종에게 소개하고 인사를 시켰다. 양림의 소개에 따르면 장정 하나는 개천군(蓋天郡) 양양(襄陽) 태생으로 성명을 등비(鄧飛)라 하고, 두 눈동자가 새빨개서 세상 사람들이 화안산예(火眼狻猊)라고 부르는데, 철련(鐵鏈)을 쓰는 데는 당할 사람이 없는 명수로서, 5년 전까지도 양림과 함께 지냈는데 헤어진 후 처음으로 우연히 여기서 만나게 되었다고 했다. 또 다른 장정 하나는 성명이 맹강(孟康), 진정주(眞定州)가 그의 조관(祖貫)으로 대소선척(大小船隻)을 잘 만들며, 일찍이 화석강(花石綱)을 압송하기 위해서 큰 배를 만들라는 관가의 명령을 받고 일을 하다가, 조급히 일을 재촉하는 감독관과 말다툼 끝에 그 관리를 죽인 뒤 집을 버리고 도주하여 도둑의 틈에 끼여 몸을 숨기고 산 지 꽤 오랜 사람으로, 생김생김이 허여멀쑥하므로 누구나 그의 미끈한 몸집에 놀라서 옥번간(玉幡竿)이라는 별명을 지어 주었다는 것이었다.

또 등비의 말을 들어 보면, 그는 이 산속에서 지낸 지 1년쯤 됐으며, 이곳에서 배선(裵宣)이라는 형뻘쯤 되는 친구를 만났다고 했다. 그는 경조부(京兆府) 출신으로 머리가 좋아서 사무계통의 일을 잘 보는 깔끔한 사람인데, 창봉도검(鎗棒刀劍)에도 능하며 용맹이 대단한 인물로, 욕심쟁이 지부가 부임하여 그의 결점을 들추어내 사문도(沙門島)로 유형을 보내게 되어 이곳을 통과하게 된 것을, 등비 일당이 압송하는 공인을 죽여 버리고 배선을 구출해내어 지금은 2,3백 명의 부하까지 거느리고 이 산속에서 편히 지내게 됐다는 것이었다.

이 배선이란 사람은 또 쌍도(雙刀)를 쓰는 데 명수요 나이도 많이 먹은 사람이라, 현재 이 산채에서 두령이 되어 있으니, 대종과 양림더러 함께 가서 한 번 만나봐 달라고 했다.

마침내, 대종과 양림도 말을 타고 일행은 산채로 향했다. 배선은 미리 연락을 받고 황망히 산채의 층층대를 내려와서 일행을 영접했다.

이리하여 산채의 취의청에는 배선을 위시하여 양림·등비·맹강·대종 등 다섯 명의 호걸이 모이게 되었다. 여기

서 독자가 잊어서는 안 될 일은, 이들 다섯 사람 역시 지
살성(地煞星)이라는 같은 운수(運數)의 사람들이어서 서
로 만날 때가 되어서 만나게 되었다는 사실이다.

주연이 베풀어진 자리에서 대종이, 양산박이 그들의 웅
장한 근거지가 되어 있다는 사실을 자랑하고, 송강·조개
의 뛰어난 호걸다운 인품을 소개하자, 배선이 이렇게 말했
다.

"이 아우도 이 산채에 3백여 필의 말을 가지고 있으며,
10여 채의 수레도 있고, 양식초료(糧食草料)는 그만두고
라도 4,5백 명의 부하까지 거느리고 있습니다. 만약에 형
께서 미천한 놈을 버리시지만 않는다면 모든 것을 거느리
고 양산박 대채(大寨)에 가담하여서 미력이나마 도움이
돼 드릴까 합니다. 형님의 뜻이 어떠하실는지요?"

대종은 크게 기뻐하여 즉석에서 쾌히 승낙했다. 자기는
양림과 함께 계주로 가서 공손승 선생을 찾아가지고 돌아
올 것이니, 돌아가는 길에 모두 관병의 몸차림으로 변장을
하고 함께 양산박으로 가도록 하자고 약속했다.

일동은 술기운이 도도하여 자리를 뒤편에 있는 단금정
(斷金亭)으로 옮기고 음마천(飮馬川)의 경치를 바라보며
통쾌하게 마셨다. 배선은 일어서서 검무(劍舞)까지 추어
서 취흥을 돋우었고 대종은 절찬하여 마지않았다.

이튿날 아침, 대종은 양림을 데리고 길을 떠나기로 했
다. 세 호걸은 그들을 만류할 수 없어 산 아래까지 전송하
고 작별한 다음, 산채로 돌아와서 보따리를 꾸리며 길 떠
날 준비를 하고 있었다.

대종과 양림은 음마천의 산채를 뒤로 하고 걸음을 빨리

하여 계주성 밖에 도착하여 여인숙에서 잠시 몸을 쉬기로
했다. 양림이 입을 열었다.

"형님, 제 생각 같아서는 공손승 선생께서는 스님이시니
반드시 깊은 산속이나 시골 구석에 계시지 성 안에는 계
실 것 같지 않습니다."

대종도 그의 의견에 찬성하고 성 밖으로 나가서 여기저
기 찾아봤으나 공손승의 행방을 아는 사람은 하나도 없었
다.

사흘째 되던 날은 성 안으로 들어가서 찾아보기로 했다.
양림이 어느 넓은 거리를 걸어가고 있자니까, 멀리서 고악
(鼓樂) 소리가 들리며 어떤 사람 하나를 모시고 오는 일행
이 있었다. 대종과 양림은 거리 한편에 서서 유심히 바라
보았다.

앞에서는 두 옥졸이 걸어오는데 하나는 많은 예물화홍
(禮物花紅)을 어깨에 떠메고 있었고, 또 하나는 갖가지 비
단을 두 손에 받들고 있었다.

뒤따르는 청라산(靑羅傘) 밑에는 한 사람의 옥회자(獄
劊子—양원압옥절급과 사형집행관을 겸한 관직)가 걸어오
고 있었다.

준수하게 생긴 모습에 얼굴이 담황색이었고 가느다란
수염도 몇 가락 바람에 휘날리는 이 사람은 조관(祖貫)이
하남 인씨(河南人氏)로서 성명은 양웅(楊雄), 사촌형이
계주지부(薊州知府)로 부임할 때 함께 따라와서 이 고장
에 머물러 있게 됐는데, 그 다음 신임지부 역시 그와 잘
아는 사이라 그를 양원압옥에다 사형집행관을 겸하고 있
도록 해준 것이다. 그는 무예에 능하고 얼굴이 약간 누렇

기 때문에 사람들이 병관색(病關索—관색은 삼국지에 나오는 관우의 셋째 아들의 이름)이라는 별명으로 불렀다.

　양웅은 맨 가운데에 서서 걸어오고 있었다. 뒤따르는 옥졸이 귀신 대가리 같은 손잡이의 사형 집행용 법도를 손에 들고 있었다. 알고 보니 방금 저자 한복판에서 사형수 하나를 집행하고 돌아오는 길이었다. 그를 아는 여러 사람들이 축하의 붉은 비단을 어깨에 둘러 주어서 그의 집으로 전송해 주는 판이었다. 그 일행이 마침 대종과 양림의 면전을 지나쳐 가게 된 것이다. 사람들이 떼를 지어서 길 어귀를 막고 일행에게 술대접을 했다.
　바로 이때, 한옆 좁은 길에서 7, 8명의 장정들이 뛰어나왔다. 그중 두목쯤 돼 보이는 장정은 척살양(踢殺羊) 장보(張保)라고 하는 자였다. 이자는 계주를 수어(守禦)하는 성지군(城池軍)의 일원으로서, 몇 명의 부하를 거느리고 성 밖, 성 안으로 노상 돌아다니며 남의 돈이나 뜯어 쓰는 건달패였다.
　여러 차례 관가에 잡혀 가서 호된 맛을 보고도 제 버릇을 고치지 못하며, 양웅이 타향에서 온 사람인데도 사람들이 그를 만만히 보지 못하는 것을 알고 늘 마땅치 않게 여기던 차였는데, 그날 마침 양웅이 비단을 수두룩하게 상으로 받는 것을 보자, 몇 명의 건달패를 거느리고 술이 거나하게 취해서 쫓아오며 시비를 걸어 볼 작정이었다.
　여러 사람들이 길 어귀를 가로막고 술을 권하는 꼴을 보자, 장보는 사람들을 밀쳐 버리고 앞으로 썩 나서며 소리를 질렀다.

"절급님! 인사드리오!"

"형님, 이리 와서 한잔 드시오."

"나는 술은 싫소. 용돈이나 한 백 관쯤 돌려주시오!"

"내가 언제 당신하고 돈 거래가 있었다고 별안간 돈을 꾸려 하시오?"

이래서 옥신각신, 장보의 패거리는 다짜고짜 덤벼들어 양웅의 여러 가지 비단을 빼앗아 버렸다. 양웅이 호통을 치며 덤벼들려고 했으나 건달 패거리들은 옥졸을 쫓아 버리고 양웅의 두 팔을 비틀어 잡고 꼼짝도 못하게 만들었다.

마침 이때, 후리후리하게 생긴 장정 한 사람이 나뭇짐을 지고 오다가 양웅이 여러 장정들에게 붙잡혀서 몸부림치고 있는 것을 보자, 대뜸 나뭇짐을 내려놓고 사람들 틈을 헤치고 덤벼들어 호통을 쳤다.

"네 놈들은 어째서 절급님을 이렇게 때리는 거냐?"

장보도 눈을 부릅뜨고 마주 호통을 친다.

"이 굶어죽지도 않고 얼어죽지도 않는 거러지 같은 새끼야! 뭣 땜에 남의 일에 참견이냐?"

후리후리하게 생긴 장정은 극도의 격분을 참지 못하고 다짜고짜 덤벼들어 장보를 잡아 가지고 땅 위에 내동댕이쳤다. 다른 건달패들이 덤벼들었지만 장정은 모조리 주먹다짐을 해서 때려눕혔다. 간신히 몸을 마음대로 움직일 수 있게 된 양웅도 주먹을 휘둘러서 건달패들을 깡그리 때려눕혔다. 장보는 견디다 못해 엉금엉금 기어 일어나서 뺑소니를 쳤다. 양웅은 화를 못 참아 그 뒤를 맹렬히 추격했다.

후리후리하게 생긴 장정은 그때까지도 길 어귀에 혼자 남아서 건달패들을 때려눕히고 있었다. 대종과 양림은 그 광경을 구경하며 부지중 쾌재를 불렀다.

"정말 호걸이다! 마땅치 않은 일을 보고는 그대로 못 보는 장사다!"

"이제 그만 손을 떼시고 우리 말을 좀 들어 보시오!"

대종과 양림은 그 장정을 데리고 주점으로 들어가서 서로 인사를 했다. 그 장정의 자기 소개에 의하면, 그는 성명을 석수(石秀)라 하고 조관(祖貫)이 금릉(金陵) 연상부(連康府), 어렸을 적부터 창봉을 배웠으며 평생 강직한 성격으로 마땅치 않은 일을 보면 반드시 약자를 돕지 않고는 못 견디어서 사람들이 반명삼랑(拚命三郎)이라는 별명으로 부른다고 했다.

숙부를 따라 타향에 나와 양과 말장수를 하다가 뜻밖에 숙부가 세상을 떠나는 바람에 본전까지 다 털어먹고 고향으로 돌아가지도 못하고, 이 고장 계주를 떠돌아다니며 나무장사를 하여 그날 그날을 지내고 있다고 했다.

대종이 석수에게 물었다.

"우리는 볼일이 있어서 이 고장에 들렀다가 우연히 당신 같으신 장사 호걸을 만나뵙게 됐소만, 이런 곳에서 나무장사나 하시고 세월을 보내신다는 것은 너무나 아까운 일이오. 한 번 강호에 나서서 하반생(下半生)을 쾌락하게 지내 보심이 어떻겠소?"

석수가 대답했다.

"소인은 창봉을 다소 쓸 줄 아는 것밖에 아무 재간도 없는 몸인데 어찌 쾌락하게 지내기를 바라겠습니까?"

"이런 시절에는 고지식하게만 살 수 없소. 첫째로는 조정이 세상사를 판단하지 못하고 둘째로는 간신배들이 가로막고 있기 때문이오. 나는 박식(薄識)한 몸이지만 울화통이 터져서 양산박으로 달려가 송공명님께 가담하여 지금은 세상에 부러울 것이 없이 지내는 몸이 되었소. 조만간 조정이 바로잡히면 모두 관인 노릇을 할 작정이오."

"소인은 그런 곳에 가고 싶다 해도 연줄이 없습니다."

"장사가 가고 싶다고만 하면 내가 추천할 수 있소."

석수는 대종과 양림의 정체를 알게 되자 깜짝 놀라며 기뻐서 어쩔 줄 몰라 했다.

대종은 양림을 시켜서 보따리 속에서 은붙이 열 냥을 꺼내어 석수에게 주면서 장사밑천을 하라고 했다. 석수는 대종이 바로 신행태보라는 인물인 것을 알자, 자기 심중을 솔직히 털어놓고 양산박에 가담할 수 있도록 부탁해 볼 생각을 하고 있었다.

바로 이때, 밖으로부터 누군지 주점으로 몰려드는 사람이 있었다. 세 사람이 바라보니 바로 양웅이 20여 명의 부하 공인을 이끌고 들어오고 있었다.

대종과 양림은 사람의 수효가 하나 둘이 아닌 것을 알아차리자, 깜짝 놀라서 떠들썩한 틈을 타서 황망히 뺑소니쳐 버렸다.

석수는 몸을 일으켜 양웅을 맞아들였다.

"절급님께서는 어디 가서 계셨습니까?"

양웅은 장보란 놈과 싸우게 된 자초지종을 자세히 설명하고 위급한 장면을 모면케 해주어서 감사하다고 인사를 했다. 그리고 그놈의 일당을 쫓아가느라고 정신없이 돌아다니다 보니 석수의 행방을 알 길이 없어서 찾아다니던 중, 마을 사람들이 어떤 나그네 두 사람과 주점으로 갔다는 소식을 듣고 달려온 것이라고 했다.

석수도 나무장사를 하면서 낯선 고장을 떠돌아다니는 자기 신세를 솔직히 양웅에게 이야기했다. 그러자 양웅이 이렇게 청했다.

"당신도 이 고장에는 친척도 없는 모양이니, 우리 의형제를 맺는 게 어떻겠소?"

석수도 기뻐했다. 이리하여 29세인 양웅이 형이 되고, 28세인 석수가 아우가 되어서 사배의 절을 하고 의형제를 맺었다.

"오늘은 만취하도록 실컷 마셔 보세!"

양웅이 이렇게 말하며 술잔을 주거니 받거니 하고 있을 때, 양웅의 장인 되는 반노인(潘老人)이 6,7명의 하인배를 거느리고 주점으로 사위를 찾아왔다. 양웅이 싸움을 한다는 소문을 듣고 당황하여 달려온 길이었다. 양웅이 석수를 만나게 된 자초지종을 이야기하자 장인 반노인도 여간 기뻐하지 않았다.

"내 사위도 당신 같은 아우가 생겼다니, 서로 도와가며 지내면 이 세상에서 활갯짓을 해도 손가락질할 사람이 없겠소! 그런데 당신은 무슨 장사를 하시오?"

"돌아가신 아버지께서는 고깃간〔屠戶〕을 하셨습니다."

"당신도 짐승을 때려잡는 재간을 지니고 계시단 말이오?"

"어렸을 적부터 고깃간 밥을 먹고 자랐는데 어째서 짐승을 잡을 줄 모르겠습니까?"

"이 늙은 것도 본래는 고깃간 출신이었는데, 나이를 먹게 되니 계속 할 수 없게 됐소. 사위라고 이 사람 하나뿐인데 관부에 들어가 일을 보게 됐으니, 자연 내 밥벌이는 집어치우게 된 거요."

세 사람은 술이 거나해 가지고 주점을 나서서 함께 돌아왔다. 양웅은 자기 집 문안에 들어서자마자,

"여보, 빨리 나와서 아우님께 인사드려요!"

하고 아내를 불렀다.

"아우님이란 누구세요?"

"어쨌든 빨리 나와서 인사 여쭈라니까!"

휘장을 걷어치며 여자 하나가 나왔다. 이 여자는 애명을 교운(巧雲)이라고 하는데, 본래는 왕압사(王押司)라는 계주 사람 이원(吏員)에게 출가를 했다가 그가 2년 전에 세상을 떠나자 다시 양웅에게 개가하여 채 1년도 못 되는 부부지간이었다.

여자가 나오는 것을 보자, 석수는 앞으로 나서서 절을 하려고 했다.

"제 나이가 아래일 터인데 그러시면 안 돼요!"

여자는 당황해했다. 양웅이 입을 열었다.

"이 친구는 오늘부터 나의 아우가 됐으니 당신이 형수뻘이란 말야. 인사는 인사대로 받아 둬야지!"

석수는 정중하게 사배의 절을 했고, 여자는 이배로 답례를 한 다음, 빈 방 한 칸을 치우고 이 새로 생긴 아우를 쉬도록 해주었다. 이튿날 아침 양웅은 관청으로 나가면서 집안사람에게,

"석수에게 의복과 두건을 잘 매만져 드리도록 해!"
하고 당부했다.

한편, 대종과 양림은 주점에서 여러 공인들이 석수를 찾아온 것을 보자 떠들썩한 틈을 타서 몸을 뛰쳐나와 성밖 여인숙에서 하룻밤을 지내고, 그 이튿날 공손승을 찾아 다녔지만 행방을 아는 사람은 좀처럼 만날 수 없었다. 서로 상의한 끝에 되돌아가기로 결정하고 그날 중으로 짐을 꾸려서 계주를 떠나 음마천에 들러서 배선·등비·맹강 일행의 인마(人馬)와 함께 관군의 모습으로 변장하고 양산박을 향해서 걸음을 빨리 했다.

대종은 자기의 공로를 과시하기 위해서 수많은 인마(人馬)를 거느리고 산채로 돌아왔다. 산채에서 축하의 주연이 성대히 베풀어진 것은 두말할 것도 없는 일이다.

양웅의 장인 반노인은 석수에게 고깃간을 해보지 않겠느냐는 이야기를 꺼냈다.

"우리 집 뒷문 밖은 아주 좁디좁은 골목길인데, 그 뒤로는 한 채의 빈 집이 있고 우물이 있어서 물을 쓰기도 편하니 여기를 일터로 삼고 장사를 시작하면 아주 제격이오."

석수는 그 장소를 한 번 돌아보고 아주 일하기 편한 곳이라고 기뻐했다.

반공은 옛날부터 잘 아는 일꾼들을 도로 찾아 데려다 놓고, 석수에게는 장부만 맡아서 봐달라고 했다.

석수는 쾌히 승낙하고, 옛날 일꾼들을 불러서 울긋불긋하게 고기 써는 상을 설치하고, 도마며 물통이며 만반 준비를 갖추어서 고깃간의 면목을 일신해 놓았다.

또 도살장과 돼지우리도 따로 마련하여 10여 마리의 살찐 돼지를 키우게 하고 길일을 택하여 고깃간의 문을 열었다.

여러 이웃 사람들과 친척들이 모두 와서 축하의 붉은 비단을 걸쳐 주고 이틀 동안이나 성대한 잔치가 벌어졌다.

양웅의 집안에서는 석수 때문에 장사를 다시 시작하게 되었다고 모두 기뻐했고, 반노인과 석수는 장사에만 정신을 쏟으며 나날을 무사히 보내고 있었다.

어느덧 두달이란 세월이 눈 깜짝할 사이에 지나갔다.

때는 가을이 다 가고 머잖아 겨울이 다가들 무렵이었다.

어느 날, 석수는 새 옷 한 벌을 지어서 갈아입었다.

그리고 이른 아침 오경에 일어나서 외현(外縣)으로 나가 돼지를 사가지고 사흘 만에 집으로 돌아왔다.

석수는 깜짝 놀랐다.

점포의 문이 열려 있지 않았기 때문이었다. 집 안으로 들어가 보니 고깃간의 도마까지 깨끗이 걷어치워지고 찾아볼 수 없었다.

"이게 대체 어찌된 셈일까? 고기 써는 칼까지 깡그리 어디다 감춰 버리고 찾아볼 수 없으니!"

석수는 곰곰 생각해 봤다.

"속담에도 '사람이 천날을 두고 좋을 수 없고(人無千日好) 꽃이 백날을 두고 붉을 수 없다(花無百日紅)'고 했듯이, 형은 밖에 나가서 관리 노릇만 하고 집안일을 보살피지 않는 판에, 내가 이 새옷을 지어 입자 반드시 형수가 뒷구멍으로 무슨 말을 한 모양이다. 또 내가 이틀이나 집에 돌아오지 않는 동안에 필연코 누가 또 쓸데없는 주둥

이질을 한 모양이다. 그래서 의심을 품고 장사를 걷어치웠을 것이다. 나는 그들의 말을 들어 볼 것도 없이 내 편에서 사퇴하고 고향으로 돌아가면 그뿐이다. 자고로 '천하에 마음 변하지 않는 사람이 어디 있느냐?(那得長遠心的人)'는 말이 옳은 말이다!"

석수는 돼지를 우리 안으로 몰아넣고, 방으로 들어가서 옷을 갈아입고 보따리 짐짝을 챙겼다. 그리고 계산서를 세밀하게 작성해 가지고 뒷문으로부터 안으로 들어갔다. 반노인은 소주소식(素酒素食)을 마련해 놓고 석수더러 같이 앉아서 술을 마시자고 했다.

"멀리 갔다 오느라고 수고했군! 돼지를 몰고 온다는 건 힘이 드는 노릇이지."

석수가 입을 뗐다.

"별말씀을 다 하십니다. 우선 이 계산서나 받으십시오. 이 계산서 위에 손톱만한 사심이라도 있다면 천벌을 받겠습니다."

"여보게, 그게 무슨 소린가? 집안엔 아무 일도 없었는데!"

하며 반노인은 깜짝 놀랐다. 석수가 또 말하기를,

"저는 고향을 떠난 지 이미 6,7년이 되었습니다. 집에나 한 번 다녀올 생각으로 이 계산서를 올리는 겁니다. 오늘 밤에 형님과 작별인사나 하고 내일 떠나려고 합니다."

반노인은 그 말을 듣더니 껄껄대며 웃었다.

"이 사람! 그건 잘못 생각했네! 가만 있게! 우선 이 늙은이 말이나 자세히 듣고 나서 다시 이야기하게!"

이리하여 반노인은 한두 마디로 끝나지 않을 긴 이야기

를 꺼냈는데, 이것 때문에 원수를 갚으려는 장사들이 삼척
장검을 뽑아들게 되고, 파계의 사문(沙門)이 구천에 목숨
을 잃게 되는 것이다.

45 스님, 벌거벗고 죽다

楊 雄 醉 罵 潘 巧 雲
石 秀 智 殺 裵 如 海

반공의 말을 들어 보니 석수의 생각과는 너무나 딴판이었다.

자기의 딸 교운의 예전 남편이던 왕압사가 세상을 떠난 지 꼭 2주년이 되어서 불공이라도 드려 줄 생각으로 이틀 동안 점포문을 닫아 둔 것이며, 오늘 보은사(寶恩寺)의 스님이 와서 불공을 드리게 되었으니 몸을 잘못 쓰는 자기를 대신해서 사람 접대나 잘 해달라는 것이었다.

이렇게 되고 보니 석수도 생각을 달리하여 이 집에 그대로 머물러 있을 수밖에 없었다. 반공과 술잔을 주거니 받거니 하는 동안에, 도인 한 사람이 경담(經擔)을 짊어지고 나타나서 제단을 마련해 놓고 불상공기(佛像供器)며 고발종경(鼓鈸鐘磬), 향화등촉(香火燈燭)을 벌여 놓았고 부엌에서는 잿밥을 준비하게 되었다.

양웅은 점심때가 지나서 잠시 집으로 돌아오기는 했으나, 그날따라 당번이라 하며 모든 일을 석수에게 잘 봐달라 부탁하고 나가 버렸다.

얼마 안 있다가 젊고 미끈하게 생긴 스님이 하나 나타났는데, 반공에게 '수양 아버지〔乾爺〕'라 부르며 인사를 했다.

석수가 이상하다고 생각하고 있을 때 양웅의 아내 반교
운이 상복도 입지 않고 엷은 화장을 한 채 이층에서 내려
오더니, 그 젊은 스님과 반갑게 인사를 하며, '오라버니'라
고 불렀다.

교운의 설명에 의하면, 이 미끈하게 생긴 젊은 스님은
해사려(海闍黎) 배여해(裴如海)라고 하며 본래는 실장사
집(絨練鋪) 서방님이었는데 출가하여 보은사에서 중노릇
을 하고 있으며, 그의 스승이 교운의 집안과 같은 문도였
던 관계로 반공을 '수양 아버지'라 부르고 교운은 그를 '오
라버니'라고 부른다는 것이었다.

아무래도 수상쩍은 생각이 들어서, 석수는 휘장 밖에
숨어서 이 중과 교운이 주고받는 수작을 엿듣고 있었다.

교운과 배여해라는 중은 천연스럽게 말을 주고받으며,
앞으로 이미 세상을 떠난 교운의 어머니의 불공을 절간에
서 드리도록 하자는 상의를 했는데, 배여해에게는 이것을
핑계로 여자를 절간으로 유인하자는 엉큼스런 배짱이 역
력했고, 교운은 이것을 핑계로 절간으로 가고 싶은 앙큼스
런 생각을 품고 있는 것이 뚜렷했다.

하녀가 차를 내놓자, 교운은 손수건으로 찻잔 언저리를
얌전하게 씻어서 배여해에게 올렸다. 찻잔을 받아드는 배
여해는 정욕에 가득 찬 눈초리로 교운의 육체를 더듬고
있었다. 교운도 애교가 넘치는 눈초리로 배여해를 쏘아봤
다.

이 꼴을 보는 석수의 마음이 편할 리 없다.

'음탕한 년이구나! 평소에 나에게도 이상한 눈초리를 하
는 것을 모른 체하고 진짜 형수처럼 대해 왔더니… 양웅

을 위해서라도 이 따위 음탕한 년놈을 처치해 버려야만 되겠다!'

여러 중들이 모이자 불공이 시작되었다. 교운은 엷은 화장을 하고 제단 옆으로 아장아장 걸어와서 향불을 피우고 합장배례했다. 배여해는 더욱 신바람이 나서 자루 달린 방울을 힘껏 흔들었고, 여러 화상들은 교운과 배여해가 어깨를 서로 비비대며 신바람이 나서 노는 꼴을 보자 덩달아서 어쩔 줄 몰랐다.

여러 화상은 교운의 색정이 넘쳐흐르는 자태에 도취해서 자신들이 무엇을 하고 있는지도 모르고 엄벙덤벙하는 동안에 불공은 끝이 나, 안으로 들어가서 잿밥을 먹었다. 배여해는 여러 중들의 등덜미에서 고개를 돌이켜 교운을 쳐다보며 싱글벙글, 음부 교운도 손으로 입을 막고 간사스런 웃음을 터뜨리며 눈으로 정을 통하고 있었다.

영문도 모르는 반공은 주인의 체면을 차려서 여러 중들에게 잿밥을 권한 다음, 몸이 불편해서 먼저 자기 방으로 들어가 잠이 들고 말았다.

석수는 이 음탕한 남녀들이 노는 꼴을 보다 못해 격분을 참지 못하고, 배가 아프다는 핑계를 대며 판자 하나를 격한 옆방으로 들어가서 잠을 잤다.

음부 교운은 치미는 정욕을 감추지 못하고 아양을 떨며, 옆에서 누가 보건 말건 꼬리를 치고 왔다갔다했다. 여러 화상은 밤이 삼경이 되도록 경을 외다가 모두 기진맥진해 있었다. 배여해 혼사 신바람이 나서 점점 소리를 높여 염불을 했다.

휘장 옆에 오랫동안 서 있던 교운은 마침내 타오르는

정욕의 불길을 참을 수 없어, 하녀를 시켜서 배여해에게 할 말이 있으니 불러 오라고 했다. 배여해가 허둥지둥 휘장 옆으로 오니, 교운은 그의 소맷자락을 붙잡고 앙큼스럽게 속삭였다.

"오라버니, 내일 불공드리신 사례를 받으러 오실 때, 꼭 우리 아버님께 말씀드려서, 절간에 가서 어머님 불공을 드려 드리도록 해주세요!"

"암! 내가 그걸 잊어버릴 리 있나!"

눈길과 눈길이 서로 마주치면서 엉큼스런 스님과 음부 사이에는 그들만의 약속이 아무도 모르게 굳어져 갔다. 이런 수작을 판자 하나 격한 옆방에서 남몰래 듣고 있는 석수는 혼자서 통탄하여 마지않으며 가게로 나가 버렸다.

"형님 같은 호걸이 어째서 저 따위 음탕한 년을 만나게 됐을까!"

이튿날 사례를 받으러 다시 이 집에 나타난 배여해는, 그들의 계획대로 반공을 구워삶는 데 성공했다. 반공은 은붙이를 톡톡히 주면서 배여해에게 사례했고, 딸과 함께 절간으로 가서 자기 망처(亡妻)에게 불공을 드려 주도록 할 것을 쾌히 승낙했다.

이튿날 아침 오경 때쯤 양웅은 관청으로 들어갔고, 석수는 고기장사 준비에 바빴다. 교운도 일찍 일어나서 남몰래 분단장을 하고 맵시나는 옷차림에 하녀 영이까지 새옷을 입혀 가지고 반공과 함께 석수에게로 와서, 자기네들은 절간으로 불공을 드리러 가니 집을 잘 보아 달라고 하였다. 석수는 쾌히 승낙하면서도 마음속으로는 교운이 무슨 앙큼스런 짓을 벌이고 있는지 재빨리 알아차렸다.

일행이 절간에 도착하자, 엉큼스런 배여해는 우선 술상부터 근사하게 차려 놓고 제자 중들을 시켜서 반공과 교운에게 권하도록 했다. 그 술은 보통 술이 아니라 제일 독한 술이었다. 심지어 하녀 영이는 물론 교군(轎軍)에게까지 몇 잔씩 마시게 했다. 반공은 권하는 술을 거절하지 못하고 몇 잔인지 연거푸 넙죽넙죽 받아 마시더니 정신을 못 차리고 취해 버렸다.

"침상으로 모시고 가서 한참 푹 쉬도록 해드려라!"

배여해는 제자 중들에게 명령하여, 노인을 조용한 방으로 치워 버리고 나서 교운을 게슴츠레한 눈초리로 건너보면서 입을 연다.

"이봐요! 아무 염려 말고 한 잔 더 들자니까!"

음부 교운은 마음이 싱숭생숭한데다 술기운에 더 한층 정욕의 자극을 받아서 애교가 넘치는 음성으로 얼버무린다.

"오라버니! 날 이렇게 술에 취하게 해놓고 어쩔 작정이시죠?"

배여해는 엉큼스럽게 나지막한 소리로 속삭인다.

"어쩌긴 뭘 어째! 그저 대견하고 사랑스러울 뿐이지!"

"난, 인제 더 못 마셔요!"

"그럼, 우리 내 방으로 가서 불아(佛牙)나 구경하기로 하지!"

"나도 그게 한 번 보고 싶어서 왔는데…."

배여해는 교운을 데리고 2층으로 올라갔다. 깨끗하게 정돈된 배여해의 침실이었다. 음부는 흐뭇한 생각이 들었다.

"정말 깨끗하고 조용한 침실이군요!"

배여해도 따라 웃으며 말을 이었다.

"단지 여편네가 없는 게 한이지!"

"하나 얻으시면 될 게 아녜요?"

교운은 음탕한 태도로 부채질을 했다.

"자아, 인제 불아를 구경시켜 주세요!"

"먼저, 영이를 아래층으로 내려보내면 곧 보여 주지!"

교운은 그 말대로 하녀 영이더러 아래층으로 내려가서 아버님이 잠이 깨셨나 잘 보고 있으라고 쫓아 버렸다. 영이가 침실문을 나서자마자 배여해는 방문을 안으로 잠그고 음부를 덥석 부둥켜안았다. 교운이 한편 손을 펼쳐 들며 아양을 떨었다.

"나를 여기 가둬 놓고 어쩌겠다는 거죠? 뺨을 한 대 때리고 말 테야!"

"얼마든지 때려 줘! 하지만 손을 다치지 않도록!"

음부는 음심(淫心)을 억제할 도리가 없었다. 배여해를 꼭 껴안았다.

"차마, 요 깍쟁이를 때리지는 못하겠어!"

하면서 침상가로 가서 옷을 벗고 하고 싶은 짓을 마음껏 즐겼다.

보은사의 승방은 정욕을 향락하는 도장(道場)으로 변했다.

운우(雲雨) 같은 장면이 끝난 다음에도, 엉큼스런 화상 배여해와 음부 교운의 욕정은 만족할 줄 모르고 점점 깊은 골짜기를 찾아 들어가고 있었다.

배여해가 교운을 껴안은 채 입을 연다.

"당신이 나를 이렇게 좋아한다면 나는 죽어도 한이 없어! 단지, 오늘 한 번 즐기기는 했지만 그것은 잠시간의 즐거움이고 밤이 새도록 즐길 수 없으니, 당신은 나를 안타깝게 해서 죽게 만들 거야!"

"조급히 굴지 마세요, 내게 좋은 생각이 있으니. 내 영이를 살살 꾀어 가지고 매일 뒷문에 서서 망을 보도록 할게. 우리 집 양반이 집에 없는 날 밤에는 밖에 향탁(香桌)을 내놓고 향불을 피워서 암호를 보낼 테니 안심하고 들어오란 말예요. 그리고 오경까지 잠이 들어서 깨지 못하면 큰일이니까, 그런 경우를 위해서 목탁을 두드리고 새벽녘에 돌아다니는 스님 하나를 물색해서, 우리 집 뒷문에 와서 목탁을 요란스럽게 두드리고 큰 소리로 염불을 하게 해두었다가 그 소리가 나면 곧 돌아가 줘요. 이렇게 하면 바깥을 지킬 수도 있고, 세상 모르고 잠만 자고 있지도 않을 테니까요."

교운은 재빨리 머리를 다시 매만지고 얼굴 단장을 하고 아래층으로 내려왔다. 그러고는 영이를 시켜 반공을 깨워 가지고 승방을 나와, 아무 일도 없었다는 듯이 태연히 집으로 돌아왔다.

보은사에는 호두타(胡頭陀) 호도인(胡道人)이라고 불리는 중이 있었는데, 매일 오경이면 목탁을 두드려서 날이 밝는 것을 알려 사람들에게 염불을 권하고 돌아다니다가 날이 밝으면 잿밥이나 얻어먹는 위인이었다.

배여해는 그날로 이 호도인에게 얼마간의 은붙이를 집어 주고 매수해 버렸다.

"내 자네한테 숨기지 않고 말함세. 이 반공의 따님이 나하고 왕래를 하자고 하는데, 뒷문에 향탁을 내놓았을 때에는 들어오라고 했단 말이야. 하지만 내가 거기서 어정대고 있기도 난처하니, 자네가 먼저 가서 그것을 확인하고 돌아온 뒤에 내가 가면 좋겠단 말일세. 또 오경 때 염불을 권하고 돌아다닐 때에도 그 집 뒷문에 와서 사람이 없거든 목탁을 요란스럽게 두드리고 큰 소리로 염불을 해주면 내가 곧 뛰쳐나오도록 하잔 말일세."

"그만 일이 뭣이 그다지 어렵겠습니까?"

호도인은 쾌히 승낙했다. 그리고 그날 당장에 반공의 집 뒷문으로 가서 동냥을 달라고 했다. 하녀 영이가 나와서 성깔을 부렸다.

"무슨 스님이 동냥을 달라면 앞문으로 오지 않고 뒷문에 와서 시끄럽게…."

호도인이 염불을 하니 교운이 안에서 눈치 빠르게 알아차리고 뒷문으로 나와서 물었다.

"스님은 오경 때면 염불을 하고 돌아다니시는 두타(頭陀)이신가요?"

"네, 맞았습니다. 모두들 적선을 하시도록 향불을 피우고 염불을 하시라고 권하며 다니는 중입니다."

교운은 내심 기뻐하며 영이에게 분부하여 이층에서 동전 한 꾸러미를 가져다가 호도인에게 주었다. 영이가 먼저 안으로 들어가는 것을 보자, 호도인은 교운에게 넌지시 입을 열었다.

"소승은 배여해님의 심복지인입니다. 드나드는 길을 잘 알아 두고 오라고 하셔서 왔습니다."

“알았어요! 잘 알았어요. 오늘 밤에 만약 향탁이 문밖에 나와 있거든 곧 그분에게 알려줘요!”

호도인은 고개를 끄떡끄떡하며 돌아갔다.

교운은 이층으로 올라가서 영이에게도 자기의 비밀을 솔직히 털어놓았다.

옛날부터 종년을 노재(奴才)라고 부르듯이, 저에게 유리하게 해주겠다는데 어찌 주인여자의 말을 거역할 리 있겠는가. 이렇게 음부 교운과 화상 배여해의 간음행위는 척척 손발이 맞아 들어가고 있었다.

양웅은 그날도 당번이어서 날이 어둡기 전에 집에 돌아와서 이부자리를 꾸려 가지고 도로 나갔다. 영이는 벌써 교운에게서 받을 것을 받았으니 날이 저물자마자 일찌감치 향탁을 뒷문 밖으로 내놓았다. 교운은 그 옆에 몸을 숨기고 기다리고 있었다.

초경 전후해서 두건을 쓴 사나이가 슬쩍 달려들었다.

“누구세요?”

하고 영이가 깜짝 놀라 물었다. 그 사나이는 대답이 없었다. 음부 교운이 한옆에서 손을 뻗어 두건을 훌쩍 벗기니 빤질빤질한 중대가리가 뛰어나왔다. 앙큼스런 음성으로 한마디 톡 쏘았다.

“못된 스님이, 그럴 듯한 짓도 잘하는데!”

두 남녀는 부둥켜안고 2층으로 올라갔다. 영이는 향탁을 걷어들이고 뒷문을 잠근 뒤 제 방으로 돌아와 잤다. 배여해와 교운 둘이서는 그날 밤 애교[膠]같이, 칠[漆]같이, 사탕[糖]같이, 꿀[蜜]같이, 타락죽[酥] 같이, 뼛골[髓]같이, 물고기[魚]같이, 물[水]같이 흥겹게 음희(淫戱)를

6, 7차나 즐겼다.

둘이서 잠이 깊이 들어 있었다. 별안간 목탁 소리가 요란스럽게 들리고 소리 높여 염불하는 소리가 들려왔다. 배여해와 교운은 눈을 번쩍 떴다.

"그만 돌아가야겠군! 오늘 밤에 또 만나지!"

배여해가 옷을 주워 입고 일어났다.

"오늘부터 향탁이 밖에 있는 날은 꼭 와야 돼요. 하지만 향탁을 내놓지 않은 날엔 절대로 와서는 안 돼요!"

배여해는 침상을 내려서서 점잖게 두건을 머리에 썼다. 영이가 뒷문을 열어 주며 밖으로 내보냈다. 이렇게 해서 양웅이 당번으로 돌아오지 않는 날은 배여해가 꼭 이 집에 오게 마련이었다.

이 집에는 노인이 하나 있다고는 하지만 날도 어둡기 전부터 쿨쿨 잠들어 버리면 그만이었고, 영이는 한통속이었으니, 단지 하나 석수의 눈만 속이면 아무 일도 겁나는 게 없었다.

음부는 욕정에 사로잡혀 눈이 뒤집힌 것 같았고, 한 번 여자 맛을 들인 화상은 얼이 다 빠진 사람같이, 호도인(胡道人)이 채 연락을 하기도 전에 절간을 뛰쳐나오곤 했다. 교운은 영이를 수족같이 이용하여 화상을 무상출입시키며, 근 한 달 동안이나 음탕한 욕망을 실컷 만족시키고 있었다.

12월 중순 어느날 오경쯤 되어서다.

석수는 눈을 떴다. 목탁 소리가 요란스럽게 들려오며, 골목으로 깊숙이 들어가서 큰 소리로 염불을 하는 호도인의 음성이 들려왔다. 석수는 벌떡 일어나서 문틈으로 내다봤다. 두건을 쓴 사나이가 어둠 속으로 슬쩍 나오더니 두타와 함께 사라져 버렸다. 그 뒤로 영이가 나와서 문을 닫고 들어갔다. 석수는 그 꼴을 보자 울화가 치밀었다.

'형님 같은 호걸이 어째서 저 따위 음탕한 여자를 만났을까? 이런 줄도 모르고 저년에게 감쪽같이 속고 있다니!'

석수는 날이 밝자, 관청으로 양웅을 찾아갔다. 공교롭게 가는 도중에서 집으로 돌아오는 양웅과 마주쳤다.

"관청일에만 바빠서 자네하고 오랫동안 술 한잔도 같이 나누지 못했네!"

양웅은 이렇게 말하면서 어떤 주점으로 석수를 데리고 들어가 조용한 방에서 마주 대하고 앉았다. 머리를 수그리고 묵묵히 앉아 있는 석수를 보자, 성미 급한 양웅이 먼저 물었다.

"이 사람! 집안에 무슨 재미없는 일이라도 있었나?"

석수는 그 이상 참고만 있을 수 없었다. 그날 오경에 목격한 사실을 솔직히 알려 주었다.

"이 못된 것들이 어찌 감히 그런 짓을?"

양웅은 대로하여 소리를 질렀다.

"형님, 오늘 밤에는 아무 말씀 마시고, 내일은 당번인 체하시고 밤이 삼경쯤 되거든 집으로 돌아오셔서 앞문을 두들기시오. 그렇게 되면 그 중녀석은 반드시 뒷문으로 달아날 것이니, 내가 지켜섰다가 붙잡을 것이오. 그때는 형님이 좋도록 처리하시오."

술값을 셈하고 나오려는데 지부가 보낸 우후(虞侯—아문의 하인배)들이 양웅을 찾아왔다. 석수는 그대로 집으로 돌아왔고, 양웅은 지부에게 불려가서 뒤뜰에서 봉술을 해보였다. 지부는 기뻐하면서 술을 연거푸 열 잔이나 양웅에게 권했다.

밤이 되어서 양웅은 술이 잔뜩 취해 가지고 간신히 자기 집으로 돌아왔다.

교운은 남편이 술에 취해 돌아오자, 영이와 함께 이층으로 부축해 올려놓고 방의 불을 밝게 켜놓았다.

양웅이 침상 위에 쓰러지자 영이는 가죽신을 벗겼고, 교운은 두건을 벗기고 망건까지 풀어 주었다. 자고로 '취중진담'이라는 말이 있듯이, 양운은 아내를 바라다보자 울화가 치밀어서 손가락질을 하면서 소리를 질렀다.

"못된 년아! 내, 네 년을 그대로 둘 줄 알구!"

교운은 깜짝 놀라서 한옆에 엎드려서 잠이 든 체했다. 양웅은 침상 위에 누워서 연방 욕설을 퍼부었다.

"이 못된 년! 음탕한 년! 네 놈! 네… 네 놈이 나를 골탕을 먹였단 말이지! 이놈! 이놈! 내가 네 놈을 호락호락 내버려 둘 줄 아니?"

교운은 숨을 죽이고 남편이 잠이 들기만 기다렸다. 밤이 오경이나 되어서 양웅은 술이 깨어 물을 찾았다. 교운은 일어나서 그릇에 물을 따라서 남편에게 주었다. 양웅은 냉수를 마시고 나더니 아내에게 물었다.

"당신, 어째서 옷도 벗지 않고 잤소? 내가 술이 취해서 뭐라고 떠들기라도 합디까? 석수 아우하고 하도 오래간만에 몇 잔 마신 것이 취해서… 앞으로는 집에서 술상을 차려 놓고 같이 마시도록 해주면 어떻겠소?"

교운은 눈물이 글썽글썽한 눈을 감추느라고 애쓰면서

잠자코 있었다.

"뭘 그러는 거요?"

양웅이 그 까닭을 캤더니, 교운은 생사람을 잡을 것 같은 앙큼스런 대답을 하며 훌쩍훌쩍 마음에도 없는 울음을 울었다.

"내 말씀 들으시고 화를 내지는 마세요! 당신이 의형제를 맺었다는 석수라는 아우를 우리 집에 데려오신 다음, 처음 얼마 동안은 그렇지 않았는데, 지나는 동안에 이 자가 엉뚱한 야심을 드리내고 딩신이 집을 비는 날이면 내게다 눈독을 들이구, '형님은 오늘 밤에도 집에 안 오시는 모양인데 형수 혼자서 주무시기 쓸쓸하시겠다'는 둥, 이 따위 소리를 해도 나는 못 들은 체했더니, 어제 아침에는 내가 부엌에서 목덜미를 씻고 있노라니까, 그자가 또 나타나서 옆에 사람이 없는 것을 알자, 뒤에서 손을 뻗쳐서 나의 가슴속에다 처박고 더듬더듬하면서 한다는 소리가 '형수님! 아기는 언제 배시나요?' 하지 않겠어요! 나는 그 손을 뿌리치고 손등을 호되게 때려 줬지만, 너무나 분해서 소리를 질러 버릴까 하다가, 이웃 사람들이 알면 창피한 노릇이고 당신이 망신스럽기만 하겠기에 그대로 당신이 돌아올 때까지 꾹 참고 있었어요! 그런데도 당신은 술이 엉망진창으로 취해서 인사불성이 되어 집에 돌아오시니 무슨 이야기를 할 수 있겠어요? 나는 그자를 물어뜯어도 시원치 않도록 약이 바짝 올라서 견딜 수 없는데, 당신은 그런 못된 자를 아우니 뭐니 하시구. 참 기가 막혀서! 내가 비록 왕압사(王押司)가 세상을 떠난 후 과부가 되어서 개가를 했다고는 하지만, 당신 같은 쾌남아요 호걸인 양반을 만나서 행복하게 살게 됐다고 했는데도, 당신은 내 생각은 조금도 해주시지 않고, 일이 바쁘다고 집을 비우기만 하시니!"

음탕한 여자는 자고 이래로 말솜씨도 놀라운 법이다.

그리고 세상의 남편치고 여편네의 말이면 귀가 솔깃해서 속아넘어가게 마련이다.

양웅이 교운의 말을 듣자, 벌컥 화를 내면서 소리를 질렀다.

"범을 그리는데 가죽을 그리기는 쉬워도(畵虎畵皮) 뼈를 그리기는 어렵고(難畵骨), 사람을 알고 얼굴을 알아도(知人知面) 마음은 알 수 없다(不知心)더니, 이 죽일 놈이 내 앞에 와서 해사려(海闍黎—배여해)가 어쩌니저쩌니 말이 많더니 전혀 터무니도 없는 소리를, 도둑이 제 발이 저려서 먼저 횡설수설한 것이었구나! 이놈! 어디 두고 보자!"

그리고 또 마지막으로 분을 참을 수 없다는 듯이 이렇게 투덜거렸다.

"놈은 나의 친동생도 아니다! 내쫓아 버리면 그뿐이지!"

날이 밝자 양웅은 아래층으로 내려가서 반공에게 분부했다.

"죽인 짐승들은 소금에 절여 두고 오늘부터 장사는 걷어치우시오!"

하면서 순식간에 고깃간의 세간을 모조리 때려부숴 버렸다.

날이 밝자, 석수가 점포를 열어 장사를 시작하려고 가

게로 나와 보니 세간이 온통 엉망진창으로 부숴져 있었다.
　눈치 빠른 사람이라, 즉각 알아차리고 혼자 생각한다.
　'맞았다! 그렇구나! 양웅은 술이 잔뜩 취해서 입을 놀려 가지고 내가 이야기한 일을 누설하고 말았을 게다! 그래서 도리어 그 못된 년에게 속아 넘어가서 내가 괘씸한 짓을 했다고 뒤집어씌우는 말을 곧이들었을 게다! 그리고 양웅은 홧김에 노인을 시켜서 점포를 닫고 장사를 집어치우라고 했을 게다! 하지만 여기서 내가 꼬치꼬치 캐내서 이야기를 한다면 양웅이 망신을 낭하고 날 것이니, 내가 한 걸음 뒤로 물러나서 다른 방법을 차려야겠다!'
　석수는 혼자 웃으면서 곧 일터로 돌아와서 보따리를 꾸렸다. 양웅은 석수에게 욕을 보이기 싫어서 밖으로 나가고 집에 없었다.
　석수는, 보따리를 꾸려 들고 날카로운 단도 한 자루를 몸에 품고 반공에게로 가서 이렇게 말했다.
　"소인은 댁에서 오랫동안 폐를 끼쳤습니다. 오늘 형님이 이미 점포를 걷어치우고 말았으니 소인도 집으로 돌아가야겠습니다. 장부는 명백히 돼 있으니까 한 푼도 틀림없을 것입니다. 장부에 추호라도 이상한 점이 있다면 소인이 천벌을 받을 겁니다!"
　반공은 사위가 강하게 못박은 일이라 그를 붙잡지 않았다.
　석수는 반공과 작별하고 나오자, 근처에 여인숙 한 군데를 잡아 가지고 우선 편히 쉬었다. 그는 이런 생각을 했다.
　'양웅과 나는 의형제를 맺은 사이이다. 만약에 여기서 내가 이 사건의 전말을 명백히 해놓지 않는다면 도리어 양웅의 목숨이 위태로울 것이다! 그는 어떨 김에 여편네 말을 듣고 화를 냈을 것이고, 나도 흑백을 가려서 말을 하지 않았으니, 무슨 일이 있더라도 이 사건은 명백히 해주어야겠다. 그렇다! 그가 언제 당번인가를 알아 가지고 사경 때쯤 일어나서 지키면 꼬리를 잡을 수 있을 게다!'

여인숙에서 이틀쯤 지내고 난 다음, 석수는 형편을 살펴보려고 양웅의 집 문앞으로 가보았다. 그랬더니 마침 젊은 옥졸이 양웅의 이부자리를 옮겨 가는 것을 확인할 수 있었다.

'오늘 밤에는 반드시 당번일 게다! 좀 기다려 보면 알겠지!'

석수는 그렇게 생각하며 그대로 여인숙으로 돌아가서 한잠을 푹 자고 나서, 사경 때쯤 일어나 단도를 허리춤에 꽂고 살며시 여인숙을 빠져 나와 양웅의 집 뒷골목으로 살금살금 들어가서 어둠 속에 몸을 숨기고 지키고 있었다.

오경 때쯤 되니까 두타 호도인이 목탁을 들고 골목 어귀에 나타나더니 이리 기웃 저리 기웃 형편을 살피고 있었다. 석수는 훌쩍 내달아 호도인의 뒤로 가서 한 손으로 덥석 움켜잡고 한 손으로 목덜미에 단도를 디밀면서 나지막한 음성으로 호령을 했다.

"꼼짝 말고 듣거라! 소리를 지른다면 죽여 버릴 테다! 솔직히 말해라! 배여해 화상이 네 놈을 여기 뭐하러 보낸 거냐?"

"목숨을 살려 주신다면 말씀드리죠!"

"빨리 말해라! 죽이지 않을 테니!"

"네. 배여해 스님은 반공의 따님과 정을 통하고 지내시면서 밤마다 내왕하시는데, 저더러 이 뒷문 밖에 향탁을 내놓은 것을 확인하고 연락을 취해서 들어가도록 하라 하셨고, 오경이 되면 목탁을 두들겨서 그 소리를 듣고 이 집에서 나오시도록 해달라고 하셨습니다."

"지금, 그놈은 어디 있느냐?"

"아직도 여자의 집에서 주무시고 계십니다. 제가 지금 목탁을 두들기면 곧 나오실 겁니다."

"우선, 네 놈의 의복과 목탁을 내게 주어라!"

석수는 호도인의 의복을 벗기고 목탁을 빼앗았다. 호도인이 옷을 다 벗자 단도로 그의 목덜미를 찔러서 죽여 버렸다. 호도인이 죽자, 석수는 그의 옷을 몸에 걸치고 단도를 허리에 차고 목탁을 두들기면서 곧장 골목 안으로 깊숙이 들어갔다.

침상에 누워 있던 배여해는 목탁 소리를 듣자마자 벌떡 일어나서 옷을 주워 입고 아래층으로 내려왔다. 영이가 먼저 문을 열어 주었고, 배여해는 그 뒤를 따라서 살짝 뒷문 밖으로 빠져 나왔다. 석수는 여전히 목탁을 두드리고 있었다. 배여해가 살며시 소리를 질렀다.

"무슨 목탁을 이렇게 정신없이 두드리기만 하느냐?"

석수는 아무 말도 하지 않고 배여해를 이끌고 골목 어귀까지 나왔다.

재빠른 동작으로 별안간 발길질로 걸어질러 가지고 땅바닥에 깔아 버렸다.

"떠들지 말아! 떠들면 네 목숨은 없는 것이다! 내가 네 놈의 옷을 벗기는 동안 잠자코 있으면 되는 거야!"

배여해는 그것이 석수인 줄 알자 옴쭉달싹은커녕 소리도 지르지 못했다. 석수에게 의복을 깡그리 빼앗기고, 실오라기 하나도 걸치지 않은 벌거벗은 알몸뚱이가 되었다. 석수는 허리춤에서 살며시 단도를 꺼내 가지고 서너덧 번이나 연거푸 찔러죽여 버리고 말았다. 그리고 단도를 배여해의 시체 옆에 던져 버리고 두 놈의 의복을 한데 꾸려 가지고 아무도 모르게 여인숙으로 돌아왔다.

그런데 이 고장 성 안에는 왕공(王公)이라는 늙은이가 있었다. 죽과 떡을 팔고 다니는 장사치였다.

이날 새벽에도 등롱에 불을 밝혀 들고 어린 심부름꾼 녀석을 하나 데리고 장사를 하러 나섰다.

공교롭게도 시체가 나뒹굴고 있는 바로 옆을 지나치게 됐는데, 발을 헛디뎌서 떠메고 있던 죽그릇을 엎질러, 땅바닥은 온통 죽바다가 돼 버렸다.

어린 심부름꾼 녀석이 불평을 한다.

"이런! 스님이 술이 취해 가지고 이런 데서 잠을 자고 있군!"

죽장수 늙은이가 손으로 더듬어 보니 두 손이 온통 피투성이가 되었다.

"아앗!"

하고 비명을 지르는 바람에 이웃 사람들이 깜짝 놀라 뛰쳐나와서 횃불을 밝히고 살펴봤다.

피투성이가 된 죽과 떡이 뒤범벅이 된 속에 두 구의 시체가 나뒹굴고 있었다. 이웃 사람들은 죽장수 왕공 노인을 붙잡아 관청으로 보내겠다고 야단들이었다.

46　음탕한 여자의 최후

病關索大鬧翠屏山
拚命三火燒祝家店

　이웃 사람들은 즉각 왕공을 잡아 계주 부리(府裏)로 끌
고 가서 고소를 제기하고, 죽장수가 죽을 땅바닥에 쏟아
놓은 데서 발단이 되어 그 옆에 죽어 나자빠져 있는 두 시
체를 발견하게 됐는데, 하나는 화상이요, 하나는 호두타였
다고 고해 바쳤다.

　왕공은 왕공대로 시체를 발견하게 된 경위를 솔직히 고
백하고, 자기의 무죄를 변명하며 공명한 판단을 내려 달라
고 애원했다.

　지부는 당장에 청취서를 작성하고 그 고장 이갑(里甲—
里正)에게 명령하여, 이웃 사람과 왕공을 대동하고 일단
시체를 세밀히 검사한 다음에 상세한 보고서를 내노라고
명령했다.

　이갑의 보고서에 의하여, 살해당한 것은 보은사의 배여
해라는 화상과 절간 뒤에 살며 밥술이나 얻어먹고 지내는
호두타라는 것이 판명되었다. 시체 옆에는 단도 한 자루가
내던져져 있는데, 호두타가 단도를 뽑아서 배여해를 찔러
죽이고 범죄가 겁이 나서 자기 자신도 자살해 버렸으리라
는 추측이 가장 유력하게 되었다.

　지부는 절간의 중들을 모조리 잡아다가 심문해 봤으나

자세한 사정을 아는 사람은 하나도 없었다.

지부가 결단을 내리지 못하고 망설이기만 하고 있을 때, 사건을 담당하고 있는 공목(孔目)이 의견을 제출했다.

"화상이 벌거벗은 알몸뚱이로 있는 것을 보면 두타와 평소부터 사이가 좋지 못해서 결투를 한 것 같습니다. 왕공과는 하등의 관계가 없는 사건이라고 생각합니다. 두 시체는 절간으로 보내서 관을 만들어 수습케 하고, 문서상으로 두 놈이 결투한 것으로 기록해 두면 끝장이 날 것입니다."

지부는 공목의 의견대로 관계자들을 모조리 석방했다.

그러나 세상 사람들의 이목이란 무서웠다.

앞골목에 사는 한가한 젊은 친구들이 이 사건의 진상을 노래로 지어서 부르게 되자, 뒷골목에 사는 젊은 친구들도 그들에게 지기 싫다는 듯이 <임강선(臨江仙)>이라는 노래를 지어서 세상에 퍼뜨렸다.

음부 반교운은 이런 소문을 듣자 넋을 잃고 어리둥절했으나 감히 아무 말도 못하고 혼자서 가슴만 태우고 있었다.

양웅은 계주 부리에서 화상과 두타가 살해당했다는 소문을 듣자, 이것은 틀림없이 석수가 저지른 사건이라고 대강 눈치는 챘다.

양웅이 주교(州橋) 앞까지 나왔을 때 공교롭게도 등덜미에서 소리를 지르는 사람이 있었다. 바로 석수였다.

"형님, 어디를 가시오?"

"마침, 자네를 좀 만나볼까 하고 나오던 길일세!"

이리하여 두 사람은 석수의 여인숙으로 들어가서 흉금

을 털어놓고 이야기를 주고받았다. 석수가 먼저 말을 꺼냈다.

"나도 일개 남아 대장부요. 형님이 여자의 간악한 계교에 떨어지실까 봐 찾아왔던 길이었소. 증거품으로 화상과 두타의 옷을 깡그리 벗겨 왔소!"

양웅은 그것을 보자 분노의 불길이 타올라서 밤이 되면 당장 계집을 죽여 버리겠다고 날쳤다. 석수는 양웅에게, 공문에서 일을 보고 있는 사람으로서 사람을 죽인다는 것은 삼가야 할 일이니 그런 생각은 하지 말라고 권고하고 만류했다.

결국, 석수가 양웅의 체면을 세울 수 있는 계책을 제시했다.

"동문 밖에 취병산(翠屛山)이 있지 않소? 아주 으슥하고 깊숙한 산속이오. 내일 형님은 불공을 드리러 가자고 부인을 유인해 가지고 함께 산속으로 오시오. 하녀 영이까지 동행시키고. 나는 먼저 산에 가서 기다리고 있다가, 서로 대면하고 흑백을 가리기로 합시다. 그러고 나서 형님은 절연장을 써서 주고 여자를 내던져 버리는 게 제일 타당한 방법이 아니겠소?"

양웅은 석수의 의견대로 아내를 유인하는 데 성공했다. 악묘(嶽廟)로 불공을 드리러 간다고 속였다.

양웅은 미리 지전이며 향이며 초 등속을 준비해 가지고 아침식사를 마쳤다. 음부 반교운은 그런 내막도 모르고 맵시나게 몸치장을 했고, 하녀 영이도 화려한 옷을 입었다.

교군꾼이 가마를 가지고 문밖에서 대령했다. 양웅이,

"장인, 집을 잘 봐주십시오. 아내와 함께 불공을 드리고 오겠습니다."

하니 반노인이 영문도 모르고 대답하는 말이,

"오냐! 집 걱정은 말고 어서 빨리 가서 불공이나 드리고 일찌감치 돌아오도록 해라!"

아내를 태운 가마가 앞장을 섰고 그 뒤를 하녀 영이가 따랐으며, 또 그 뒤를 양웅이 따라갔다. 양웅이 교군에게 넌지시 말했다.

"취병산으로 가세! 삯전은 두둑이 줄 테니."

두 시간도 못 되어서 가마는 취병산에 도착했다.

이 취병산이란 황량하기 이를 데 없었고, 어디를 둘러 봐도 푸른 풀이 무성했고 백양나무가 빽빽이 서 있는 으 슥하고 깊숙한 곳이며, 절간이나 암자 같은 것은 찾아볼 수도 없었다.

산 중턱쯤 올라갔을 때, 양웅은 교군꾼에게 가마를 내 려놓으라고 분부했다. 휘장을 걷어치고 아내더러 가마 밖 으로 나오라고 했다.

반교운은 깜짝 놀라며 물었다.

"어째서 이런 산속으로 올라가는 거죠?"

"잠자코 따라오면 되는 거요! 교군꾼들은 여기서 기다리 고 있어! 따라 올라오면 안 돼! 나중에 술값을 톡톡히 낼 테니."

"네, 알겠습니다! 여기서 기다리고 있겠습니다."

교군꾼들은 서슴지 않고 대답했다.

양웅은 아내를 데리고 하녀 영이와 함께 언덕을 서너너 덧 군데나 더 올라갔다.

산꼭대기 으슥하고 깊숙하며 오래 된 묘지가 있는 곳으로 아내를 끌고 올라갔다. 거기서 석수가 기다리고 있는 것은 두말할 것도 없었다.

석수는 보따리며 곤봉이며 칼을 나무 밑에 감춰 놓고 불쑥 뛰어 내달았다.

"형수님! 인사드리오!"

"어째서 여기 와 계신다죠!"

이렇게 말하면서도 음부 반교운의 가슴은 뜨끔했다.

"여기서 오래 전부터 기다리고 있었소!"

양웅은 대뜸 호통을 쳤다.

"네 년은 죄없는 이 석수 아우를 모함했지? 석수가 네 년의 가슴에다 손을 대고 젖통을 주무르면서 언제쯤 몸을 푸시게 되느냐고 했다지? 여기는 아무도 없다. 어디 거짓말인지 정말인지 삼자대면하고 따져 보자!"

"이미 지나간 일인데 아무러면 어때요! 그만두세요!"

석수가 눈을 부릅뜨며 호통을 쳤다.

"형수! 거짓말 마시오! 형님 앞에서 똑똑히 말씀해 주시오!"

석수는 보따리를 풀고 화상과 두타의 의복을 꺼내서 내동댕이쳤다.

"이 의복이 누구의 것인지 알아보시겠소?"

음부 반교운은 그것을 보자, 얼굴이 새파래지면서 할 말을 잃었다. 석수는 칼을 뽑아들고 양웅에게 말했다.

"영이에게 물어 봐 주시오! 확실한 것을 아실 수 있을 것이오!"

영이는 결국 10여 차나 배여해가 뒷문으로 드나들며 반교운과 음탕한 관계를 맺은 사실을 자백하는 도리밖에 없었다.

양웅은 반교운의 머리채를 움켜잡고 호통을 쳤다.

"이 더러운 년아! 영이란 년이 시원스럽게 자백했다! 네 년도 숨기지 말고 낱낱이 자백해라! 네 년의 목숨만은 살려 줄 것이니…."

반교운도 마침내 자기의 음탕한 소행을 샅샅이 고백했다.

"내가 잘못했어요! 부부라는 인정을 생각하시고 한 번만 용서해 주셔요!"

석수가 또 소리를 질렀다.

"형님! 섣불리 구시면 안 되오! 톡톡히 버릇을 가르치셔야 합니다."

양웅도 호통을 쳤다.

"이 더러운 년아! 좀더 자세히 말하지 못할까?"

"뭣을 더 자세히 말해요? 할 말은 다 했는데요!"

석수가 또 버력 악을 썼다.

"그러면 무슨 까닭으로 형님에게 내가 흉측한 짓을 했다고 터무니없는 고자질을 했소!"

반교운은 그때 사정과 경위를 솔직히 털어놓았다.

"그날, 우리 주인이 술에 잔뜩 취해서 돌아오시더니 나더러 다짜고짜로 욕설을 하더군요. 그래서 이것은 반드시 까닭이 있는 일이라고 생각했지요. 당신께서 내 소행을 눈치채시고 우리 주인에게 고자질을 하신 줄 알았거든요. 그랬더니 밤이 오경이나 되었을 때, 주인은 또 당신 말씀을 하면서 어떻게 지내는지 궁금하다고 하시더군요. 당신 이야기를 해서 어물어물 뒤집어씌워 버린 것이지만, 사실 당신에게는 손톱만한 잘못도 없는 일이죠!”

석수가 또 의기양양하게 소리를 질렀다.

“자, 인제는 세 사람의 말을 다 들어 보셨으니 형님 좋으실 대로 처리하시오!”

양웅이 흥분해서 소리쳤다.

“인제 시비곡절이 가려진 이상, 이년의 머리채를 뽑아 버리고 벌거벗겨 주게! 그 다음은 내가 손수 해치울 것이니….”

석수는 양웅의 분부대로 당장에 대들어서 반교운의 머리채를 송두리째 뽑아 버리고 옷을 깡그리 벗겨서 알몸뚱이를 만들었다.

그러자 양웅은 치마끈을 두 갈래로 찢어 가지고 여자를 나무에다 꽁꽁 묶어 버렸다.

석수는 영이의 머리에 꽂힌 물건들도 모조리 뽑아 버리고 칼끝을 들이대고 소리를 질렀다.

“이 따위 돼먹지 않은 어린 년을 살려 둬서 뭣에 쓰겠소? 풀을 뽑으려면 뿌리까지 없애 버립시다!”

“옳은 말이야! 아우, 칼을 이리 주게! 내 손으로 처치해 버릴 테니!”

영이는 심상치 않은 기세를 알아차리고 소리를 지르려고 했으나, 바로 그 순간 양웅은 칼을 번쩍 쳐들더니 번갯불처럼 내리쳐서 영이의 몸뚱이를 두 토막으로 내고 말았다.

반교운은 나무에 결박당한 채 비명을 질렀다.

“시아주비! 잘 말해 주세요!”

석수는 냉랭했다.

"그건 형님이 알아서 하실 노릇이지 나는 상관할 바 아니오!"

양웅은 반교운의 앞으로 선뜻 대들더니 우선 칼로 혓바닥부터 도려내서 말을 못하게 만들었고, 다시 손가락질을 하면서 욕설을 퍼부었다.

"이 더러운 계집년아! 나는 일시 네 년의 꾀임에 빠져서 하마터면 그대로 속아넘어갈 뻔했다! 첫째로 네 년은 우리 형제 사이를 이간질했고, 둘째로는 세월이 흘러가는 동안에 나의 목숨까지 없애 버렸을 것이다! 네 년의 오장육부가 어떻게 생겨 먹었는지 내가 먼저 들여다봐야겠다!"

당장에 한칼로 가슴에서부터 샅두덩까지 북 그어 버리고 오장육부를 끄집어내어 소나무 가지에 걸쳐 버렸다.

음탕한 계집의 원수는 갚고 났지만 사람을 둘씩이나 죽여 놓고 보니, 양웅도 당황하지 않을 수 없었다.

"자아, 이제부터 어찌하면 좋겠나? 간부도 음탕한 계집도 모조리 죽여 버리기는 했으나 우리들은 어디다가 몸을 의탁할 수 있겠나?"

석수가 선뜻 입을 열었다.

"그건 미리부터 생각하고 있었소. 우리가 몸을 의탁할 만한 곳이 있으니 우물쭈물할 것 없이 곧 떠나기로 합시다!"

"도대체 어디로 가자는 건가?"

"형님도 사람을 죽였고 나도 살인을 했소. 양산박으로 가서 일당에 가담하기로 합시다. 그밖에는 우리들이 몸을 의탁할 만한 곳은 없소!"

"가만 있게! 그리 간다고는 하지만 자네도 나도 거기에는 아는 사람이라곤 하나도 없으니 우리들을 받아 줄지 알 수 있나?"

"그럴 리 없소. 요즘 세상에서는 산동의 급시우 송공명이란 분이 널리 천하의 유능한 인사들을 모아 가지고 의(義)로써 뭉쳐 사귀고 있다고 소문이 자자하오. 형님도 나도 무술의 재간이 남만 못한 바 아니니, 받아들여 주지 않을리 없소!"

"세상만사 어려운 일을 먼저 하고, 쉬운 일을 뒤로 돌리면 후환이 없는 법이니, 잘 생각해서 하세. 또 나는 보통 사람과 달라서 공인의 몸이니 우리들을 쉽사리 받아들여 줄지 의심스럽네!"

석수가 웃으면서 대답했다.

"그분도 본래는 압사라는 공직에 있던 분이오. 내 말을 들으시면 형님도 안심하실 수 있을 거요. 전일 형님과 의형제를 맺던 바로 그날, 주점에서 먼저 나와 술을 마시고 있던 두 사람 중 한 사람은 양산박의 신행태보 대종이란 분이었고, 또 한 사람은 금표자 양림이란 분이었소. 이분들이 나에게 준 은전 10냥이 아직도 내 보따리 속에 그대로 들어 있소. 그러니까 이분들을 의탁하고 양산박으로 가도 안심할 수 있단 말이오."

"그런 연고 관계가 있다면 돌아가서 노자돈을 마련해 가지고 빨리 떠나도록 하세!"

"형님, 그렇게 우물쭈물할 겨를이 없소. 성 안으로 돌아갔다가 만일에 정체가 탄로나면 큰일이 아니오. 보따리 속에는 다소 돈이 될 만한 물건이 들어 있고 나에게도 얼마간 용돈푼이 남아 있으니 그대로 떠납시다. 성 안으로 갔다가 무슨 일이 생긴다면 그때는 옴짝달싹 못하고 마지막이 될 게 아니겠소! 이번 사건은 조만간 탄로가 나고 말 것이니 우물쭈물할 것 없이 우선 산 저편으로 도주해 버립시다!"

석수는 이렇게 말하면서 보따리를 짊어지고 곤봉을 손에 잡았다.

양웅도 칼을 허리에 찌르고 박도를 손에 잡고 묘지 근처에서 뜨려고 했다.

바로 이때,

소나무 저편으로부터 어떤 장정 하나가 불쑥 내닫더니 소리를 질렀다.

"청평(淸平)한 세상, 탕탕(蕩蕩)한 건곤(乾坤)에서 사람을 죽이고 양산박 일당에 가담하러 간다는 거냐? 나는 여기서 다 듣고 있었다!"

양웅과 석수가 고개를 돌리니 공손히 머리를 수그리고 있는 장정이 보였다. 그 장정은 양웅이 잘 아는 사람이었다. 성이 시(時)요, 이름이 천(遷)이고, 고당주(高唐州)가 조관인 사람이었다.

신세가 전락하여 이 고장으로 와서 남의 집 담을 뛰어넘어가 도둑질을 하기 일쑤요, 말을 훔쳐내는 것을 능사로 삼고 지내는 자였다.

일찍이 계주 부리에서 감옥살이를 했을 때 양웅에게 신세를 진 일이 있었는데, 사람들은 그를 고상조(鼓上蚤)라는 별명으로 불렀다.

양웅이 대뜸 시천에게 물어 봤다.

"어째서 여기 와 있나!"

"절급 형님! 제 말을 좀 들어 보십시오! 소인은 근자에 도무지 되는 노릇이라곤 없어서 남의 무덤을 파헤치고 이것저것 훔쳐내서 그럭저럭 지내고 있었습니다. 형님께서 여기서 일을 저지르시는 것을 보고도 감히 나와서 시끄럽게 굴 수는 없었습니다. 양산박으로 가셔서 일당에 가담하신다는 말씀을 듣고 보니, 소인도 여기서 언제까지나 닭이나 훔쳐내고 개도둑질이나 하면서 지낼 수는 없다는 생각이 들어서, 두 분 형님을 따라서 산으로 올라갈까 합니다. 형님께서 소인을 데리고 가주실는지요?"

석수가 선뜻 대답했다.

"양산박에서는 지금 유능한 인사를 구하고 있는 중이니, 당신 같은 쾌남아라면 문제없을 것이오. 당신 한 사람쯤이야 걱정없을 것이니 우리와 같이 동행하십시다."

"소인은 지름길을 잘 알고 있습니다."

시천이 이렇게 말하면서 양웅과 석수를 안내하여, 세 사람은 지름길을 찾아서 산 저편으로 넘어선 다음, 곧장 양산박을 향하여 길을 떠났다.

한편, 두 교군꾼은 산중턱에서 해가 서녘에 기울도록 기다려도 사람이 내려오는 기색이 없었다.

그렇다고 해서, 산으로 올라오지 말라는 분부를 받았으니 무작정 올라가 볼 수도 없고 해서 오랫동안 망설이다가 결국 산꼭대기로 올라가 봤다.

까마귀가 떼를 지어 묘지 옆에 모여 있었다. 자세히 살펴보니, 까마귀들이 송장의 창자를 쪼아먹으며 야단법석을 하고 있는 판이었다.

교군꾼들은 대경실색, 빨리 되돌아와서는 반노인에게 알려 주고 여러 사람이 계주 부리에 고소했다. 지부는 즉각 현위에게 명령하여 시체 검사원을 대동하고 취병산으로 가서 시체를 검사해 보도록 했다.

현위가 돌아와서 지부에게 보고했다.

"반교운이란 여자가 소나무 밑에 배를 갈려 죽어 있고, 하녀 영이가 무덤 옆에 두 토막이 나 넘어져 있으며, 무덤 한편으로는 화상과 두타의 의복이 내동이쳐져 있었습니다."

지부는 즉각 반 노인을 불러다 심문했고, 반 노인은 전일 승방에서 술을 마시던 일과 석수가 집을 나가던 일을 자세히 고백했다.

지부는 마지막 판단을 내렸다.

반교운과 화상이 간통했고, 하녀와 두타가 망을 봐주고 협력해 줬으며, 석수란 놈이 의분을 느껴 두타와 화상을 죽인 것이며, 양웅이 하녀와 자기 아내를 죽인 것이라고.

결국 양웅과 석수에게 현상금이 붙은 체포령이 내렸다. 반노인은 관을 마련해서 장사를 지냈다.

한편, 양웅·석수·시천 세 사람은 계주를 뒤로 하고 운주 땅으로 들어섰다. 향림와(香林洼)란 곳을 지나가자니 앞으로 한군데 높은 산이 바라다보였다. 날이 저물었다. 앞으로 시내를 끼고 여인숙이 한 집 보여 세 사람은 그곳으로 들어갔다.

마침, 젊은 심부름꾼 녀석들이 문을 닫으려는 판에 세

사람이 달려들게 되었다.

젊은 심부름꾼 녀석들은 먼길을 걸어왔다는 세 나그네를 맞아들이지 않을 수 없었다. 시천은 다짜고짜로 저녁밥을 짓겠다고 쌀 다섯 되를 마련해 달라고 했다.

시천은 밥을 짓기 시작했고, 석수는 방안에서 짐을 챙겼으며, 양웅은 아내의 머리에서 뽑은 비녀 한 자루를 젊은 심부름꾼에게 주고 술을 우선 한 독만 가져오라 하며 계산은 내일 다시 하자고 했다.

젊은 심부름꾼은 비녀 한 자루를 받아들자 안으로 들어가서 술 한 독을 가지고 나오고, 야채 삶은 것을 한 접시 상 위에 놓아 주었다.

시천은 우선 더운 물을 한 통 떠다가, 양웅과 석수의 손발을 씻도록 했다. 그러고 나서 젊은 심부름꾼까지 불러 가지고 함께 술상을 차려 놓고 마셨다.

석수는 무심코 여인숙 처마 밑에 열몇 자루의 박도가 꽂혀 있는 것을 보고 심부름꾼에게 물었다.

"자네들 여인숙에는 무기가 있으니 이건 무슨 까닭인가?"

"주인께서 거기 두신 것입니다."

"자네들 주인이란 분은 어떤 사람이신가?"

"저편에 바라다뵈는 높은 산은 독룡산(獨龍山)이라고 합니다. 산 앞으로 우뚝 솟은 언덕은 독룡강(獨龍岡)이라고 하고요. 그 위에 우리 주인님의 거처하는 집이 있습니다. 이곳 언저리 30리쯤 되는 넓은 땅을 축가장(祝家莊)이라 부르는데, 우리 주인 태공(太公) 축조봉(祝朝奉)님에게는 세 분의 아드님이 계시어 남들이 '축씨삼걸(祝氏三

傑)'이라고 일컫습니다. 마을 전후에는 6,7백 호가 있는데 모두 소작인들입니다. 매호마다 두 자루씩 박도를 나누어 주셨습니다. 이곳은 축가점(祝家店)이라고 하는데 수십 명의 사람들이 머무르게 되기 때문에 박도의 배당을 받은 것입니다."

"여인숙에 박도를 주어서 뭣에 쓴다는 건가?"

"여기는 양산박에서 그다지 멀지 않아서 그곳에 있는 도둑놈들이 양식을 강탈하러 올까 봐 박도를 나누어 주고 있는 것입니다."

심부름꾼들은 술을 몇 잔 마시더니 사양하고 안으로 들어가 버렸다.

양웅·석수 둘이서 그대로 술을 마시고 있자니까, 시천이 큼직한 닭 한 마리를 들고 나타났다.

조금 전에 뒤뜰으로 소변을 보러 나갔다가 이 닭이 부엌에서 어정거리고 있기에, 붙잡아 가지고 잘 삶아서 두 사람의 술안주로 가지고 왔다는 것이었다.

"자네는 아직도 손버릇이 고쳐지지 않았군!"

양웅이 이렇게 말하니, 석수도 웃으면서,

"아직도 옛날 직업을 바꾸지 못했군!"

했다.

세 사람이 삶은 닭을 뜯어먹으며 맛있게 술을 마시고 있을 때, 젊은 심부름꾼들이 달려들었다.

"손님들은 지독하신 분들이십니다. 새벽에 울어서 시간을 알려 주는 우리 여인숙의 한 마리밖에 없는 수탉을 잡아 잡수시다니!"

시천이 소리를 질렀다.

"못생긴 소리! 우리는 여기 오는 도중에 사가지고 온 닭을 뜯고 있는 것이다! 너희 집 닭 같은 것은 구경한 일도 없다!"

"그럼, 우리 집 닭은 어디로 갔습니까?"

"산코양이가 잡아 갔는지, 족제비가 물어 갔는지, 그걸 우리가 어떻게 안다는 거냐?"

"아까까지 부엌에서 놀고 있었습니다. 당신네들이 훔치지 않았다면 누가 훔쳐 갔단 말입니까?"

"그렇게 핏내를 올릴 서야 없지 않느냐? 얼마짜리나 되는지 물어 주면 될 것이지!"

"그것은 시간을 알려 주는 수탉이 되어서 우리 여인숙에 없어선 안 될 짐승입니다. 똑같은 닭을 내놓지 않으신다면 당신네들을 붙잡아 가지고 양산박에서 내려온 강도라고 관청에 고소하겠소!"

석수는 그 말을 듣자, 화를 참지 못하고 호통을 쳤다.

"만약에 내가 양산박의 쾌남이라면 네 놈은 어떻게 나를 붙잡아 주고 상을 탈 작정이냐?"

양웅도 대로하여 소리를 질렀다.

"그래도 돈으로 닭값을 물어 주려고 했더니, 고얀 놈! 닭값을 물어 줄 수 없다면 네 놈은 어떻게 우리를 붙잡을 작정이냐?"

젊은 심부름꾼들은 고함을 질렀다.

"도둑이야!"

안으로부터 4,5명의 장정들이 웃통을 벗어부치고 내달더니 양웅과 석수에게 덤벼들었다.

석수는 주먹으로 마구 후려갈겼다. 장정들이 고함을 지르려고 하는 것을 시천이 어찌나 호되게 때렸는지, 얼굴이 퉁퉁 붓고 입을 벌리지도 못했다. 수명의 장정들은 하는 수 없이 뒷문으로 도주해 버렸다.

세 사람은 재빠른 동작으로 밥을 배불리 먹고 보따리를 나누어서 짊어지고 짚신의 들메끈을 거뜬히 맨 다음, 칼을 허리에 차고 처마 밑에서 제일 좋은 박도를 한 자루씩 뽑아들고 나섰다. 석수가 부엌으로 뛰어들어서 불을 질렀다.

초가집은 순식간에 타버리고 부근 일대는 불바다로 변하고 말았다.

세 사람이 두 시간쯤 줄달음질을 쳐서 도망치고 있을 때, 앞뒤에서 무수한 횃불이 번쩍거리며 2백여 명이나 되는 소작인들이 고함을 지르며 쫓아왔다.

석수가 말했다.

"당황히 굴 것은 없소! 우리는 지름길로 빠져서 달아납시다!"

양웅이 배짱을 부렸다.

"가만 있자! 한 놈이 덤비면 한 놈을 죽이고, 두 놈이 덤비면 두 놈을 죽이면서 날이 밝기를 기다려서 도망치기로 하세!"

그 말이 채 끝나기도 전에 소작인들이 세 사람을 사방에서 포위하고 달려들었다.

양웅이 앞장을 섰고, 석수가 맨 뒤에, 그리고 시천이 맨 가운데 있었다. 세 사람은 박도를 휘두르며 소작인들과 결사적으로 싸웠다.

소작인들은 처음에는 창봉을 휘두르며 마구 덤벼들었지

만, 양웅이 박도로 단숨에 6,7명을 거꾸러뜨리자 겁을 집어먹고 도주하려고 했다.

양웅이 연거푸 또 6,7명을 거꾸러뜨리니 소작인들도 마침내 우르르 흩어지고 말았다.

세 사람은 그대로 소작인들을 추격했다. 그런데 난데없이 마른 풀더미 속으로부터 기다란 쇠갈퀴가 뻗쳐 나오더니 시천을 걸어 잡아당겨 가지고 풀더미 속으로 나꿔채 갔다.

석수가 얼른 몸을 돌이켜 시천을 구줄하려고 했을 때, 별안간 등덜미로부터 또 두 갈래의 쇠갈퀴가 뻗쳐 나왔다.

양웅이 재빨리 알아채고 박도로 두 갈래의 쇠갈퀴를 물리쳐 버리고 풀더미를 향하여 쳐들어가니 소작인들은 일제히 고함을 지르고 도주해 버렸다.

시천을 빼앗긴 두 사람은 소작인들에게 깊숙이 끌려 들어갈 것을 겁내고, 시천을 포기한 채 이리저리 길을 찾아서 도주했다.

두 사람은 횃불이 환하게 비치는 동편을 향해서 길을 찾아 도주했고, 소작인들은 부상당한 사람들을 구출해서 떠메고, 시천의 두 손을 뒤로 젖혀서 꽁꽁 묶어 가지고 축가장을 향해서 돌아갔다.

양웅과 석수는 날이 밝도록 길을 달렸다. 앞으로 술집이 한 군데 보였다. 석수가 말했다.

"형님, 저 술집에 들어가서 술이나 몇 잔 마시고 밥도 먹고 길도 물어서 가도록 합시다!"

두 사람이 술상 앞에서 잔을 들려고 했을 때, 별안간 밖으로부터 건장하게 생긴 장정 한 사람이 뛰어들었다.

넓적한 얼굴에 광대뼈가 툭 삐져 나왔고, 부리부리한 두 눈에 큼직한 귀, 징글맞도록 무시무시하게 거창한 체구였다. 갈색 수삼(袖衫)을 입고 머리에는 만자두건(萬字頭巾)을 썼으며, 흰 비단 허리띠를 질끈 동이고 유방화(油膀靴)를 신고 있었다.

그는 소리를 질렀다.

"우리 대관인께서 짐짝을 떠메다가 상납하라고 하신다!"

술집주인이 선뜻 받았다.

"짐짝이 꾸려지면 곧 상납시키겠습니다!"

돌아서서 술집을 나가려던 그 장정이 양웅과 석수의 앞을 지나치게 되었다.

양웅은 그 장정의 얼굴이 낯익었다.

대뜸 물어 봤다.

"자네 어째서 여기 와 있나? 나를 모르겠나?"

그 장정이 힐끗 뒤를 돌아다봤다. 역시 잘 알 수 있는 얼굴이었다.

"아, 우리 은인께서 어떻게 이런 곳에 와 계십니까?"
하면서, 양웅을 보고 정중하게 절을 했다.

양웅과 석수가 만나게 된 이 장정은 과연 누구인가?

47 위기에 빠진 호걸들

撲 天 雕 兩 修 生 死 書
宋 公 明 一 打 祝 家 莊

양웅은 그 장정을 석수에게 소개하고 인사를 시켰다
　양웅의 말에 의하면, 그 장정은 두흥(杜興)이라 하며,
중산부(中山府) 사람으로 하도 얼굴이 험상궂어 귀검아
(鬼臉兒)라는 별명으로 불리며, 몇 해 전 계주에 와서 장
사를 하다가 대수롭지 않은 일에 성미를 부리고 같은 장
사치 한 사람을 때려죽인 까닭에 계주 부리에 잡혀 있었
는데, 이때 양웅이 구출해 준 사람이라는 것이었다.
　두흥은 양웅의 신세를 지고 이 고장까지 흘러왔는데,
어느 대관인의 눈에 들어서 그 집에 불려 가 청지기 노릇
을 하면서 상당한 신임을 받고 지내는 판이었다.
　양웅이 축가점에 머무르게 된 경위와 시천을 소작인들
에게 빼앗긴 자초지종을 자세히 말하자 두흥이 서슴지 않
고,
　"은인께서는 아무 걱정 마십쇼. 소인이 시천이란 분을
뽑아내 드리겠습니다!"
하면서 이 고장의 형편을 양웅에게 자세히 설명해 주었다.
　이 고장 독룡강 앞에는 언덕이 세 군데 있고 세 마을이
나란히 자리잡고 있는데, 맨 가운데 마을이 축가장, 서쪽
으로 있는 마을이 호가장(扈家莊), 동쪽에 있는 마을이 이

가장(李家莊)이며, 세 마을의 병력을 합치면 1,2만이나 되는데 그 중에서도 가장 병력이 강한 것이 축가장이라는 것. 두목격인 가장(家長)이 축조봉(祝朝奉)이고 그에게는 아들 3형제가 있어서 '축씨삼걸(祝氏三傑)'이라고 불리는데 장남은 축룡(祝龍), 둘째는 축호(祝虎), 셋째는 축표(祝彪). 이밖에도 무예 선생인 철봉(鐵棒) 난정옥(欒廷玉)이란 자가 만부부당(萬夫不當)의 용맹을 지녔으며, 또 1,2천 명의 하인배들이 우글거리고 있다는 것이다.

서쪽 호가장의 두목격인 가장은 호태공(扈太公)이라 하는데, 비천야차(飛天夜叉) 호성(扈成)이라는 아들이 있고, 또 하나 무용에 뛰어난 딸이 있어서 일장청(一丈靑) 호삼랑(扈三娘)이라고 부르며, 일월쌍검(日月雙劍)을 잘 쓰고 말도 제법 탈 줄 안다고 했다.

동쪽 마을의 가장은 이응(李應)이라는 사람인데 바로 두흥의 주인이며, 혼철점강창(渾鐵點鋼鎗)을 잘 쓰기로 유명하고 등에 비도(飛刀) 다섯 자루를 감추고 다니는데, 백 보의 거리에서 사람을 거꾸러뜨리는 신출귀몰한 재간을 지닌 사람이라고 했다.

이 세 마을은 생사를 같이하기로 맹세하고 있으며, 힘을 합쳐서 양산박의 호걸들이 양식을 강탈하러 오리라는 비상사태에 만반준비를 갖추고 대비하고 있다는 것이다.

결국, 두흥은 양웅과 석수를 자기 주인인 이응에게 데리고 가서 시천을 구출해 달라고 애원했다.

"축가장으로 편지를 한 통 보내셔서 시천을 구출해 주시면 죽더라도 그 은혜를 저버리지 않겠습니다!"

이응은 문관 선생(門舘先生)과 상의한 결과 편지 한 통을 작성해 가지고 명휘(名諱)까지 기입하고 날인한 다음, 부주관(副主管)을 불러서 쾌마(快馬) 한 필을 마련하여 축가장으로 달려가서 사람을 뽑아 가지고 오라고 분부했다.

부주관은 주인의 편지를 받자 즉각에 말을 타고 달렸다.

양웅과 석수가 고맙다고 인사하니 이응이,

"두 분 장사께서는 안심하시오! 소인의 편지가 가면 곧 놓아 보낼 것이오."

하면서 안으로 들어가서 술이나 한잔 하자고 했다.

양웅과 석수는 이응의 뒤를 따라서 안으로 들어가 아침 식사를 대접받고, 식사가 끝나자 차를 마시며 창술에 관한 이야기를 했다. 양웅과 석수의 조예 깊은 대답에 이응은 내심 기뻐하여 마지 않았다.

사패(巳牌) 때(열두시 전)가 되어서 부주관이 돌아왔는데 답장도 없었고 시천도 데리고 오지 못했다. 그 까닭인즉, 편지를 축조봉에게 전하기는 했으나, '축씨삼걸'이라는 삼형제가 나와서 주에 고소하겠다고 펄펄 뛰더라는 것이었다.

이응이 깜짝 놀라며 이렇게 말했다.

"우리 세 마을은 생사지교(生死之交)를 맺고 있는 터인데, 나의 편지를 봤으면 의당 사람을 돌려보낼 텐데, 아무래도 자네의 말주변이 부족했던 모양일세. 이번에는 두주관(杜主管―두흥) 자네가 친히 가서 축조봉을 만나보고 자세한 사정을 말해 보게!"

두주관이 이응의 똑같은 편지 한 통을 받아 가지고 말

을 달려 떠나간 다음, 이응은 또 똑같은 말을 되풀이했다.

"두 분 장사는 안심하시오! 내 편지가 가면 사람을 돌려보내 줄 것입니다."

그러나 땅거미가 다가들 때까지 두주관은 돌아오지 않았다. 양웅과 석수가 하도 궁금해서 바깥 대청으로 나가 봤을 때야, 두흥이 말을 내려서 대문 안으로 들어서고 있었다.

두흥의 얼굴에는 노기가 충천했으며 이를 악물고 한동안 말도 제대로 하지 못했다.

이응이 초조한 마음으로 까닭을 묻자, 두흥은 간신히 마음을 진정하며 그대로 돌아오게 된 경위를 자세히 말했다.

"소인이 주인님의 편지를 가지고 저편의 셋째 문[三重門]에 도착했을 때, 축룡·축호·축표 삼형제가 거기 앉아 있었습니다. 세 사람에게 절을 했더니, 축표가 대뜸 네 놈은 뭣하러 또 왔느냐고 호통을 쳤습니다. 편지를 전하러 왔다고 허리를 굽혀 공손히 말했더니, 축표가 또 한다는 소리가 네 놈의 주인은 정말 벽창호다! 오늘 아침에도 어떤 놈을 보내서 양산박의 도둑놈 시천을 보내 달라고 하더니, 연거푸 네 놈을 또 보냈구나! 지금부터 그놈을 관청으로 끌고 갈 판인데 돌려보내라고 하다니, 하면서 소리를 질렀습니다. 소인이 시천이란 분은 양산박의 일당이 아니고 계주에서 우리 주인님을 찾아오신 손님이라고 아무리 변명을 해도 소용이 없었습니다. 삼형제는 막무가내, 무슨 일이 있어도 돌려보낼 수 없다고 노발대발 소리를 지를 뿐, 이응이란 놈도 양산박의 강도들과 정을 통하는 놈이니

함께 붙잡아서 관청으로 보내야겠다고 하며 이루 형언키
어려운 욕설을 퍼부었습니다. 심지어 그 집의 하인배들은
소인마저 붙잡으려고 덤벼드는 것을 간신히 말을 달려 도
망쳐 온 길입니다! 주인님의 편지는 축표에게 전하기는
했습니다만, 뜯어 볼 생각도 없이 당장에 북북 찢어 버렸
으니, 이런 괘씸한 놈이 어디 있습니까! 도무지 그대로 묵
과할 수 없는 놈들입니다. 다년간 생사지교를 맺어 온 터
에 어찌 이다지도 인의(仁義)를 망각한 짓을 할 수 있겠습
니까!"

이응은 그 말을 듣자, 무명업화(無名業火)가 3천 장이
나 치밀어 누를 길이 없었다.

그는 호통을 쳐서 하인배들을 불렀다.

"빨리 말을 탈 준비를 해라!"

양웅과 석수가 권고했다.

"대관인께서는 노기를 진정하십시오! 소인들 때문에 귀
처(貴處)의 의기(義氣)를 손상시키시면 안 됩니다!"

그러나 이응은 막무가내, 즉시 자기 방으로 돌아가서
황금쇄자(黃金鎖子) 갑옷을 입고, 가슴과 등을 수면엄심
(獸面掩心)으로 든든히 가리고, 대홍포(大紅袍)를 입고,
등에 비도(飛刀) 다섯 자루를 꽂고 강창(鋼鎗)을 손에 잡
고 봉시회(鳳翅盔) 투구를 쓰고 집 앞에 나서서 3백 명의
건장한 하인배들을 소집시켰다.

두흥도 갑옷을 입고 창을 손에 잡고 말을 탄 뒤 20여
기(騎)의 부하를 거느렸고, 양웅과 석수도 몸치장을 든든
히 하고 박도를 손에 잡은 뒤 이응의 뒤를 따라서 곧장 축
가장으로 달려갔다.

해가 서녘에 기울 무렵, 독룡강 산기슭에 도착하여 즉시 진을 쳤다.

축가장이란 본래부터 만반의 준비가 견고하게 되어 있는 곳이었다.

독룡강이란 높은 언덕에 자리잡고 있으면서 사방으로 활항(闊港)을 파놓았고, 산꼭대기에 저택을 지어 놓았는데 성벽을 3중으로 그 높이가 2장(丈)이나 되게 모두 든든한 돌로 쌓아올렸으며, 앞뒤 저택의 문에는 구름다리가 두 갈래로 걸려 있었다. 또 그 주위에는 와포(窩舖)가 깔려 있는데, 거기에는 창도군기(鎗刀軍器)가 즐비하게 꽂혀 있고, 전루(錢樓―누각) 위에는 징·북이 잔뜩 쌓여 있었다.

이응은 말을 멈추고 축가(祝家)의 저택 앞에서 호통을 쳤다.

"축가 삼형제! 어째서 감히 이 영감님을 헐뜯고 비방했느냐?"

저택의 대문이 열리며 5,60기(騎)가 달려나왔다. 앞장을 선 것은 축조봉의 셋째 아들 축표였다.

이응은 축표를 보자 손가락질을 하면서 또 한 번 호통을 쳤다.

"젖비린내나는 어린 녀석이 어째서 내 편지를 찢어 버리고 나의 이름을 욕되게 하였느냐?"

"네 놈은 어찌하여 양산박의 도둑놈들과 결탁하고 모반을 꾀하느냐?"

"양산박이라니? 생사람을 잡으려 들지 말아!"

"도둑놈 시천이가 실토를 했는데도 허튼 수작을 하려 드

느냐? 빨리 내 앞에서 꺼져 버려라! 그렇지 않으면 도둑
놈으로 몰아서 관청에 처박겠다!"

이응은 격분을 참지 못하고 창을 휘두르며 축표에게 덤
벼들었다. 축표도 말을 달려 나와 응전했다. 17,8합이나
싸웠다. 축표는 이응을 대적해내지 못하고 말 머리를 돌려
서 달아났다. 이응은 그 뒤를 추격했다.

그러나 결국, 비호처럼 몸을 돌이켜 쏘아대는 축표의
화살을 맞고 이응은 말 위에서 나둥그러 떨어지고 말았다.

축표가 그대로 덤벼들려 했으나 양웅과 석수가 그것을
막아냈고, 축표의 말이 양웅의 박도에 궁둥이를 얻어맞아
축표가 말에서 떨어질 것만 같이 아슬아슬한 찰나, 축표의
부하들이 쏘아대는 화살이 빗발쳐서 양웅과 석수는 그 이
상 추격할 것을 단념했다.

두흥은 이응을 구출해 가지고 말에 태운 다음 철수했고,
양웅과 석수도 하인배들의 뒤를 따라 도주했다.

축가장의 병력은 2,3리 길이나 추격해 왔으나, 날이 이
미 저물어 단념하고 되돌아갔다.

두흥은 이응의 상처를 치료해 주고 밤새도록 대책을 강
구했다.

양웅과 석수는 시천도 구출해내지 못하고 도리어 이응
에게 화가 미치는 결과가 되어 버린 데 격분하여, 어차피
이리된 바에야 양산박으로 올라가서 조(晁)·송(宋) 두
두령과 상의해서 이 원수를 갚아 보자고 주장했으며, 이응
도 이 의견에 쾌히 승낙했다.

마침내 양웅과 석수는 양산박을 향해서 길을 떠났다.

주기(酒旗)가 휘날리는 술집을 발견하고 안으로 들어서서 술을 마시면서 길을 물었다. 그 술집은 근자에 양산박에서 새로 설치한 연락처로서 석용이 맡아 보는 곳이었다. 석용은 쉽사리 석수를 알아 봤다.

얼마 전에 대종이 계주에서 돌아왔을 때, 석수의 이야기를 했기 때문에 대강 어떤 인물이라는 것은 알고 있었다.

석용의 주선으로 양웅과 석수는 쉽게 양산박에 도착했다. 송강과 조개, 그리고 여러 두령들 앞에서 양웅과 석수는 여기까지 찾아오게 된 자세한 경위를 얘기했다.

그랬더니 천만뜻밖에도 조개가 대로하여 호통을 치는 것이었다.

"저 두 놈의 목을 당장 베어라!"

송강이 깜짝 놀라며 가로막았다.

"형님, 진정하시오! 불원천리하고 여기까지 오신 손님이오. 또 우리들과 협력하겠다는 분들인데 어찌하여 목을 베라 하시오?"

"시천이란 놈은 닭을 도둑질해 먹고 양산박 쾌남아의 명예를 더럽힐 놈이오! 우리가 어찌 그런 놈을 구출하겠소? 저 두 놈의 목을 베어 양산박의 규범을 바로잡고 우리들 면목을 세워야겠소!"

"그건 잘못 생각하셨소! 시천이란 분이 경솔한 짓을 해서 축가놈들을 격분케 했다 해도, 이 두 분이야 우리 산채를 추호도 욕되게 한 분들이 아니오. 또 축가장 놈들은 평소부터 우리 산채에 항거하고 있는 놈들이고, 우리도 마침 다수한 인마(人馬)를 거느리고 식량이 결핍할 때이니 이

번 기회에 놈들을 쳐부수기로 하십시다! 나는 일대(一隊)의 부하를 거느리고 두령 몇 사람과 함께 축가장을 들이치러 가겠소. 만일에 놈들의 마을을 쳐부수지 못한다면 맹세코 두 번 다시 산채로 돌아오지 않을 것이오. 첫째로는 산채의 원수를 갚고 우리들의 위신을 유지하기 위해서요, 둘째로는 놈들에게서 받은 모욕을 깨끗이 분풀이하기 위해서요, 셋째로는 많은 식량을 얻어서 산채에 보탬이 되기 위해서요, 넷째로는 이응을 산채에 맞아들여 우리 편 사람을 만늘기 위해서 죽가장을 쳐서 엎어야겠소!"

오학구도 거들었다.

"공명 형님의 말씀이 지당하다고 생각하오. 우리 산채로서 수족이 될 수 있는 사람의 목을 벤다는 것은 안 될 말이오!"

대종도 반대했다.

"차라리 나의 목을 베시는 것이 옳지, 쓸모 있는 친구들의 목을 벤다는 것은 부당한 일이라 생각하오!"

여러 두령들도 간곡히 권고하니 조개도 마음을 돌리는 수밖에 없었다.

송강은 양웅과 석수를 타일렀다.

"딴 마음을 먹으면 안 되오! 이것은 우리 산채의 엄격한 규율을 위해서 이러는 거요! 이 송강이라 할지라도 무슨 잘못을 저지르면 즉각에 목이 달아나는 판이오! 거기에는 인정사정이 없소이다! 이번에 우리 산채에는 철면공목(鐵面孔目) 비선(裵宣)이 군정사(軍政司)가 되이서 상공벌죄(賞功罰罪)를 다스리고 있소. 지금까지의 일은 과히 섭섭하게 생각지 마시오!"

양웅과 석수는 꿇어앉아서 사죄했다. 조개는 양웅과 석수를 양림 다음 자리에 앉혔고, 산채에서는 부하들을 소집해 놓고 새 두령들에게 인사를 시켰다.

그것이 끝나자 소와 말을 잡아서 축하의 주연을 베풀었다. 두 채의 집을 양웅과 석수에게 마련해 주고 각각 열 명씩의 부하를 거느리도록 해주었다.

연일 주연을 베풀면서 여러 두령들은 대책을 상의했다.

송강은 드디어 결정적인 방법을 세우고 산채의 전원을 배치하기로 했다.

조개·오학구·유당·원씨 삼형제(阮氏三兄弟)·여방·곽성은 본채를 지키고 있을 것.

새로 온 두령 맹강(孟康)은 선박을 건조하는 한편 마린을 대신하여 전선(戰船)을 감독할 것.

제1대—송강·화영·이준·목홍·이규·양웅·석수·황신·구붕·양림 등이 3천 명의 부하와 3백 명의 기병(騎兵)을 거느리고 산을 내려가 앞장을 설 것.

제2대—임충·진명·대종·장횡·장순·마린·등비·왕왜호·백승 등이 역시 3천 명의 부하와 3백 기(騎)를 거느리고 제1대의 뒤를 쫓을 것.

송강 이하 여러 두령들은 쉽게 축가장에 도착하여 독룡산에서 1리쯤 떨어진 곳에 진을 쳤으나, 진로와 퇴로를 확실히 파악할 수 없어서 양림(楊林)을 중으로 변장시키고 석수를 나무장수로 변장시켜서 길을 탐지하기 위해서 먼저 파견했다.

석수는 나뭇짐을 짊어지고 먼저 떠나갔다. 20리쯤 가 봤지만 길이 꼬불꼬불한데다가 나무가 무성해서 도무지

방향을 분간하기 어려웠다. 나뭇짐을 내려놓고 우두커니
서 있노라니, 바로 뒤에서 양림이 중의 몸차림을 하고 방
울을 흔들면서 나타났다.

그들은 상의한 결과, 결국 넓은 길을 택해서 가보는 수
밖에 없다는 결론을 내렸다. 석수는 또다시 나뭇짐을 짊어
지고 넓은 길을 찾아서 걸어갔다.

앞으로 마을이 바라다뵈며 몇 채의 술집과 고깃간도 있
는 것 같았다.

석수는 술집을 찾아 들어가서 한숨 놀려 가려고 했다.

자세히 살펴보니 집집마다 문전에는 칼과 창이 준비되
어 있고, 사람들은 너나 할 것 없이 모조리 '축(祝)'자를
크게 물들인 조끼〔背心〕를 입고 있었다.

길가는 행인들조차 똑같은 옷차림을 하고 있었다.

석수는 어떤 노인을 불러 가지고, 자기는 산동에서 온
대추장수 장돌뱅이라 하고, 이곳 형편을 좀 가르쳐 달라고
했다.

이곳 노인은 이렇게 설명했다.

"이곳 축가장은 근래에 양산박의 호걸들과 사이가 좋지
않아져서, 호걸들이 벌써 마을 어귀까지 쳐들어와 있으며,
멀지 않아 큰 싸움이 시작될 것이오. 그러나 마을로 통하
는 길이란 게 몹시 까다로워서 아직도 쳐들어오지 못하고
밖에서 빙빙 돌고 있는 형편이오. 지금 축가장 전체에는
군령(軍令)이 내렸소. 언제든지 명령만 내리면 마을 젊은
장정들이 총동원되어서 내달을 수 있도록…."

"마을에는 모두 몇 호나 살고 있나요?"

"축가장만도 1,2만 호는 되오. 또 동쪽, 서쪽 두 마을이 협력하게 돼 있소. 동쪽 마을에는 박천붕 이응이란 분이 계시고, 서쪽 마을에는 호태공과 그의 따님인 일장청 호삼랑이라는 용감한 여자가 있소!"

"그러면 양산박의 호걸쯤 겁날 것이 없겠군요?"

"누구든지 이 고장에 처음 오면 길을 몰라서 모조리 붙잡히고 말 것이오."

"어째서 그런가요?"

"한 번 들어오면 나갈 길을 찾기가 어려우니까…."

석수는 엉엉 울면서 꿇어앉아서 애원했다.

"소인은 떠돌아다니다가 장사밑천도 다 까먹고 고향으로 돌아갈 수도 없는 몸이라 나무장사를 해서 근근히 지내는 몸이온데, 싸움판이 벌어진다면 달아날 수도 없을 테니 어찌하겠습니까? 이 나무를 모두 노인께 드릴 테니 불쌍히 여기시어 나갈 길을 가르쳐 주십시오!"

"남의 물건을 거저 받을 수야 있겠소. 내가 사드리리다. 자, 우선 안으로 들어오시오. 잡수실 음식이나 드릴 테니."

석수는 감사하다는 절을 하고 나뭇짐을 짊어진 채 노인을 따라 안으로 들어갔다.

노인은 탁주 두 사발과 죽 한 사발을 석수에게 먹게 해 주었다.

석수는 또 감사하다 절하고 애원했다.

"제발 나갈 수 있는 길을 가르쳐 주십시오!"

"이 마을에서 나가려면 백양나무가 서 있는 곳마다 길을 꾸부려서 나가면 된다오. 길이 넓든 좁든 상관할 것 없이 백양나무만 서 있거든 꾸부려 나가시오. 백양나무가 없으면 그 길은 모조리 앞이 막힌 길이오. 또 다른 나무가 서 있는 곳에서 꾸부려도 안 되오. 그 길도 역시 앞이 막힌 길이오. 길을 한 번 잘못 들면, 그것이 마지막, 어떤 쪽으로도 절대로 빠져나갈 수 없소. 또 길이 막힌 곳마다 땅속으로 죽첨(竹簽)과 철질려(鐵蒺藜)가 파묻혀 있어서, 이것을 건드리기만 하면 발을 꿰뚫어서 붙잡히게 되는 거요!"

"노인의 존함을 알려 주십시오!"

"이 마을에는 축가라는 성이 제일 많지만 나만은 종리(鐘離)라는 두 자 성이오. 이 마을 토박이오."

"신세 많이 졌습니다. 그러면 언제고 다시 와서 찾아뵙고 신세를 갚겠습니다!"

이런 말을 하고 있을 때, 밖에서 요란스런 소리가 들려왔다. 석수가 귀를 기울이니,

"간첩 한 놈이 잡혔다!"

는 소리였다.

석수는 깜짝 놀라서 노인과 함께 밖으로 나왔다. 6,80명의 병사들이 장정 하나의 팔을 뒤로 젖혀서 꽁꽁 묶어 가지고 나타났다. 바로 양림이었다.

벌거벗겨 동아줄로 묶여 있었다.

석수는 당황해서 어쩔 줄 모르며 노인에게 물어 봤다.

"저 장정은 누굽니까? 어째서 결박당한 건가요?"

"지금 듣지 않았소? 바로 송강이 보낸 간첩이오!"

"어떻게 붙잡혔을까요?"

"배짱이 대단한 놈이어서 혼자서 중 행세를 하며 마을

안으로 침범했거든. 길을 잘 모르니까 넓은 길만 따라서 들어오고, 백양나무 있는 곳에서 길을 꾸부려야 한다는 것을 알지 못했으니 길을 잘못 들어서 갈팡질팡하는 것을, 사람들이 수상쩍다 생각하고 우리 두목 가장께 연락해 놓고 붙잡았는데, 금표자 양림이라는 자라고 하오. 붙잡힐 때는 이편 사람 4,5명에게 부상을 입히기는 했지만, 역시 수많은 사람들이 덤벼드니 꼼짝 못하고 붙잡혔다 하오!"

이런 이야기를 하고 있을 때 앞에서 호통을 치는 소리가 들렸다.

"셋째 서방님께서 순찰을 나오시는 길이오!"

석수는 벽틈으로 밖을 내다봤다.

선두에는 40자루나 되는 영창(纓鎗)이 짝을 지어서 무시무시하게 늘어섰고, 뒤에는 활을 메고 말을 탄 자가 4,5명, 네댓 쌍의 정찰에 쓰는 청마와 백마가 그 뒤를 따르고 있었다.

맨 가운데로, 눈같이 흰 말을 타고 어깨에 활을 메고 손에는 한 자루 은창을 잡고, 여러 병사에게 호위되어 유유히 나오는 젊은 장사의 모습이 유난히 주목을 끌었다.

석수는 그것이 누군지 잘 알고 있었지만 일부러 노인에게 물어 봤다.

"저기, 늠름한 모습으로 말을 타고 지나가시는 장사는 누구십니까?"

"저분이 바로 축조봉의 셋째 아드님이신 축표라는 분이시오. 서쪽 마을 호가장 가장의 따님인 일장청 아가씨의 장래 남편이 되실 분이며, 삼형제 중에 제일 출중하고 제일 용맹을 갖추신 분이오!"

석수는 노인에게 또 한 번 절을 하면서 애원해 봤다.

"제발, 이곳에서 나갈 수 있는 길을 가르쳐 주십시오!"

노인이 머리를 흔들었다.

"오늘은 이미 늦었소! 만약에 길을 가다가 도중에서 싸움판이라도 벌어진다면 공연히 개죽음을 하고 말 게 아니겠소!"

석수는 그래도 여전히 애원했다.

"제발, 소인의 목숨을 살려 주십시오!"

노인은 고마운 말을 해주었다.

"우리 집에서 하룻밤 쉬시고, 내일 형편을 봐서 아무 일도 없을 것 같으면 길을 떠나도록 하시오!"

석수는 감사하다고 절을 하고 노인의 집에서 하룻밤을 머무르기로 했다.

대문 밖으로 너덧 차례나 쾌마(快馬)가 달려가며 집집마다 소리를 질러서 연락을 취하고 지나갔다.

"여러분, 오늘 밤에 붉은 등불의 신호를 보시거든 모두 협력해서 양산박의 도둑놈들을 붙잡아 관청으로 보내고 상을 타도록 하시오!"

석수는 또 노인에게 물어 봤다.

"저 사람은 누구입니까?"

"저 관인은 이 고장의 포도순간(捕盜巡簡)이오. 오늘 밤에 송강을 붙잡으려고 미리 연락하는 거요."

석수는 그 말을 듣자 내심 곰곰 생각했다. 그리고 횃불을 한 자루 받아들고 노인에게 인사를 한 다음 뒤꼍에 있는 조그마한 방으로 돌아와서 잠을 잤다.

한편, 마을 어귀에 주둔하고 있던 송강의 군사들은 양

림과 석수가 도무지 연락이 없자, 다시 구붕을 마을로 파견했다. 그는 돌아와서 이렇게 보고했다.

"저편에서는 간첩을 하나 잡았다고 야단법석을 하고 있습니다. 저는 길이 너무 까다로워서 더 깊이 들어가 보지 못하고 그대로 돌아왔습니다.

송강이 격분을 참지 못하며 말했다.

"보고를 받고 나서 병사를 진격시킨다는 것은 이미 때가 늦었소. 간첩이 하나 잡혔다고 하는 품이, 또 하나 마저 잡히고 말 것 같으니, 오늘 밤 중으로 병사를 진격시켜 쳐들어가서 두 사람을 구출해내야만 되겠소! 여러 두령들은 어떻게 생각하시오?

이규가 성미를 못 참고 앞장을 섰다.

"내가 먼저 쳐들어가서 정세를 살펴보겠소!

송강은 그 말을 듣자, 즉각 전군에 무장명령을 내렸다. 이규와 양웅이 1대를 거느리고 선봉으로 나섰으며, 이준이 군사를 거느리고 후군을 맡았다. 왼편에는 목홍, 오른편에는 황신·송강·화영·구붕이 중군(中軍)의 두령이 되어서 깃발을 휘날리고 함성을 지르며 북을 울리고 징을 치면서 축가장으로 쳐들어갔다.

저녁때 독룡강으로 쳐들어간 송강은 선봉군사들에게 명령하여 저택으로 쳐들어가도록 했다. 앞장을 선 이규는 알몸뚱이가 되어서 두 자루의 판부를 휘두르며 쳐들어갔지만, 이미 구름다리는 걷어올려졌고 집 안에는 한 점의 불빛도 구경할 수 없었다.

이규는 참다 못해 고함을 질렀다.

"축태공이란 늙은 놈아! 흑선풍이 예 왔다! 어서 나오너라!"

저택에서는 일체 반응이 없었다. 병사들을 저택 가까이 쳐들어가게 했다.

그래도 아무런 반응이 없었다. 송강은 후회막급이었다.

"아차! 잘못했구나! 저택 앞까지 쳐들어왔는데도 적군이 보이지 않는다는 것은 반드시 무슨 계책이 있는 모양이다! 빨리 전군을 후퇴하도록 하자!"

이규가 소리를 질렀다.

"형님, 여기까지 와서 어찌 다시 후퇴하겠소? 내가 앞장을 서서 쳐들어갈 터이니 모두 내 뒤를 따라 쳐들어오시오!"

그 말이 채 끝나기가 무섭게, 축가장 편으로부터 한 방의 호포(號砲)가 하늘 높이 울렸다.

독룡강 산꼭대기에서는 무수한 횃불이 번쩍거렸고 문루(門樓) 위에서는 화살이 빗발치듯 쏟아져 내려왔다. 송강이 되돌아서서 후퇴하려고 했으나, 후군의 두령 이준이 당황해하며 소리를 질렀다.

"길이 꽉 막혔소! 복병이 있는 모양이오!"

송강은 병사들에게 명령하여 사방팔방으로 나갈 길을 찾아보라고 했다. 이규는 두 자루의 판부를 휘두르며 적병을 찾아서 헤맸지만 그림자도 보이지 않았다.

이때, 독룡강 꼭대기에서 또 한 방의 호포가 발사되었다.

포소리가 사라지기도 전에 사방으로부터 천지가 진동할 듯한 고함소리가 일어났다.

송공명은 대경실색, 두 눈을 부릅뜨고 입을 딱 벌린 채

어찌할 바를 몰랐다. 아무리 문무의 재간을 겸비한 사람이
라도 이 천라지망(天羅地網)을 뚫고 나가기란 어려운 노
릇이었다.

　송공명과 여러 두령들은 어떻게 해서 이 위기에서 탈출
할 수 있을 것인지?

48 여장군을 납치하다

一 丈 靑 單 捉 王 矮 虎
宋 公 明 二 打 祝 家 莊

송강이 말 위에서 바라다보니 부근 일대에 복병이 깔려 있었다. 부하들에게 명령하여 넓은 길로 걸어나가라고 했다.

그러나 부하들은 좌왕우왕할 뿐 길을 찾지 못했다. 다시 횃불이 환한 곳을 목표로 나가면 탈출할 길이 있을 것이라고 명령했지만, 선두의 2대가 또 소란해지면서 외쳤다.

"횃불을 목표로 삼고 나갔더니 죽첨과 철질려가 깔려 있고 도처에 말뚝이 박혀서 길이 완전히 막혀 있습니다."

송강은,

"아! 하느님이 인제 나를 버리시나 보다!"

하고 탄식했다.

바로 이때, 목홍(穆弘)의 1대가 소란해지면서,

"석수가 돌아왔습니다!"

하는 보고가 날아들었다. 과연 석수가 송강 앞으로 달려들며 아뢰었다.

"형님, 이제 걱정 마십시오! 백양나무가 있는 곳에서 꾸부러지기만 하면 되니까, 비밀리에 전군에 명령하십시오!"

송강은 석수의 말대로 5,6리쯤 앞으로 나갔다. 그런데 전방의 인마(人馬)는 점점 그 수효가 늘어날 뿐이었다. 송강은 이상하다 생각하고 그 까닭을 석수에게 물었다.

"놈들은 등불로 신호를 보내고 있는 것입니다!"

석수의 대답이었다.

"저 등불을 없애 버릴 수 없을까?"

송강이 걱정하는 소리를 듣자, 화영이 선뜻 나서서 불빛이 보이는 곳을 겨누고 활을 쏴버렸다.

과연, 화영의 화살은 등불을 정통으로 맞혀서 떨어뜨려 버렸고, 사방에 숨어 있던 저편 병사들은 등불이 보이지 않자, 당장에 혼란을 일으키고 갈팡질팡했다.

송강이 석수의 안내를 받으며 마을 어귀로 나가고 있을 때, 앞으로 바라다뵈는 산 중턱에서 횃불이 뻗쳐 오르고 요란스런 고함소리가 일어났다.

송강은 행진을 중지하고 석수를 정찰로 내보내서 조사해 봤다. 그것은 산채로부터 제1대의 군사들이 응원을 나와서 복병들을 무찌르고 있다는 것이었다.

송강은 즉각 협공을 가하여 마을 어귀까지 빠져 나왔고, 축가장의 인마들은 뿔뿔이 흩어지고 말았다.

이리하여 임충·진명의 군사와 합류하여 마을 어귀에 주둔하면서 인원을 조사해 보니 진삼산(鎭三山) 황신(黃信)이 보이지 않았다. 어젯밤 그를 따라갔던 병사의 보고에 의하면, 황신은 축가장 놈들의 쇠갈퀴에 걸려서 6,7명에게 잡혀 갔다는 것이었다.

송강은 그 말을 듣자 격분하여 그 병사의 목을 베려고 했다.

임충과 화영이 송강을 권고하고 만류했다.

일동은 풀이 죽어서,

"저택으로 쳐들어가지도 못하고 양림과 황신 두 친구를 빼앗겼으니, 이를 어찌하면 좋단 말인가!"
하고 뇌까릴 뿐이었다.

양웅이 말했다.

"이 고장에는 마을이 셋이 있어서 서로 결탁하고 있습니다. 그 중에서 동쪽 마을 이대관인이란 사람은 전일에 축표란 놈의 화살을 맞고 지금 자기 집에서 상처를 치료하고 있습니다. 그 사람을 찾아가서 상의해 보는 게 좋을 것 같습니다."

"맞았어! 그걸 생각지 못하고 있었다! 그 사람이라면 이 고장의 지형이나 사정에 밝을 것이다!"

송강은 좋은 비단 한 필과 술, 양고기 등을 마련하고 또 준마(駿馬) 한 필을 골라 타고 친히 그를 찾아가기로 했다.

임충과 진명에게 진지를 잘 지키도록 부탁해 놓고, 송강은 화영·양웅·석수를 데리고, 기병 3백 명을 거느리고 말을 달려 이가장으로 향했다.

이가장의 성문은 굳게 닫혀 있었으며 구름다리도 걷어 올려졌고, 성 안에서는 수많은 병사들이 철통 같은 수비를 하고 문루에서는 군고(軍鼓)를 울리고 있었다.

송강은 말 위에서 큰 소리로 외쳤다.

"나는 양산박의 송강이오. 대관인을 만나뵈러 온 것일 뿐, 다른 뜻이 있는 게 아니니 경계할 것은 없소!"

성문 위에서 두흥이 양웅과 석수가 온 것을 알고 급히 문을 열고 송강에게 절을 했다. 양웅과 석수도 두흥을 송강에게 소개했다.

송강이 이응을 만나보고 싶다는 의사를 자세히 설명하자, 두흥은 즉각에 저택 안으로 들어가서 이응을 만나봤다. 이응은 아직도 상처가 완쾌되지 않아서 자리옷을 입은 채 침대 위에 앉아 있었다. 그는 송강과의 면회를 완강히 거절하고, 비단이며 고기며 여러 가지 선물도 받아들이지 말고 거절하라고 했다.

이유인즉, 양산박의 반도(叛徒)를 맞이한다면 입장이 곤란해진다는 이유 때문이었다.

두흥이 송강에게 와서 전했다.

"우리 주인께서 두령님께 잘 말씀드려 달라고 하십니다. 병상에 누워 있는 몸이라 면회할 수 없으나 후일 만나뵐 기회가 있을 것이니 선물도 그대로 가지고 돌아가시라고 하십니다."

"대관인의 뜻은 잘 알 수 있소. 하지만 대관인께서는 축가장을 공격하는 우리들의 싸움이 순조롭지 않음을 아시고, 축가장의 의심을 받을 것을 두려워하시어 면회를 거절하시는 모양이오."

"우리 주인님 대신 소인이 이 고장 형편을 자세히 말씀드리겠습니다. 축가장·이가장·호가장 세 마을은 생사지교를 맺고 있어서 무슨 일이 있든 서로 돕기로 맹세했는데, 우리 이가장의 주인께서는 이번에 축가장과 사이가 좋지 않게 되셔서 협력하러 나서지 않겠지만, 서쪽 마을 호가장에서는 호응하러 나설 것입니다. 그 마을의 병사들은 대단할 것이 없지만 단지 하나 일장청 호삼랑이라는 여장군이 제일 무섭다는 것만은 명심하시고, 동쪽을 방비하실 필요는 없으니 전력을 기울이셔서 서쪽을 방비하시기 바랍니다. 또 축가장에는 앞뒤로 두 군데 큰 문이 있는데 독룡강 이편 저편으로 자리잡고 있으니 앞문으로만 공격하지 마시고 앞뒤문을 동시에 협공하셔야 됩니다. 길이 복잡하다고 하지만, 백양나무 있는 곳에서 꾸부러지시기만 하면 빠져 나갈 수 있습니다.”

“하지만 놈들은 이번에 백양나무를 모조리 베어 버렸으니 어찌하겠소?”

“나무를 베어 버렸어도 뿌리는 반드시 남아 있을 것이니 걱정하실 것은 없습니다.”

송강이 두흥에게 감사하다 인사하고 진지로 돌아와서 이응이 면회를 거절하더라는 말을 했더니, 이규가 흥분해서 고함을 쳤다.

“우리 형님이 선물까지 가지고 갔는데 나와 보지도 않았다니, 괘씸한 놈이오! 내가 부하 3백 명을 거느리고 그놈의 집을 쳐부수고 그놈을 질질 끌어내다가 형님 앞에 머리를 수그리도록 하겠소!”

“그런 생각은 잘못일세. 그 사람은 돈 많고 선량한 백성이니 관가(官家)라는 것을 무서워하는 건 당연지사, 나 같은 사람을 쉽사리 만나려 들겠나? 그보다도 우리는 친구 두 사람을 놈들에게 빼앗기고 생사도 모르고 있으니, 힘을 합쳐서 나와 같이 축가장으로 쳐들어가는 게 어떻겠나?”

흑선풍 이규가 선뜻 대답했다.

“다른 사람들이 겁을 낸다면, 내가 앞장을 서겠소!”

“자네가 선봉을 선다는 것은 좀 위태로우니까 이번만은 그만두게!”

송강은 이규를 가로막고 마린·등비·구붕·왕왜호 네 사람을 불러서 자기와 함께 선봉으로 나서기로 결정했다.

또 한편 대종·진명·양웅·석수·이준·장횡·장순·백승을 불러서 수로(水路)에서 싸울 준비를 시켰다.

그밖에 임충·화영·목홍·이규를 불러서 싸움을 응원하도록 명령했다.

전군의 배치가 끝나자, 여러 호걸들은 배불리 먹고 무장을 든든히 차린 다음 말 위에 올랐다.

송강은 말 위에서 축가장을 바라보며 격분을 참지 못하고 내심 맹세했다.

"축가장을 때려부수지 못한다면, 그대로 양산박으로 돌아가지 않겠다!"

제2대의 두령들을 앞문으로 쳐들어가게 하고 송강 자신은 선봉의 인마(人馬)를 거느리고 독룡강을 뒤로 들어갔다.

철통 같은 방위를 하고 있는 거창한 마을, 축가장을 노려보고 있을 때, 돌연 서쪽으로부터 1대의 인마(人馬)가 등덜미로부터 고함을 지르며 덤벼들었다.

송강은 마린과 등비를 그곳에 남겨 두어서 축가장의 뒷문을 지키도록 하고, 자신은 구붕과 왕왜호를 거느리고 절반의 병력으로써 적병과 대결하기로 했다.

언덕을 내리 달려드는 적병은 2,30기(騎). 맨 가운데로 여장군 하나가 위풍당당히 말을 달리고 있는데, 이야말로 호가장의 여장군 일장청 호삼랑이었다. 축가장을 응원하려고 4,5백 명의 부하를 거느리고 달려드는 판이었다.

"누가 저 여장군과 대결해 볼 호걸은 없는가?"

송강이 소리를 질렀을 때, 선뜻 나선 것은 여자라면 사죽을 못 쓰는 왕왜호였다.

여장군이란 말을 듣자 왕왜호는 단숨에 움켜잡아 버리겠다는 듯이, 말을 달려 창을 휘두르며 호삼랑에게 덤벼들었다. 그것을 일월쌍검(日月雙劍)으로 막아내는 호삼랑의 솜씨는 실로 놀라웠다.

왕왜호는 여자라고 깔보고 덤벼들었지만, 싸움은 뜻밖에도 10여 합을 계속했는데도 승부가 나지 않았고, 도리어 왕왜호 편이 점점 맥이 빠져 갔다.

왕왜호는 손이 떨리고 두 다리가 시큰시큰, 창을 쓰는 손도 어지러워졌다.

죽느냐 사느냐 하는 판인데도 왕왜호는 여색에 도취하여 정신이 황홀했기 때문이었다.

눈치 빠른 호삼랑은 내심,

'이런! 괘씸한 놈!'

하고 격분하여 마지않으며 쌍칼을 맹렬히 휘두르면서 정면으로 찌르고 들어갔다.

왕왜호는 견디지 못하고 말 머리를 돌려서 도주하려고 했으나, 호삼랑이 날쌔게 말을 달려서 쫓아오더니 오른편 칼을 칼집에 꽂아 버리고 백옥 같은 팔을 길게 뻗어서 왕왜호를 덥석 말안장으로부터 끌어내려 산 채로 잡아 버렸다.

여러 부하들이 우르르 몰려들어서 왕왜호의 손발을 질질 끌어 납치해 가고 말았다.

왕왜호가 붙잡히는 것을 보자, 구붕이 대뜸 창을 휘두

르며 구출하러 나섰다. 호삼랑은 다시 말을 달려 덤벼들어 칼을 잡고 구붕과 대결했다.

구붕은 창을 쓰는 데는 송강도 놀랄 만한 명수였지만, 호삼랑 앞에서는 맥을 추지 못했다. 등비가 멀리서 이 광경을 보고 있다가, 구붕을 구출하려고 말을 달려서 철련(鐵鏈)을 휘두르며 호삼랑에게 덤벼들었다.

축가장 편에서는 싸움을 구경만 하고 있었는데, 호삼랑의 신변에 위험이 있을까 겁내어, 그 즉시 구름다리를 내리고 축룡 자신이 3백여 명의 부하를 거느리고 송강을 붙잡겠다는 배짱으로 창을 휘두르며 말을 달려 내달았다.

이것을 보고 있던 마린이 단기로 쌍검을 휘두르며 축룡에게 덤벼들었다. 등비는 송강에게 위험이 미칠까 봐 그의 신변 가까이 따라다니며 싸움을 구경하고 있었다.

송강은 마린도 축룡을 이겨낼 것 같지 않고 구붕 역시 호삼랑을 이겨낼 것 같지 않다는 판단을 내리자 초조하기 이를 데 없었다.

바로 이때.

한 대의 병마가 측면으로부터 쳐들어왔다. 송강은 그것을 보고 기뻐서 어쩔 줄 몰랐다. 벽력화 진명이 뒷문에서 싸움이 벌어졌다는 소식을 듣고 응원하러 달려든 것이었다. 송강은 벼락같이 소리를 질렀다.

"진통제! 마린과 교대해 주시오!"

진명은 성미가 급하기로 유명한 사나이인데, 제자 황신을 축가장 놈들에게 빼앗기고서 격분을 참지 못하던 판이라, 즉각에 낭아곤(狼牙棍)을 휘두르며 축룡에게 덤벼들었다.

축룡도 창을 휘두르며 진명과 대결했고, 마린은 부하를 거느리고 왕왜호를 탈환하려고 달려갔다. 호삼랑은 마린이 달려오는 것을 보자, 구붕을 버리고 마린의 앞을 가로막고 서서 대결하려고 했다.

쌍방이 다 같이 쌍도(雙刀)의 명수. 말 위에서 서로 대결하는 품이 그야말로 옥이 산산조각으로 부서져서 바람에 휘날리는 듯, 눈발에 꽃처럼 펄펄 춤을 추는 듯. 싸움을 바라다보고 있는 송강은 눈앞이 어찔어찌할 지경이었다.

이편에서는 축룡과 진명이 10여 합을 싸운 결과, 축룡은 진명을 대적해낼 수 없어서 쩔쩔매고 있었다. 이때 대문 안으로부터 무예 선생 난정옥(欒廷玉)이 쇠뭉치를 휘두르며 말을 타고 내달았다. 구붕이 즉각에 덤벼들어 대결했다. 난정옥은 말을 옆으로 뽑아서 도주하는 체하다가 추격해 오는 구붕에게 쇠뭉치를 던졌다. 구붕은 쇠뭉치를 맞고 말 위에서 나둥그러져 떨어지고 말았다.

등비가 고함을 질렀다.

"구붕을 구출해라!"

그리고 쏜살같이 난정옥을 추격했다. 송강이 급히 부하들을 불러서 구붕을 구출해 가지고 말에 태웠다.

축룡은 마침내 진명을 대적해내지 못하고 말을 달려 도주해 버렸다.

난정옥은 등비를 버리고 진명과 싸웠다. 둘이서 싸우기를 20여 합, 그러나 승부가 나지 않았다.

한참 만에 난정옥은 일부러 허(虛)를 보이는 체하고 싸움에 패한 것처럼 뺑소니를 쳤다.

진명이 낭아곤을 휘두르며 맹렬히 추격해 가자 난정옥은 풀더미 속으로 말을 몰았다. 그것이 계책인 줄도 모르고 진명은 그대로 뒤를 쫓아갔다.

축가장 일대에는 어디나 복병이 무수하게 숨어 있었다.

진명이 말을 몰아 달려드는 것을 보자, 반마색(絆馬索)이라는 동아줄을 던져서 말과 사람을 함께 거꾸러지게 한 다음 고함을 지르며 우르르 덤벼들어서 진명을 덮쳐 버렸다.

등비는 진명이 말에서 떨어진 것을 보자 급히 구출하려고 달려갔으나 반마색이 걸쳐 있는 것을 보자 되돌아서려고 했다.

바로 이 찰나에,

"걸렸다!"

하는 고함소리와 함께 쇠갈퀴가 거미줄처럼 엉클어져 들어오며 등비를 말에서 탄 채로 낚아채 버리고 말았다.

"앗!"

송강은 극도로 당황해서 어쩔 줄 모르며 간신히 구붕을 구출해서 말에 태웠을 뿐, 나머지 사람들을 돌볼 겨를이 없었다.

마린은 호삼랑과의 싸움을 단념하고 송강을 보호하기 위해서 달려왔고, 일행은 남쪽으로 급히 달아났다.

뒤에서는 난정옥과 축룡과 호삼랑이 각각 추격해 오고 있었다.

송강 일행이 붙잡힐까 붙잡힐까 하는 아슬아슬한 위기에, 난데없이 남쪽으로부터 한 사람의 호걸이 나타나더니 5백 명의 인마(人馬)를 거느리고 말을 달려 덤벼들었다.

그는 바로 몰차란 목홍이었다.

계속해서 동남쪽에서도 3백여 명의 병사가 나타나며 두 사람의 호걸이 비호같이 달려들었다.

하나는 병관색 양웅, 또 하나는 반명삼랑 석수였다.

또 동북쪽에서도 호걸 하나가 나타나더니 큰 소리로 악을 썼다.

"꼼짝 말고 게 있거라!"

송강이 자세히 보니 그것은 바로 소리광 화영이었다.

이리하여 삼면으로부터 병사가 일시에 몰려들었다.

송강은 크게 기뻐하며 일제히 힘을 합쳐서 난정옥과 축룡에게 맹렬한 공격을 가했다.

축가장 편에서는 싸움을 하는 광경을 관망하고 있다가, 두 사람의 신변에 위험이 미칠까 겁내어, 축호에게 문을 지키게 하고, 축표 혼자서 장창을 휘두르며 5백여 명의 인마(人馬)를 거느리고 말을 달려 뒷문으로부터 쳐나왔다.

이리하여 일대 혼전이 벌어졌다.

축가장 앞문에서는 이준·장횡·장순이 물을 건너서 쳐들어갈려고 했는데, 저편으로부터 화살이 빗발치듯 날아들어 어찌할 도리가 없었고, 대종과 백승은 물 건너에서 고함을 지르고 있을 뿐이었다.

송강은 날이 저무는 것을 보자, 급히 마린을 시켜서 구붕을 간호하면서 마을 어귀까지 후퇴하라고 명령했다.

송강은 또 부하를 시켜 징을 치게 해서 호걸들을 한 군데로 소집시켜 가지고 한편으론 싸우면서 한편으론 후퇴했다.

길을 잘못 들까 겁내어, 송강 자신이 앞장을 서서 정찰의 책임을 맡아 가지고 후퇴해 나가고 있을 때, 돌연 호삼랑이 말을 달려 추격해 왔다.

송강이 당황하여 말을 급히 몰아 동쪽으로 도주하자 호삼랑이 그 뒤를 바싹 쫓아 달렸다.

여덟 개의 말굽이 자못 요란한 소리를 내면서 마을 깊숙이 달려 들어가며, 호삼랑이 송강에게 손을 댈 듯 댈 듯 하는 아슬아슬한 찰나에, 언덕길 위에서 누군지 고함을 지르는 소리가 들렸다.

"이 못된 년아! 우리 형님을 어디까지 추격할 작정이냐?"

그것은 흑선풍 이규였다.

두 자루의 판부를 휘두르며 7,8명의 부하를 거느리고 위풍당당하게 달려들었다.

호삼랑은 말을 멈추더니 말 머리를 돌려서 저편 나무숲을 향해 도망쳤다.

이때 나무숲 저편으로부터 10여 기(騎)가 불쑥 내달았다. 앞장 서 있는 늠름한 장사야말로 표자두 임충이었다.

임충은 말 위에서 호통을 쳤다.

"이 못된 년아! 꼼짝 말고 게 있거라!"

호삼랑은 칼을 휘두르며 말을 달려 미친 듯이 임충에게 육박해 들어갔다. 임충은 1장 8척의 사모(蛇矛)를 휘두르며 호삼랑과 대결했다.

둘이서 싸우기를 10여 합.

임충은 일부러 허를 드러내는 체하고 호삼랑의 쌍도(雙刀)를 유인해 들여서는 사모를 써서 가볍게 옆으로 밀어 버리는 순간, 이리〔狼〕의 허리 같은 긴 허리를 꿈틀하고 원숭이같이 긴 팔을 불쑥 뻗더니 호삼랑을 덥석 움켜잡아 옆구리에 껴서 산 채로 잡아 버리고 말았다.

송강은 그 날쌘 솜씨에 감탄하여 마지않으며 기뻐서 어쩔 줄 몰랐다.

임충은 병사를 시켜서 호삼랑을 동아줄로 결박하라 명령하고 말을 달려 송강에게로 왔다.

"어디 다친 데는 없으시오?"

"고맙소! 덕분에 무사했소!"

송강은 즉각 이규를 시켜서 마을 어귀에 있는 호걸들을 응원하도록 지시하며 이렇게 말했다.

"어쨌든 마을 어귀에 모두 모여서 대책을 강구하자고 전해 주시오. 날도 저물고 했으니 언제까지 싸우기만 하는 것도 불리한 일이오."

흑선풍은 부하를 거느리고 즉시 떠나갔다. 임충은 송강을 호위하면서 호삼랑을 말에 태운 뒤 마을 어귀로 나갔다.

그날 밤, 여러 두령들은 싸움이 순조롭지 않아서 모두 걷어치우고 일찌감치 마을 어귀로 후퇴했다.

축가장 편에서도 인마를 저택 안으로 철수시켰는데, 이번 싸움에 전사한 병사가 부지기수였다.

축룡은 붙잡은 사람들을 모조리 압송차에 처박아 넣고, 송강을 잡아서 함께 동경으로 보내 상을 타겠다고 호언장담하고 있었다. 호가장 사람들도 이미 왕왜호를 축가장으로 압송해 버렸다.

송강은 전군을 철수시킨 뒤 마을 어귀에 진을 치고, 일장청 호삼랑을 즉각 끌어내어 든든한 부하 장정 20여 명을 집결시키고 네 사람의 두령에게 네 필의 준마를 주고 호삼랑에게도 두 손을 꽁꽁 묶은 채 말 한 필을 주었다.

"시급히 양산박으로 데리고 가시오. 이 여자를 아버님 송태공께 맡겨 놓고 돌아오시오. 내가 산채로 돌아가는 날 적당히 처리하겠소!"

두령들은 송강이 이 여자에게 딴 생각이 있는 줄 알고 소중히 다루면서 압송해 갔다.

우선, 한 채의 수레에 구붕을 태워서 산채로 데리고 가서 부상을 치료하도록 했다. 일행은 명령을 받자 즉각에 출발했다.

이튿날, 오군사와 원씨 삼형제·여방·곽성이 5백여 명의 인마를 거느리고 송강을 위문했다.

오학구는 술과 음식을 가지고 와서 술잔을 높이 들어 송강의 무사함을 축하했다.

"산채에서는 조두령이 형님께서 지난번 싸움에 불리하셨다는 보고를 받으시고, 이번에 우리 두령 다섯 사람을 응원군으로 파견하신 것이오. 요즘, 전황은 어떻소?"

"한마디로 말하기는 어렵소. 축가장 놈들이 어찌나 지독한지 문전에 내건 두 폭의 깃발에 양산박을 무찌르고 조개와 송강을 잡겠다고 대서특필하고 있소. 괘씸하기 짝이 없는 놈들이오. 먼젓번에는 진격하여 쳐부수려 했으나 지리(地利)를 얻지 못하여 양림과 황신을 빼앗겼고, 어젯밤에는 호삼랑의 손에 왕왜호를 빼앗겼소. 또한 구붕이 난정옥의 쇠뭉치에 손을 다쳤으며, 진명·등비가 반마색에 끌려가 버리고 말았소. 이런 실수가 연거푸 생기는 판에서, 임충 교두께서 호삼랑을 산 채로 잡아 준 것은 정말 고마

운 일이었소. 덕분에 겨우 우리들의 면목이 유지된 셈이
오. 현재의 전황이 이 정도이고 보니 장차 어찌하면 좋을
지 걱정스럽기만 하오. 만약에 축가장을 쳐부수지 못하고
잡혀 간 친구들을 살려내지 못한다면 나는 차라리 여기서
이대로 죽어 버리는 것이 옳지, 돌아가서 조개 형님을 뵐
면목이 없다고 생각하오!"

송강이 이렇게 간곡히 말하자, 오학구가 웃으면서 말했
다.

"이 축가장은 멀지 않아 멸망하고야 말 운명을 짊어지고
있소. 또 그렇게 되지 않을 수 없는 기회가 닥쳐오고 있
소. 내 생각 같아서는 축가장을 쳐부수는 것은 시간 문제
에 불과하오!"

송강은 곰곰 생각해 봤다.

아무리 생각해도 싸움이 뜻과 같지 않고 순조롭게 나가
지 못하는데 오군사는 무엇을 믿고 이렇게 자신만만한 소
리를 하는 것일까?

송강은 놀랍기도 하고 기쁘기도 해서 대뜸 물었다.

"오군사의 말씀은 무엇을 의미하는 것이오? 머잖아 축
가장을 쳐부술 수 있다 하시니 그것은 뭣을 믿고 하시는
말씀이오? 또 그 기회가 언제 온단 말씀이오?"

오학구는 싱글벙글 웃으면서 태연자약하게 손가락 두
개를 나란히 뻗쳐 보이면서, 축가장을 쳐부술 기회라는 것
을 설명해 주었다.

이야말로 손을 뻗쳐서 허공의 뜬구름을 잡아, 천라지망
속에 빠진 사람을 구출한다는 격이다.

군사 오용이 말하는 기회란 과연 무엇인가?

49 호랑이 한 마리 때문에

解 珍 解 寶 雙 越 獄
孫 立 孫 新 大 劫 牢

오학구가 송공명에게 천천히 입을 열었다.

"석용의 소개로 우리 일당에 가담하고 싶다는 호걸이 하나 있소. 이 사람은 난정옥이란 놈하고도 절친한 사이고, 또 양림·등비하고도 잘 아는 터인데, 바로 이 사람이 우리에게 좋은 계책을 제공해 주고 우리 편에 가담시켜 달라는 것입니다."

송강은 이 말을 듣고 크게 기뻐하며 얼굴에 미소가 떠올랐다.

이야기가 달라지지만, 우선 오학구가 이 호걸을 소개하게 되기까지의 경위를 알아보자.

산동의 등주(登州)성 밖에 있는 깊은 산속에는 시랑호표(豺狼虎豹) 따위가 우글거려서 때로 인가 근처까지 내려와서 사람을 해치기 일쑤였다.

등주 산기슭의 사냥꾼의 집안 해진(解珍—별명이 양두사(兩頭蛇)), 해보(解寶—별명이 쌍미갈(雙尾蝎))라는 형제가 있었는데 혼철점강차(渾鐵點鋼叉)를 잘 쓰기로 유명했고, 이 고장 사냥꾼 중에서 제일 솜씨가 놀라운 장정들이었다.

지부는 이들 형제에게 3일이라는 기한을 주고 호랑이를

잡아들일 것을 명령하고 기일을 어기면 벌을 내리겠다고
엄명했다.

　형제는 산속에 와궁(窩弓)을 장치해 놓고 이틀 밤이나
나무에 올라가 앉아 기다렸지만 좀처럼 호랑이는 걸려들
지 않았다. 사흘째 되던 날 밤, 과연 한 마리의 호랑이가
와궁에 걸려들어 제풀에 독화살을 맞고 땅바닥에서 뒹굴
더니, 화살을 몸에 꽂은 채 모태공(毛太公)이란 사람의 뒤
뜰로 굴러떨어지고 말았다.

　형제는 죽은 호랑이를 찾으려고 즉시 모태공의 집을 찾
아갔다. 평소부터 잘 아는 영감이었기 때문에 반가워하면
서 형제를 맞아들였다. 형제가 호랑이를 찾으러 왔다고 말
하자, 모태공은 아침밥을 대접하고 차까지 마시게 해주며
자꾸만 시간을 끌고 어물어물하였다.

　"뒤뜰로 들어가서 빨리 우리가 잡은 호랑이를 찾아가도
록 해주십시오!"

　형제가 재촉을 하니 모태공은 그제야 형제를 안내하고
뒤뜰로 나갔다. 그런데 분명히 거기 죽어서 나뒹굴어 있어
야 할 호랑이는 그림자도 찾아낼 수 없었다.

　모태공이 어이없다는 듯 말했다.

　"자네들 잘못 본 게 아닌가? 분명히 우리 집 뒤뜰로 들
어왔다는 건가?"

　"여기 이렇게 잔디가 잔뜩 눌린 자국이 있고 핏방울까지
떨어져 있지 않습니까? 기한부로 관청에 바쳐야 할 호랑
이니 빨리 내주십시오!"

　"아무리 찾아봐도 없는 호랑이를 어떻게 내놓으란 말인
가?"

"천만에요! 모태공께서는 이 마을의 이정(里正)이시니까, 우리 형제와 똑같이 기한부로 호랑이를 잡아 올리라는 지현의 명령을 받으셨을 겁니다. 그래서 호랑이를 잡으실 만한 힘은 없고, 결국 우리 형제가 잡은 호랑이를 가로채서 관청에 바치시고 상을 타먹자는 배짱이시군요? 그리고 우리들 형제에게는 벌봉(罰棒)을 맞게 하시자는 거죠?"

"네 놈들이 벌을 받거나 매를 맞거나 내가 무슨 상관이란 말이냐?"

해진·해보 형제는 두 눈을 딱 부릅떴다.

"그렇다면 가택수색을 해봅시다!"

"여기는 네 놈들의 집이 아니다. 거러지 새끼 같은 놈들이 아니꼬운 수작을 하는구나!"

해보는 모태공의 집 안을 여기저기 뒤져 봤으나 호랑이는 나오지 않았다. 화를 참지 못하고 야료를 부렸다. 해진도 이 집 난간을 부수고 야단을 쳤다. 모태공이 호통을 쳤다.

"해진·해보 형제놈들이 백주에 강도질을 하러 들어온 모양이구나!"

형제는 마침내 의자며 상이며 닥치는대로 두들겨 부쉈으나, 이 집 안에는 호랑이를 내놓지 않을 만한 만반 준비가 갖추어져 있다는 사실을 간파하고 밖으로 뛰쳐나와서 손가락질을 하며 소리를 질렀다.

"우리가 잡은 호랑이를 꿀꺽해 버렸으니 재판소에 가서 흑백을 가리자!"

형제는 돌아서서 나오다가, 마침 집으로 돌아오는 모태공의 아들 모중의(毛仲意)와 맞닥뜨렸다. 딱한 사정을 말했더니, 같이 자기 집으로 가서 모태공에게 잘 말해서 호랑이를 찾도록 해주겠다고 했다.

그러나 모태공의 집으로 다시 들어간 형제는 문안에 들어서자마자 2,30명의 하인배들과, 모중의의 뒤를 쫓아온 여러 포졸들에 의해 결박을 당하고 말았다.

모중의는 벌써 오경 때쯤, 형제들이 잡은 호랑이를 관청에 갖다 바치고 해보·해진 형제를 체포하려고 포졸들을 거느리고 달려온 판이었다.

형제는 억울하게도 남의 호랑이를 빼앗으려고 가택침입을 했고 강도질을 했다는 죄명을 뒤집어쓰고 사형수 감방에 처박히게 되었다. 주의 육안공목(六案孔目―재판서기)으로 있는 왕정(王正)이란 자는 모태공의 사위요, 절급으로 있는 포길(包吉)이란 자는 미리 모태공의 뇌물을 먹고 있는 자이니 형제는 옴짝달싹 못하고 죽음을 기다리는 수밖에 없었다.

감옥의 간수 가운데 철규자(鐵叫子) 낙화(樂和)라는 사람이 있었다. 그는 창봉에도 조예가 깊은 사람으로서 해보·해진이 호걸임을 알고 넌지시 아는 체를 했다.

"형제분은 나를 몰라보시겠소? 나는 형제분의 형수뻘 되는 부인의 아우요!"

"형수? 우리는 단지 두 형제뿐인데요!"

"형제분은 손제할(孫提轄)의 아우뻘 되시는 분들이 아니시오?"

"손제할은 우리 어머니 편으로 사촌형뻘이 되시는 분이오. 그러면 당신은 바로 낙화란 분이 아니시오!"

"맞았소! 나의 누님이 손제할에게 시집을 가셨고, 지금은 출가해서 이 고장에서 살고 있소. 이번에 포길이란 자는 모태공에게 뇌물을 받아 먹었으니 형제분을 사형에 처할 것이오. 두 분께서는 무슨 방도를 차리실 길이 없으시오?"

"살아날 방도란 오직 한 가지 손제할에게 연락을 취하는 길뿐인데, 이왕 먼저 이야기를 꺼내셨으니 좀 수고해 주실 수 없겠소?"

"어떻게 연락을 하면 되겠소?"

"우리들의 누님뻘이 되는 분이 손제할의 아우님에게 시집을 가셨는데 동문 밖 십리패(十里牌)에 살고 있소. 모대충(母大虫) 고대수(顧大嫂)라는 별명으로 불리며 술집을 경영하고 계시오. 이분은 여자의 몸이지만 도수장(屠獸場)도 경영하고 노름판도 벌이고 있으며 남자 2,30명쯤 덤벼들어도 끄떡도 하지 않는 여장부요. 이분의 남편이 손신(孫新)이란 분이고, 그분의 아우가 바로 손립(孫立) 손제할이오. 이 누님이 우리와는 제일 가까운 사이였으니, 이분에게 비밀리에 연락을 하셔서 우리 형제의 사정을 알려 주시면 누님은 꼭 우리들을 구출해 주실 것이오."

"잘 알겠소! 아무 걱정 말고 계시오!"

낙화는 이렇게 말하고 살며시 밀가루떡과 고기를 가져다가 감방문을 열고 해보·해진 형제에게 먹여 주었다.

그러고 나서 감방문에는 처음같이 자물쇠를 채우고 급한 일이 있다는 핑계로 다른 간수에게 지켜 달라고 부탁을 해놓고, 그 길로 걸음을 재촉하여 동문 밖 십리패로 달려갔다.

얼마 안 가서 술집이 한군데 보였다.

점포 앞에는 쇠고기, 양고기가 즐비하게 걸려 있고, 안채에서는 여러 사람들이 모여서 노름판을 벌이고 있었다. 낙화가 안을 기웃거려 보니 여자가 한 사람 앉아 있는데, 그것이 바로 고대수임은 두말할 것도 없었다.

낙화는 점포 안으로 들어가서 고대수를 만나 촌수를 따져서 자기 소개를 한 다음, 해진·해보 형제의 생사에 관한 문제를 자세히 설명해 주었다.

고대수는 대경실색하면서 당장에 하인을 내세워서 밖에 나가 있는 남편 손신을 불러오게 했고, 자세한 경위를 설명했다. 이 말을 듣고 난 손신은 화가 머리끝까지 났다.

"그렇다면, 낙화는 우선 감옥으로 돌아가서 감방에 있는 형제를 잘 돌봐 주게. 우리 부부가 선후책을 강구해 가지고 곧 달려갈 것이니…."

고대수는 낙화에게 술대접을 한 다음 은붙이 꾸러미를 꺼내 주면서, 그것을 가지고 가서 여러 간수에게 나누어 주고 형제를 잘 보살펴 달라 부탁하라고 했다.

낙화가 돌아간 다음 고대수는 남편 손신과 상의했다.

"무슨 방법으로 그 형제들을 구출해 주실 작정이죠?"

"모태공이란 자는 돈도 많고 세력도 대단하니 무슨 술책을 써서라도 형제를 죽여 버리고 말 것이오. 감옥을 부수고 탈옥하는 방법밖에 없을 것 같소."

"그러면 우리 둘이서 오늘밤에 가도록 하죠."

손신이 웃으면서 태연히 말했다.

"조급히 굴지 마오. 둘이 잘 상의해서 감옥을 부수고 난 다음에 달아날 곳도 생각해 둬야 할 게 아니겠소. 이건 우리 형님과, 또 저 두 사람의 힘을 빌리지 않고는 어려운 일이겠는걸!"

"두 사람이라니 누구 말씀인가요?"

"저 노름 좋아하는 추연(鄒淵)과 추윤(鄒潤) 숙질들 말이오. 이자들은 요즘 등운산(登雲山) 속에서 사람을 모아 놓고 닥치는대로 살고 있는 모양인데, 나하고 절친한 사이니까 이들 숙질들이 힘이 되어 주기만 한다면 문제없는 일이오. 곧 떠나겠소. 먹을 것을 준비해 두오. 꼭 불러 가지고 오고야 말 테니."

고대수는 점포 하인에게 명령하여 돼지를 한 마리 잡고 몇 가지 안주를 마련해서 술상을 잘 차려 놓고 기다렸다.

날이 어둑어둑할 무렵에 손신은 키가 후리후리한 두 장정을 데리고 돌아왔다.

세상에서 출림룡(出林龍)이라는 별명으로 불리는 추연과 독각룡(獨角龍)이라고 불리는 추윤은 숙질간이었다.

추연은 젊었을 때부터 노름판에서 뼈대가 굵어 온 위인인데 무예에도 제법 솜씨가 있고, 성품은 순진하지만 고집이 세서 남에게 양보할 줄 모르는 위인이었다. 조카 되는 추윤은 괴상망측한 얼굴에다 뒤통수에 혹이 달린 괴짜였다. 남과 싸우기를 즐겨 하고 화가 나면 머리로 상대방을 받아 버리는 무서운 버릇이 있었다.

고대수는 장정들과 인사가 끝나자 곧 안으로 청해 들여 가지고 사건의 전말을 상세히 이야기한 다음, 탈옥에 관한 일을 상의했다. 추연이 입을 열었다.

"나의 부하는 모두 8,90명쯤 되지만 믿음직스러운 놈은 20명밖에 안 됩니다. 이번 일을 해치우고 난다면 이 고장에 그대로 있을 수는 없습니다. 나는 한 군데 믿는 곳이 있어서 평소에도 그리로 가고 싶어했는데, 두 분께서도 같이 따라가실 수 있겠습니까?"

고대수가 대꾸한다.

"어디든지 가구말구요. 형제의 목숨만 건져낼 수 있는 길이라면…."

"지금 양산박은 세력이 굉장한데다 송공명이 유능한 사람을 모으고 있습니다. 거기에는 내가 잘 아는 친구가 세 사람 있는데 양림·등비·석용이라는 사람들입니다. 세 사람이 다 같이 거기 가담한 지 꽤 오래됩니다. 당신의 아우님을 구출해내 가지고 양산박으로 가서 일당에 가담하도록 하십시다."

"그거 참 좋으신 말씀입니다. 만약에 싫다는 사람이 있다면 내가 창으로 찔러서 죽이고 말 테요!"

그런데 조카 추윤이 걱정을 했다.

"한 가지 문제가 있습니다. 형제를 구출해내면 등주에서는 반드시 우리를 체포하려고 군사를 풀어 놓을 것이니 그때는 어떻게 하겠습니까?"

손신이 말했다.

"나의 친형님이 주군의 제할로 있는데, 지금 등주에서는 우리 형님을 당해낼 만한 인물이 없네. 도둑놈이 쳐들어와도 언제나 격퇴시켜 버리는 솜씨로 유명한 분이니까 내일이라도 그분을 불러다가 부탁해 두겠네!

"하지만 도적의 일당에 가담하실지 걱정스럽지 않습니까?"

"내게 좋은 생각이 있네."

손신은 빙그레 웃으며 대답했다.

그날은 밤이 깊도록 다 같이 술을 마시고 날이 밝을 무렵에야 잠이 들었다.

손신은 두 장정을 그대로 자기 집에 머무르게 해두고, 하인배 서너너덧을 시켜서 수레를 끌고 성 안에 있는 병영으로 가서 손제할과 형수 되는 악대낭자(樂大娘子)를 모셔오라고 했다. 까닭인즉, 자기 아내가 중병으로 위독하니 빨리 와서 봐달라는 것이었다.

아침식사를 마치고 났을 무렵에, 과연 손제할과 그의 아내 악대낭자가 10여 명의 병사를 거느리고 수레를 타고 십리패로 달려왔다.

손제할, 곧 손립은 별명이 병울지(病尉遲)라는 사람으로 8척 거구의 텁석부리였다. 말을 잘 타고 철편(鐵鞭)을 잘 써서 사람들은 한 번 보기만 해도 겁을 집어먹는 호걸이었다.

손립이 문안에 들어서자, 아우 손신이 대뜸 말했다.

"형님 잘 오셨습니다. 형수님도 함께 안으로 들어가셔서 아내의 병을 좀 봐주십시오!"

손립과 악대낭자가 안으로 들어갔으나 병자는 보이지 않았다.

"환자는 대체 어디 계시다는 거냐?"

손립이 이렇게 묻고 있을 때, 밖으로부터 고대수가 들어왔다. 그 뒤로 추연·추윤도 따라 들어왔다.

"제수님은 대체 무슨 병이십니까?"

손립이 이렇게 묻자 고대수가 서글서글 대답했다.

"사실은 아우를 구출하고 싶은 병에 걸렸답니다!"

"아우를 구출하시다니요? 어떤 아우 말씀이신가요?"

"성 안에 계시면서도 아우가 누군지 모르시다니? 시치미를 떼지 마세요. 시아주버니께도 아우뻘이 되는 사람들인데요."

"그게 누굴까요?"

"해진·해보가 등운산 기슭에 사는 모태공과 왕공목의 모함에 빠져서 목숨이 위태롭게 됐어요. 그래서 저는 지금 이 두 분 장정과 상의한 결과 성 안으로 들어가서 감옥을 부수고 형제를 구출해내려고 하는 중이에요. 그러고 나서는 함께 양산박으로 가서 일당에 가담하기로. 어차피 사건이 커진다면 시아주버니와 언니께 폐를 끼치게 되겠기에 사전에 말씀드리고 선처해 주십사 하는 거예요. 만일, 시아주버니께서 가시기 싫다고 하시면 저희들만 양산박으로 가겠어요. 요즘 관가에서 하는 일이란 모두가 엉망진창이니 한 번 도망치면 그뿐이죠. 도망치지 못하는 자만이 붙잡히게 마련인 세상이니, 시아주버니께서 저희들과 행동을 같이 해주시지 않았다가 옥에 갇히시는 몸이 될 때에는 차입해 드릴 사람도 없을 것이니 잘 생각하셔서 선처해 주세요!"

"나는 등주의 군관입니다. 어찌 그런 짓을 하겠습니까?"

"시아주버니께서 싫다고 하신다면, 저희들은 여기서 생사를 걸고 시아주버니와 싸울 수밖에요!"

고대수는 신변에서 선뜻 두 자루의 칼을 뽑아들었다. 추연과 추윤도 각각 단도를 뽑아들고 손립을 노려보았다.

"가만히 계십쇼! 일이 될 수 있는 방향으로 천천히 생각해 보십시다!"

악대낭자는 깜짝 놀라며 어쩔 줄 몰랐다. 고대수가 또 엄포를 놓았다.

"언니께서 행동을 같이하실 수 없다면, 언니만 곧 되돌아가시도록 해드리죠!"

"제수님의 생각대로 한다 하더라도, 우리도 집으로 돌아가서 짐짝이라도 꾸리고 형편을 살펴 가면서 일을 시작해야 할 게 아닙니까?"

"시아주버니의 아우뻘 되시는 낙화라는 분이 감옥 속에 있으면서 우리와 내응하기로 되어 있으니, 감옥을 때려부수러 가는 길에 짐짝을 꾸리러 가셔도 돼요!"

손립이 긴 한숨을 내쉬며 결심의 한마디를 했다.

"무슨 일이 있어도 해야만 된다고 하시면 나 역시 싫다고 할 수야 있겠습니까? 다음날에 여러 사람 대신 나 혼자만 붙잡히기는 싫습니다. 허어, 참! 어쩔 수 없는 일이군! 서로 상의해서 해보도록 하십시다!"

우선 추연을 시켜서 등운산 산채로 돌아가 재물과 인마를 수습하고 20명의 심복지인을 거느리고 술집으로 모이라고 분부했다.

추연이 나간 다음, 이번에는 손신을 성 안으로 보내서 낙화로부터 정보를 입수하도록 하고, 해진·해보 형제에게도 이런 사정을 내통해 주라고 했다.

이튿날, 추연은 분부한 대로 20명의 심복지인을 거느리고 나타났으며, 손신의 집에서도 심복지인이 7,8명, 손립에게도 병사가 10여 명, 도합 40여 명이 모였다.

고대수는 비수를 가슴속에 품고 차입하러 들어가는 여

자처럼 변장하고 한 걸음 앞서서 떠났고, 손신은 손립을 따라서 추연·추윤을 거느리고 성 안으로 들어갔다.

　등주부의 감옥에서는 모태공에게 뇌물을 먹고 매수된 포절급(包節級)이 해진·해보 형제를 죽여 버리려는 판이었다.
　낙화가 수화곤(水火棍)을 들고 옥문 옆에 서 있을 때, 안으로 통하는 방울 소리가 짤랑짤랑 들려왔다.
　"누구냐?"
　"차입을 하러 온 여자입니다!"
　고대수가 나타난 것을 알고, 낙화가 복도로 들어가게 했더니 포절급이 호통을 치면서 낙화에게 물었다.
　"뭐하는 여자냐? 감방에까지 차입을 하러 오는 여자가 어디 있단 말이냐?"
　"해진·해보에게 차입하러 온 여자입니다."
　"들여보내면 안 된다! 대신 차입을 해줘라!"
　낙화는 가지고 온 음식을 차입해 주고 고대수가 나타났다는 것을 내통해 주었다.
　이때, 옥문 밖에서 어떤 간수가 포절급에게 당황한 음성으로 보고했다.
　"손제할께서 옥문을 두드리시고 안으로 들어오시겠다고 합니다!"
　"그는 병영의 군관의 몸으로 감옥에 무슨 일이 있다는 거냐? 문을 열어 주면 안 된다!"
　"손제할께서 화를 내시고 옥문을 두드리고 계십니다!"
　포절급이 뛰어 내달았을 때 고대수는,

"내 아우들을 어디 두었느냐!"

하고 고함을 지르며 품속으로부터 두 자루의 비수를 뽑아 들었다. 포절급이 사태가 불리한 것을 깨닫고 달아나려 했을 때, 해진·해보가 큰칼을 벗어 들고 감방으로부터 달려 나왔다. 포절급이 손을 댈 틈도 없이 형제의 큰칼이 그의 대갈통을 후려쳐서 거꾸러뜨리고 말았다.

고대수는 그때 벌써 4,5명의 간수를 찔러죽였고, 손립·손신은 옥문에 지켜 서 있다가 밖으로 나오는 네 사람과 함께 주의 아문으로 달려갔다. 이때 추연·추윤은 아문에서 왕공목의 모가지를 베어 가지고 들고 나왔다.

손제할은 말을 타고 뒤를 지키면서 달렸고, 일행은 성문을 빠져나와서 십리패로 달려가 악대낭자를 수레에 태웠다. 고대수는 말을 타고 뒤를 쫓았다.

모태공에 대한 울분을 참을 길이 없었다. 일행은 그 길로 모태공의 집으로 달려가서 모태공과 모중의, 그리고 일가일문의 남녀노소를 모조리 죽이고 불을 질러 버렸다.

일행은 석용이 맡아 보는 주점에 도착했다. 추연이 양림과 등비의 소식을 물어 봤더니 석용이 이렇게 대답했다.

"송공명이 축가장을 공격하는 데 두 사람이 다 같이 따라갔다가, 두 번이나 싸움이 불리하여 양림·등비 모두 적에게 붙잡혔다 하오. 축가장 가장(家長)의 아들 삼형제가 호걸일 뿐더러 무예 선생 철봉 난정옥이 그들 형제와 힘을 합쳐서 덤벼들었기 때문에 두 번이나 그 마을을 쳐부수지 못했다는 것이오."

이 말을 듣고 있던 손립이 큰 소리로 웃었다.

"우리 일행은 양산박에 가담하기 위해서 가는 길인데,

아무런 공로도 세우지 못했으니 이번 기회에 축가장을 쳐 부술 수 있는 한 가지 계책을 제공하겠소!"

석용이 크게 기뻐하며 물었다.

"그 계책을 어서 말씀해 주십시오!"

"난정옥이란 자는 나와 같은 스승을 모시고 무예를 공부한 사이여서 내가 배운 창검이 어느 정도라는 것을 그자도 잘 알고 있으며, 나 역시 그자의 무예 실력을 잘 알고 있소. 그러니까 이번에 내가 등주에서 운주로 새로 부임해 가는 길에 인사차 들렀다고 하면, 그자도 반드시 나와서 나를 영접할 것이오. 이 틈을 타서 내가 중간에 들어서 안팎에서 호응하면 꼭 성사시킬 수 있을 것이오."

이때 부하 한 사람이 달려들더니 오학구가 산채를 내려와서 축가장으로 응원을 떠난다는 소식을 전했다.

석용은 그 말을 듣자, 당장 그 부하에게 분부해서 오군사를 이곳으로 모셔 오라고 했다.

얼마 안 되어서 주점문 밖에 말굽 소리가 요란하더니 여방·곽성·완씨 삼형제, 그 뒤로 오학구가 5백의 인마를 거느리고 도착했다.

석용은 오학구를 주점 안으로 안내하고 일행을 소개했으며, 한 가지 계책을 제공하려 한다는 경위를 자세히 설명했다.

오학구가 크게 기뻐하며 말했다.

"여러분께서 산채를 위하여 협력해 주시겠다면 산으로 올라갈 것은 뒤로 미루고, 우선 축가장으로 가서 계책을 실천에 옮겨서 공을 세우시는 것이 어떻겠소!"

손립 일행은 기뻐하며 쾌히 승낙했고, 이렇게 되어서 오학구는 먼저 출발하여 송강의 진지에 도착했던 것이다.

송강은 눈살을 찌푸리고 우울한 표정이었다. 오학구가 송강을 위로하면서 입을 열었다.

"등주의 병마제할로 있는 손립이란 사람이 축가장의 무예선생 난정옥과 가까운 사이인데, 이번에 우리 산채에 가담하겠다고 한 가지 계책을 제공한다 하오. 이미 만반의 준비를 갖추고 안팎에서 호응해서 행동을 개시하려는 중이며, 머잖아 송두령께 인사차 나타날 것이오."

송강은 그 말을 듣자 기뻐서 어쩔 줄 모르며 근심걱정이 구름 걷히듯 사라졌고, 즉시 산채 안에 술을 마련하고 대접할 준비를 했다.

한편, 손립은 자기가 거느리는 사람들을 거장(車仗) 인마(人馬)와 함께 다른 곳으로 보내서 잠시 쉬도록 해놓고, 해진·해보·추연·추윤·손신·고대수·낙화만을 인솔하고 여덟 명만이 송강에게 와서 인사를 드렸다

송강은 술상을 차려 놓고 자못 정중히 일행을 대접했다.

오학구는 일행에게 밀령을 내려서 사흘째 되는 날에는 여차여차할 것이며, 닷새째 되는 날에는 여차여차할 것이라고 지시했다.

손립 일행은 계책을 받자, 거장 인마와 함께 계책을 실천에 옮기기 위해서 축가장을 향해 떠났다.

오학구는 또 이런 말을 했다.

"대원장께서는 수고스럽지만 산채로 가서서 네 사람의 두령을 데리고 와주시오. 네 사람에게 부탁할 일이 있으니."

대종은 즉시 산채로 가서 네 사람의 두령을 데리고 왔다.

오학구가 불러 온 네 사람의 두령이란 과연 누구누구였을까?

50 장가 가는 호걸

吳 學 究 雙 掌 連 環 計
宋 公 明 三 打 祝 家 莊

군사 오학구는 대종에게 부탁하여 산채로 돌아가서 배선·소양·후건·김대견을 불러다 달라고 했다.

대종이 떠난 지 얼마 안 되어서 호가장에서 호성(扈成)이란 자가 소를 끌고 술을 가지고 와서 송강을 면회하겠다고 나타났다.

호성은 바로 일장청 호삼랑의 오라비였다. 그가 호소하는 말을 들어 보면, 철부지 누이동생이 축가장 사람에게 시집을 가기로 되어 있어 일시 그 편을 도와주고자 한 것이니, 목숨만 살려서 돌려보내 주면 무엇이든 요구하는 물건은 모조리 바치겠다는 것이었다.

송강은 왕왜호와의 교환조건을 제시했지만 왕왜호는 축가장 놈들이 빼앗아갔으니 어쩔 수 없다는 것이었다. 이때 오학구가 또 몇 가지 조건을 제시했다.

첫째, 축가장에서 무슨 일이 있든 호가장에서는 일체 원병을 보내지 말 것.

둘째, 축가장 놈으로서 호가장으로 도주해 간 놈은 모조리 잡아 둘 것.

셋째, 누구든지 축가장 놈을 잡아 줄 때에는 호삼랑을 석방해 준다. 그리고 호삼랑은 산채에 있는 송태공에게 맡겨 두었으니 안심하고 돌아가라고 했다.

호성이 돌아간 다음, 손립은 등주 병마제할 손립이라는 깃발을 내세우고 부하를 거느리고 축가장 뒷문으로 가서 난정옥을 찾았다.

난정옥은 형제같이 친한 손립이 왔다는 소리를 듣자 대문을 열고 구름다리를 내려놓아 일행을 반가이 맞아들였다. 손립이 찾아온 뜻을 말했다.

"이번에 총병부(總兵府)의 명령으로 운주의 경비를 맡아 보게 됐소. 양산박의 강도들을 막기 위해서 그곳으로 부임해 가는 도중에 형이 축가장에 계시단 말을 듣고 찾아온 길이오. 앞문으로 찾아뵙는 것이 예의인 줄 아나, 병사들이 주둔해 있기에 무슨 시끄러운 일이라도 발생할까 하여 뒷문으로 찾아뵙는 길이오."

"그건 요즘 연일 양산박의 강도들과 싸우고 있는 탓이오. 벌써 몇 놈의 두령을 이곳으로 잡아 왔소. 송강이란 놈을 잡아서 함께 아문으로 압송해 버릴 작정이오. 이번에 형이 이 고장의 경비를 맡게 되었다니 이야말로 금상첨화가 아닐 수 없소. 정말 다행한 일이오."

손립이 웃으면서 맞장구를 쳤다.

"미력하나마 힘 자라는 대로 놈들을 잡아서 형이 큰 공을 세우시는 데 협력하리다."

난정옥은 크게 기뻐하며, 축조봉·축룡·축호·축표까지 불러내어 대청 앞까지 손립 일행을 영접케 했다. 인사가 끝난 다음 난정옥이 손립을 축조봉에게 소개했다.

"나와 친형제나 다름없는 손립입니다. 등주의 병마제할인데, 이번에 총병부의 명령을 받고 우리 운주의 경비를 맡아 보게 된 친구입니다."

"그러면 우리가 상사로 모셔야 할 분이시군!"

손립이 대뜸 겸사의 말을 했다.

"비하지직(卑下之職)이라 대단할 게 있겠습니까? 앞으로 잘 지도편달해 주시기 바랍니다."

축씨 삼형제도 정중히 말했다.

"여러분, 편히 앉으십시오!"

손립이 천연스럽게 말했다.

"연일 계속되는 싸움에 얼마나 피곤하시오."

축룡이 대답했다.

"아직 승부도 나지 않았습니다. 여러분께서야말로 원로에 오시느라고 피곤하시겠습니다."

손립은 고대수를 시켜서 낙대낭자와 함께 안으로 들어가서 가족들과 인사를 하라 하고, 손신·해진·해보를 불러서,

"이 세 사람은 나의 아우뻘 되는 친구들이오."

하고 소개했으며, 낙화를 불러서,

"이분은 이 고장 운주에서 연락차로 온 관인이시오."

하고 소개했고 추연·추윤을 가리키며,

"이 두 분은 등주에서 나를 전송해 주러 오신 군관이오."

하며 소개했다. 축씨의 온 집안사람들은 그 말을 조금도 의심치 않고, 소와 말을 잡아서 성대한 주연을 베풀고 일행을 극진히 대접했다.

이틀이 지나가고 사흘째 되던 날,

　송강이 부하를 거느리고 쳐들어온다는 보고가 축가장에 날아들었다.

　축표가 선뜻 나서서 대결하겠다고 했다.

　말을 달려 창을 휘두르며 쳐들어온 것은 소리광 화영이었다. 독룡강 기슭에서 싸우기를 10여 합, 도무지 승부가 나지 않았다. 화영은 싸움에 패한 체하고 뺑소니를 쳤다. 축표가 뒤를 추격했다. 누군가가 축표의 뒤에서 소리를 질렀다.

　"장군! 추격하시 마십시오! 저놈은 활을 잘 쏘는 냉수입니다."

　축표는 뜨끔해서 말 머리를 돌려 돌아왔고, 화영도 병사를 거느리고 돌아갔다.

　나흘째 되던 날, 오패 시각쯤 되어서 또 송강의 병사가 쳐들어온다는 보고가 날아들었다. 이번에는 축룡·축호·축표 삼형제가 내달았고, 저편에서는 표자두 임충이 덤벼들어서 1장 8척의 사모를 휘두르며 축룡과 30여 합이나 대결했지만 승부가 나지 않았다. 징소리가 울리자 쌍방이 다 같이 후퇴했다.

　축호가 격분하여 진두로 내달으며 호통을 쳤다.

　"송강이란 놈아! 승부를 가리러 나오너라!"

　저편에서는 몰차란 목홍이 달려나와 30여 합을 싸웠지만 승부가 나지 않았다. 그것을 보고 있던 축표가 격분하여 창을 휘두르며 말을 달려 2백 기를 거느리고 진두로 내달았다.

　송강 편에서는 병관색 양웅이 단기(單旗)로 창을 잡고 뛰쳐나와 축표와 대결했다.

손립은 그 광경을 보다가 참을 수 없다는 듯이 말을 몰고 진두로 내달았다. 축가장 편에서는 수많은 징이 일제히 울렸다. 송강의 진지에서는 임충·목홍·양웅이 일제히 말을 멈추고 진지에 섰다. 손립은 말을 달려 나가며 호통을 쳤다.

"내가 저놈들을 산 채로 잡아 오겠소!"

그리고 말을 멈추고 소리를 질렀다.

"네 놈들 적병(賊兵)의 진지에서 내노라는 놈이 있다면 나와서 나하고 승부를 결해보자."

송강의 진지에서 말방울 소리가 요란스럽게 들리더니 석수(石秀)가 뛰쳐나오며 손립과 대결했다. 싸우기를 50여 합. 손립은 일부러 허를 보이는 체하고 석수의 창을 유인해 들여 놓고, 훌쩍 몸을 날려서 말 위에 있는 석수를 쉽사리 움켜잡아 가지고 저택 앞으로 돌아와 내동댕이치며 호통을 쳤다.

"이놈을 꽁꽁 묶어라!"

이 틈을 타서 축가 삼형제는 송강의 병사를 물리쳐 버렸고, 모든 사람이 손립에게 경의를 표했다.

손립이 물었다.

"이제 도합 몇 명의 도둑놈을 잡은 셈이 되오?"

축조봉이 대답했다.

"맨 처음에 시천을 잡았고, 그 다음에 간첩 양림, 또 황신이란 놈, 그리고 호가장의 호삼랑이 잡은 왕왜호, 싸움판에서 잡은 진명·등비란 놈들, 이제 석수란 놈을 잡았으니 도합 7명입니다."

손립이 위엄 있게 분부했다.

"절대로 한 놈도 죽여서는 안 되오. 빨리 수거를 일곱 채 마련해서 처박아 두시오. 술과 음식을 흠뻑 주어서 살이 빠지지 않도록 해주시오. 삐쩍 마르면 꼴사나우니까. 송강이란 놈을 잡는 대로 동경으로 압송해 가서 축가삼걸(祝家三傑)의 명성을 천하에 떨치게 합시다!"

"여러 가지로 협력해 주셔서 감사합니다. 이제는 멀지 않아서 양산박의 강도들도 소탕될 것 같습니다!"

축조봉은 이렇게 말하면서 정중하게 절을 하고 손립을 안에 차려 놓은 술자리로 모시고 갔다. 석수는 수서에나 처박아 버렸다.

여기서 우리가 알아야 할 것은, 석수의 무예 실력이 결코 손립에 비해 손색이 있는 것은 아니었지만, 축가장 놈들을 속이고 손립을 더욱 믿게 하기 위해서 손립의 손에 붙잡히게 되었다는 사실이다.

손립은 또 살며시 추연과 추윤을 낙화에게 보내 출입할 수 있는 길을 확인해 두도록 했고, 양림과 등비는 추연과 추윤을 보자 내심 기뻐서 어쩔 줄 몰랐으며, 사람이 없는 틈을 타서 일동에게 이런 소식을 넌지시 전달했다. 고대수와 낙대낭자는 안에서 여러 곳으로 갈 수 있는 통로를 살살이 조사해 두었다.

닷새째 되던 날, 또 송강이 사면으로 갈라져서 공격해 온다는 보고가 날아들었다. 손립이 선뜻 나섰다.

"설사 열 군데서 쳐들어온다 해도 겁날 것이 있겠소! 조금도 당황할 것 없이 싸울 준비를 합시다. 우선 쇠갈퀴와 올가미줄을 마련해 가지고 산 채로 잡도록, 죽여서 잡는 것은 대단한 일이 아니오!"

축가장 놈들은 모두 무장을 든든히 한 다음, 축조봉이 친히 1대를 거느리고 문루에 올라 바라보았다.

동편으로 쳐들어오는 인마의 선두에 선 것은 임충, 그 뒤에는 이준과 원소이가 5백여 명을 거느리고 있으며, 서편에서 쳐들어오는 인마의 선두에는 화영·장횡과 장순이 그 뒤를 따르고, 남쪽으로 쳐들어오는 인마의 선두에는 목홍·양웅·이규 세 두령이었는데 일제히 북을 두드리고 고함을 지르고 있었다.

이편에서는 난정옥이 앞문으로 뛰쳐나가 서북방의 적을, 축용은 앞문으로 달려나가 동편의 적을, 축호는 뒷문으로 뛰쳐나가서 서남방의 적을, 축표는 앞문으로 나가서 두목 송강을 잡아채기로 작전을 세웠다.

이때 추연과 추윤은 도끼를 몸에 감추고 문지기 옆에 지켜 섰으며, 해진·해보도 무기를 지니고 뒷문에서 떠나지 않았고, 손신과 낙화는 앞문을 지키고 있었다. 고대수는 두 자루의 칼을 품고 대청에 몸을 숨기고 연락만 있으면 즉각에 행동을 개시할 준비를 하고 있었다.

축가장의 병사들은 북을 울리면서 네 갈래로 갈라져서 쳐나갔고, 손립은 20여 명의 병사를 거느리고 구름다리 위에서 버티고 있었다.

문안에 있던 손신은 준비해 두었던 깃발을 문루 위에 높직이 올렸고, 낙화는 창을 휘두르며 노래를 부르기 시작했다. 추연과 추윤은 낙화의 노랫소리가 들리기 무섭게 휘파람을 신바람나게 불면서 도끼를 휘둘러 눈 깜짝할 사이에 문지기 병사 10명을 거꾸러뜨렸다. 그리고 당장에 수

거를 때려부수고 일곱 명의 호걸을 석방시키니 그들은 저마다 고함을 지르고, 고대수는 두 자루의 칼을 뽑아들고 방안으로 뛰어들어 내닫는 여자들을 모조리 죽여 버렸다.

축조봉은 피할 도리가 없게 되자 우물 속에 몸을 던지려고 했으나, 그러기 전에 석수가 단 한칼에 모가지를 베어 버렸다.

뒷문에서는 해진과 해보가 마구간에다 불을 질러서 시커먼 연기가 꾸역꾸역 치밀어 올랐다. 사면으로 갈라졌던 인마들은 불길을 발견하자 힘을 합쳐서 맹공을 가했다.

축호는 구름다리로 올라가다가 손립에 쫓기게 되어, 다시 송강의 진지를 향해 달리다가 여방·곽성과 맞닥뜨리게 되어 여러 병사들의 칼과 창 앞에 처참한 죽음을 당했다.

말 머리를 돌려서 북쪽으로 도주하던 축룡은 흑선풍 이규와 맞닥뜨리게 되어서 그의 대부(大斧)에 찍혀서 목이 날아 버렸다.

축표는 자기 본거지로 돌아가지 않고 그대로 호가장으로 도주했는데, 호성이 하인배를 시켜서 붙잡은 다음 동아줄로 결박하여 송강에게로 끌고 가다 도중에 이규와 맞닥뜨리게 되었다. 이에 이규가 도끼를 휘둘러서 당장에 모가지를 날려 버렸고, 놀란 하인배들은 뿔뿔이 흩어져서 도망쳐 버렸다. 이규는 계속해서 도끼를 휘두르며 호성에게 덤벼드니, 호성은 말을 달려 연안부(延安府)로 뺑소니를 쳐 버렸다. 그후 그는 송조(宋朝) 중흥(中興) 때 무장(武將)이 되었다.

이규는 닥치는대로 거꾸러뜨리고 호가장으로 쳐들어가

서 호태공 일가족속을 하나도 남기지 않고 죽여 버리고, 부하들에게 명령하여 말을 모조리 끌어낸 뒤 집 안의 재물을 깡그리 뒤져내서 4,50필의 말에 싣고 집에 불을 지른 다음 송강이 있는 곳으로 돌아왔다.

한편, 송강은 축가장 정면 대청에 자리잡고 있었으며, 여러 두령들은 전과를 보고하려고 모여들었다.

산 채로 잡은 자가 4,5백 명, 탈취한 준마가 5백여 필, 소와 양은 이루 헤아릴 수 없이 많았다. 송강은 크게 기뻐하는 한편 유감스런 의사를 표명했다.

"난정옥이란 호걸을 죽여 버린 것은 애석한 일이오!"

이때 흑선풍 이규가 호가장에 불을 지르고 수급(首級)을 들고 왔다는 보고가 날아들었다. 송강이 깜짝 놀랐다.

"호성은 이미 전일에 투항한 사람인데 누가 죽이라고 했길래 죽이고 또 어째서 집에 불을 질렀단 말이냐!"

이때 흑선풍이 전신에 피투성이가 되어서 허리에 두 자루의 판부를 차고 의기양양하게 송강 앞으로 걸어 들어왔다. 그는 큰소리로 외쳤다.

"축룡은 내가 죽였소. 축표도 내가 죽였소. 호성이란 놈은 도주했지만 호태공 일가족속은 깨끗이 몰살해 버렸소. 칭찬을 들을 줄 알고 달려온 길이오."

송강이 소리를 질렀다.

"자네가 축룡을 죽이는 것은 목격한 사람이 있다고 하데만 그밖의 사람은 어째서 모두 죽여 버렸나?"

"호가장으로 쳐들어갔더니 마침 일장청 호삼랑의 오라비가 축표를 결박해 가지고 나오길래 단번에 축표를 죽여 버렸소. 호성이란 놈을 도주시킨 것이 유감천만이지만 놈의 일가족속은 모조리 죽여 버렸소!"

송강은 호통을 쳤다.

"누가 자네더러 그리로 가라고 했나? 일전에 호성은 이미 우리 편에 투항한 사람인데, 자네도 그것을 알면서 어째서 내 말을 듣지 않고 제멋대로 그의 일가족속을 다 죽여 버렸단 말인가?"

"형님은 잊어버리셨는지 모르지만 나는 아직도 기억하고 있소. 그놈은 얼마 전에 서의 누이동생년에게 넝령해서 형님을 추격하게 한 놈이오. 형님은 그놈의 누이동생과 초례를 지낸 것도 아닌데 뭣을 거리끼신단 말이오?"

"여보게, 무슨 못생긴 소린가? 내가 그 여자에게 장가를 들다니, 그건 천만의 말씀이고 나는 나대로 생각하는 바가 있어서 그러네! 자네는 내 명령을 거역했으니 규칙대로 하자면 목을 베야 할 것이지만, 축룡·축표를 죽인 공로를 생각하고 용서해 주는 것이니 일후에나 조심하게!"

이때 군사 오학구가 1대의 인마를 거느리고 달려들어서 송강을 위하여 술잔을 들고 승리를 축하했다.

송강은 오학구와 축가장 마을을 완전히 소탕해서 뿌리를 뽑아 버리기로 했다. 그때 석수가 말했다.

"저 종리(鐘離) 노인은 인덕이 높은 사람일 뿐 아니라 길을 가르쳐 준 공로도 있고 하니, 이렇게 선량한 사람까지 도매금으로 모조리 죽여 버리는 것은 좋지 않은 일인가 하오!"

송강은 그 말을 듣자 석수를 시켜서 그 노인을 불러오라고 했다. 석수는 떠난 지 얼마 안 되어서 종리 노인을 데리고 와 송강과 오용에게 인사시켰다. 송강은 돈과 비단을 선사하고 이 마을마저 불질러 버리지 않게 된 것은 오로지 노인의 공로라고 칭찬해 주었다.

송강은 또 부하들에게 이렇게 말했다.

"이번에 이 일대의 주민들에게 많은 폐를 끼쳤을 뿐만 아니라, 이번에 축가장을 쳐부수고 마을의 해독을 제거했으니 매호마다 쌀 1석씩을 분배해 주도록 하라."

동네 노인을 위시하여 모든 사람에게 쌀을 나누어 주고, 한편 축가장에 남아 있는 식량은 모조리 수레에 싣고 금은가재(金銀家財)는 전군 병사들에게 상품으로 분배해 주었다.

그리고 그밖의 소·말·노새는 산채로 가지고 가서 쓰기로 했는데, 축가장을 격파하고 얻은 양말(糧秣)이 50만석(石)이나 되어서 송강은 크게 만족했다.

이리하여 여러 두령들은 수하의 병사들을 거느리고 산채를 향하여 출발했는데, 손신·손립·해진·해보·추연·추윤·낙화·고대수 등 새 두령을 얻게 되었고, 또 일곱 명의 호걸들을 구출하는 큰 전과에 모두들 크게 만족했다.

이야기는 달라지지만 한편, 박천붕 이응은 화살에 맞은 상처가 다 낫기는 했지만 두문불출하고 비밀리에 사람을 시켜서 축가장이 송강에게 격파당했다는 소식을 알고 놀라기도 하고 기뻐하기도 했다.

하루는 지부가 4,5명의 부하를 거느리고 나타났다. 공목·압번·우후·절급·간수 등을 대동한 앞에서 지부는 이응에게 호통을 쳤다.

"축가장에서 고소장이 올라왔다. 네 놈이 양산박과 결탁하고 군사를 끌어들여 축가장을 격파시켰다 하니 아문으로 가서 고소인들과 흑백을 가리자. 고소장에는 두주관 두흥이란 자의 이름도 함께 있으니 이자도 같이 연행키로 한다."

두흥에게도 고랑쇠를 채워 버리고 이응과 함께 압송해 갔다. 30리쯤 갔을 때 돌연 숲속으로부터 송강·임충·화영·양웅·석수 등 1대의 인마가 뛰쳐나오더니 앞길을 가로막았다. 임충이 소리를 질렀다.

"꼼짝 마라! 양산박의 호걸들이 예 있다!"

지부 일행은 꼼짝 못하고 이응과 두흥을 내버린 채 뺑소니를 쳐버렸다. 송강이,

"추격해라!"

하고 명령했다. 여러 사람이 잠시 그 뒤를 추격하다 돌아와서 아뢰었다.

"어디로 숨어 버렸는지 찾을 수가 없소?"

호걸들은 당장에 이응과 두흥의 결박을 풀어 주고 고랑쇠를 끊어 버린 다음 두 필의 말에 태웠다. 송강이 물었다.

"대관인께서는 잠시 양산박으로 가셔서 난을 피하시는 게 어떻겠습니까?"

"천만에, 그건 안 되오. 지부가 당신네들에게 살해당했다손 치더라도 그것은 나와는 하등의 관계도 없는 일이니까."

송강이 웃으면서 말을 이었다.

"관가에서는 그런 이유가 통하지 않습니다. 우리가 도망쳐 버리면 대관인께서는 반드시 화를 입으실 것입니다. 잠시 산채로 가서 지내시다 무사해진 다음에 내려오시는 것이 어떻겠습니까?"

이응과 두흥은 수많은 인마 가운데서 도망칠 수도 없고 해서 어쩔 줄 모르고 망설이기만 하다가, 결국 삼군(三軍)의 인마에 끌려서 양산박으로 가는 수밖에 없었다.

산채에서는 조개 이하 여러 두령들이 북을 울리고 피리를 불면서 산 아래로 내려와 일행을 영접했다.

여러 호걸들이 취의청에 모여서 이응과 인사를 교환했을 때 이응이 입을 열었다.

"우리 두 사람은 이렇게 산채로 와서 두령님들과 인사도 하게 됐지만 가족들이 어찌됐는지 걱정스러워서 내려가 봐야겠소."

오학구가 웃으면서 대답했다.

"대관인! 걱정 마십시오. 가족 되시는 분들은 벌써 산채로 모셔 왔습니다. 대관인댁은 이미 깨끗이 재가 되어 버렸는데 어디로 돌아가실 작정이십니까!"

이응은 그 말을 믿지 못했지만 얼마 안 되어서 수레와 인마가 속속 산으로 올라오는 것이 바라다보였다. 이응이 자세히 살펴보니 그것은 바로 자기 집 하인배와 가족들이 아닌가!

이응이 당황하여 달려들어 그 까닭을 물었다. 그의 아내가 대답했다.

"당신께서 지부님께 잡혀 가신 다음, 이번에는 두 사람의 순검(巡檢)이 네 사람의 도두를 거느리고 3백여 명의 병사를 데리고 달려들어서 가산을 몰수하러 왔다고, 소·양·말·노새, 모조리 끌고 가버렸고 집에 불까지 질렀습니다."

이응이 그 말을 듣고 대경실색하자 조개와 송강은 정중히 사죄했다.

"저희들은 대관인의 소문을 듣고 있은 지 오래입니다. 그래서 그런 계책을 쓴 것이니 언짢게 생각지 마시기 바랍니다."

이응은 그 말을 듣고 보니 순종하는 도리밖에 없었다.

송강이 권했다.

"그러면 우선 가족 되시는 분들과 후청 이방(耳房)에 가셔서 편히 쉬시도록 하십시오."

이응은 취의청 주변에 여기저기 호걸들의 가족이 자리잡고 살고 있는 것을 보고 자기 아내에게 말했다.

"하라는 대로 합시다."

송강과 그밖의 여러 두령들은 이응을 취의청에 안내하고 한담을 하며 쉬었다.

송강이 웃으면서 말했다.

"그런데 대관인님! 두 순검과 지부를 여기 불러서 인사시켜 드리겠습니다."

지부로 변장한 것은 소양이었고, 순검으로 변장한 것은 대종과 양림, 공목으로 변장한 것은 배선, 우후로 변장한 것은 김대견과 후건이었다.

또 네 사람의 도두를 불러냈는데 그것은 이준·장순·마린·백승이었다.

이응은 그것을 보자, 하도 어처구니가 없어서 뭐라고

말을 하지 못했다.

송강은 아래 두목들에게 명령하여 소와 말을 잡아서 대관인을 대접하고 새로 일당에 가담시켰다. 그리고 이응·손립·손신·해진·해보·추연·추윤·두흥·낙화·시천·호삼랑·고대수 등 열두 사람의 새로 가담한 두령들을 위하여 축하의 잔치를 베풀었다.

또 낙대낭자와 이응의 가족들을 위하여 따로 한자리를 마련하고 안에서 대접하도록 했으며, 전군의 병사들도 위로해 주었다.

정면 대청에서는 고악(鼓樂)을 울리면서 수많은 호걸들이 술잔을 주고받고 하다가 날이 저문 뒤에야 헤어졌고 새로 가담한 두령들은 각각 거처할 방을 작정해 가지고 편히 쉬었다.

이튿날 송강은 왕왜호를 불러서 이렇게 말했다.

"전에 청풍산에 있을 때, 자네한테 좋은 색시를 구해 주겠다고 약속을 해놓고도 늘 생각만 하고 실천을 못했는데, 이번에 우리 아버님께 수양따님이 하나 생겼으니 자네가 사위 노릇을 하는 게 어떻겠나?"

송강은 친히 송태공을 맞이해다 놓고 일장청 호삼랑을 주연에 청해 들었다.

송강은 친히 호삼랑을 대접하면서 입을 열었다.

"내 아우뻘 되는 왕영(왕왜호)은 무예의 재간은 호삼랑만 못하다 해도 내가 장가를 보내 주겠다고 약속한 일이 있는데, 우리 아버님의 수양딸이 된 이상 오늘은 길일(吉日)이니 여러 두령들을 중매로 삼고 왕영과 부부가 되도록 해주시오."

　호삼랑은 송강의 의리를 지키는 정신에 감동하여 거절할 수 없었고, 두 사람은 그저 감사하다고 연방 절을 할 뿐이었다.

　이리하여 이날은 여러 호걸들이 축하의 술잔을 나누고 있었는데, 마침 주귀가 맡아 보는 주점에서 운성현 사람이 하나 두령을 만나러 왔다는 보고가 들어왔다. 조개는,

　"그 은인께서 우리 일당에 가담만 해준다면 정말 소원을 성취하겠는데…."

하면서 기뻐서 어쩔 줄 몰랐다.

　이곳으로 찾아왔다는 운성현 사람이란 과연 누구일까?

51 금지옥엽(金枝玉葉)

揷翅虎枷打白秀英
美髯公誤失小衙内

　송강이 일장청 호삼랑과 왕왜호를 부부로 짝지어 주자
는 말을 꺼내자 여러 두령들은 송강의 높은 인덕을 찬양
하며 진종일 잔치가 계속되었다. 술이 한창 어울려 들어가
고 있을 때 주귀의 주점에서 연락이 왔다.
　운성현의 도두 뇌횡을 맞이하여 지금 주점에서 대접을
하고 있다는 것이었다. 조개와 송강은 이야말로 하늘이 주
신 기회라 기뻐하며 군사 오학구와 셋이서 산 아래로 내
려가 영접했다. 알고 보니 뇌횡은 현의 명령을 받고 동창
부(東昌府)에 공무로 출장을 갔다가 돌아오는 길에 갈림
길을 지나치게 됐는데, 양산박의 부하들이 시끄럽게 굴어
서 자기가 누구라는 것을 말했더니 주귀가 붙잡아 놓고
송강에게 연락을 취한 것이었다.
　송강은 뇌횡을 산채로 데리고 올라가서 술대접을 극진
히 했고, 뇌횡은 그대로 4,5일을 묵게 됐다. 조개가 주동
(朱仝)의 소식을 물어 봤더니 그는 현의 절급이 되어서 새
로 부임한 지현의 신임이 두텁다는 것이었다.
　송강이 뇌횡더러 자기네 일당에 가담해서 같이 지내자
고 간곡히 권해 봤지만, 뇌횡은 노모님이 계시어 그의 의
사를 거역할 수 없으니 돌아가신 다음에나 다시 가담시켜

달라고 말하고 양산박을 떠나갔다. 송강과 조개는 뇌횡을 전송하고 산채의 취의청으로 돌아온 뒤, 모든 두령들의 직분과 위치를 상의하여 배치했다. 이로써 산채는 완전히 자리잡혔으며, 매일같이 두령 한 사람이 번갈아 가며 나머지 사람들을 초대하여 연일 성대한 잔치를 되풀이하면서 평온무사한 나날을 보내고 있었다.

뇌횡은 양산박을 뒤로 하고 운성현으로 돌아오자 우선 집에 가서 노모님을 찾아뵙고, 지현을 만나 공문서를 바치고 보고를 마치자 자기 거처로 돌아가 푹 쉬고 난 다음 평소와 같이 매일 관청에 드나들고 있었다.

하루는 관청 동쪽 길을 걸어가고 있노라니 뒤에서 부르는 사람이 있었다.

"도두님! 언제 돌아오셨습니까?"

뇌횡이 돌아보니 이 마을의 방간(幫間) 이소이(李小二)라는 자였다. 그는 말을 계속했다.

"꽤 오래간만에 돌아오셨군요. 그 동안 우리 마을에는 동경으로부터 장돌뱅이 예인이 나타나서 재간을 부리고 있는데, 백수영(白秀英)이라고 하는 대단한 여자입니다. 이야말로 색예쌍절(色藝雙絶)이라, 만담·희무(戲舞)·취탄(吹彈)·가창(歌唱) 못하는 게 없어서 굉장한 인기로 구경꾼들이 인산인해를 이루고 있습니다. 도두님께서도 한 번 가셔서 보시는 게 어떠십니까?"

뇌횡은 그 말을 듣자 심심풀이로 이소이와 함께 희원(戲阮)으로 구경을 갔다. 청룡석(青龍席)이라는 제일 좋은 자리에 앉아서 무대를 바라보고 있는데 이소이가 술을 한 잔 마시겠다고 밖으로 나갔다.

만담 몇 마디가 끝나자 노인 한 사람이 무대 정면에 나타나더니 자기 소개를 하였다.

"소인은 동경 태생으로 백옥교(白玉喬)라 합니다. 보시는 바와 같이 늙은 몸이라 변변치 않은 딸년 수영(秀英)의 가무취탄(歌舞吹彈)으로 그날 그날을 보내고 있습니다. 잘 봐주십시오!"

징소리가 요란하게 울렸다.

백수영이 바람처럼 무대에 나타났다.

사방을 휘둘러보며 애교를 떨고 간드러지게 인사를 한 다음 제 손으로 징을 들고 꽹꽹꽹꽹 콩을 볶듯이 빠르게 두드리더니 꽝! 하고 마지막 한 번을 힘껏 쳐서 딱 그쳐 버리고 매력적인 얼굴로 생긋 웃어 보이며 만담을 지껄이다가는 노래를 부르고, 노래를 부르다가는 춤을 췄다. 만장의 관중을 녹여 버릴 듯한 온갖 아양을 떨며 재주를 부리는 품이 이소이의 색예쌍절이란 말이 조금도 거짓말이 아니었다.

온갖 재간을 다 부리고 난 백수영이 손에 큼직한 합(盒)을 하나 들고 무대 아래로 내려섰다. 손님들에게 구경값을 거두러 돌아다니게 마련이었다. 아버지 백옥교가 재촉했다.

"애, 어서 한 바퀴 빙 돌아오너라! 여러 손님들께서 모두 돈을 주시려고 기다리고 계시다."

백수영은 합을 들고 제일 먼저 뇌횡의 앞으로 갔다. 뇌횡은 주머니를 뒤져 봤으나 공교롭게도 그날은 한 푼도 지니고 나온 것이 없었다.

"오늘은 돈을 가지고 나온 것이 없으니 내일 와서 많이 주마!"

백수영의 표정이 샐쭉했다. 개시부터 재수가 없다는 눈치였다.

"처음에 치는 초가 시지 않으면 다음에 치는 초는 점점 더 시지 않은 법이에요."

"너덧 냥쯤은 언제든지 줄 수 있으니 걱정 말아!"

"한 푼도 없는 주제에 너덧 냥이라구? 뻐기지나 말아요!"

백옥교가 옆에서 몇 마디를 덧붙였다.

"너도 눈이 멀었구나! 시골뜨기 벽창호한테 떼를 쓴들 무슨 소용이 있겠니! 다른 손님께 가서 개시를 해주십사 하렴!"

뇌횡은 호통을 쳤다.

"뭐라구? 나더러 벽창호라구? 늙은 것이 나를 모욕하다니!"

"시골서 소나 끌어 먹을 위인이 무슨 구경을 온 거야?"

구경꾼 중에서 뇌횡을 아는 사람이 있어서 백옥교에게 넌지시 상대방이 뇌도두라는 것을 알려 줬지만 백옥교는 기고만장해서 소리를 질렀다.

"어디서 굴러먹던 개뼈다귀인지 쇠뼈다귀인지 알 게 뭐냐?"

뇌횡이 분을 참지 못하고 백옥교의 멱살을 잡고 주먹으로 몇 대 때렸더니 입술이 터지고 이가 빠졌다.

백수영이란 여자는 새로 부임해 온 지현과 동경에 있을 때부터 정을 통해 왔기 때문에, 백수영은 그 세도만 믿고

즉시 지현의 저택으로 달려가서 뇌횡이 횡포한 짓을 했다고 호소했다. 지현은 격분하여,

"당장에 고소장을 내도록 해라!"

하고 콧구멍을 벌름거렸다. 이것이 소위 베갯밑공사라는 것이다.

지현은 결국 정부 백수영이 분풀이를 해달라는 대로 뇌횡을 결박해서 거리 한복판으로 끌어낸 뒤 모든 사람의 구경거리를 만들었다.

뇌횡의 모친이 점심을 가지고 왔다가 아들이 결박당한 것을 보자 방성통곡을 하면서 주변에 있는 파수병들을 꾸지람했다. 그들은 이구동성으로 같은 말을 할 뿐이었다.

"어머니, 상대방 여자는 지현과 깊은 관계가 있어서 말 한 마디면 우리 같은 사람들의 목숨을 쥐락펴락하니, 우리들도 중간에 끼여서 어쩔 도리가 없습니다."

뇌횡의 모친은 왈칵 덤벼들어 자기 손으로 아들을 결박한 줄을 풀어 버렸다.

"개 같은 년! 세도만 믿고서 이 따위 짓을 하다니. 내 손으로 풀어 줄 테다. 어쩔 테냐?"

다방에 앉아서 이 소리를 들은 백수영이 달려나와서 눈을 부릅뜨고 악을 썼다.

"늙은 거지 같은 년이 어째서 날보고 욕을 하느냐?"

노파도 지지 않고 욕설을 퍼부었다.

"이놈 저놈 마구 주워 먹는 화냥년아! 네 년은 왜 나를 욕하느냐? 네 년이 운성현의 지현님이란 말이냐!"

백수영은 화가 머리끝까지 치밀어서 노파의 뺨을 때려 땅바닥에 쓰러뜨렸다. 노파가 몸을 일으키려고 하는 것을

백수영은 또 발길로 짓밟으며 옆구리를 마구 걷어찼다.

뇌횡은 본래 부모에게 효도가 극진한 사람이었다. 모친이 매를 맞는 것을 보자 불길처럼 치미는 분노를 참지 못하고 목에 쓰고 있던 큰칼을 훌쩍 벗어들고 백수영의 대갈통을 정통으로 후려갈겼다.

백수영은 단박에 머리가 두 쪽으로 빠개져 땅바닥에 거꾸러지고 말았다.

여러 사람들은 백수영이 죽자 뇌횡을 끌고 현으로 가서 고발했다. 뇌횡은 모든 사실을 순순히 자백했다. 현에서는 모친만 집으로 돌려보내고 뇌횡에게는 목에 칼을 씌워서 감옥에 처박았다.

이 감옥의 책임자인 절급이 바로 미염공(美髥公) 주동(朱仝)이었다. 주동은 진종일 뇌횡을 어떻게 살려낼 방법이 없을까 곰곰 머리를 짜고 지현에게 뇌물까지 먹였지만, 지현은 주동의 정성은 기특히 생각하나 자기의 정부를 때려죽인 뇌동을 지독히 미워하며 주동의 말에 귀도 기울이지 않았다. 또 백옥교란 자는 지현을 충동시켜서 뇌횡을 사형에 처해 달라고 재촉이 심했다.

뇌횡이 감옥에서 지내기를 20일, 기한이 다 되어서 제주(濟州) 아문으로 압송하게 되었고, 그 호송책임을 맡은 것이 바로 주동이었다.

주동은 10여 명의 옥졸을 거느리고 뇌횡을 압송하여 운성현을 떠났다. 10리쯤 갔을 때 술집이 한 군데 보였다. 한 잔 마시고 가자는 핑계로 옥졸들을 쉬게 해놓고 소변을 보이러 간다 속이고 뇌횡을 뒤뜰로 살며시 데리고 가서 목에 씌운 큰칼을 벗겨 주고 도주하라고 했다.

"빨리 집으로 돌아가서 모친을 모시고 어디로든지 달아나시오. 당신은 주로 끌려가면 갈데없이 사형이오. 내가 대신 붙잡히리다. 여기서 내가 당신을 놓아 주었다고 해도 사형을 받지는 않을 것이고, 또 나는 벼슬아치들을 매수할 만한 재산도 있으니, 아무 걱정 마시고 빨리 도망치시오!"

뇌횡은 주동에게 감사하다 절하고 뒷문으로 살며시 빠져 나와서, 자기 집으로 달려가 모친을 모시고 밤을 새워 양산박으로 도주하여 일당에 가담했다.

주동은 뇌횡의 목에 씌운 큰칼을 풀더미 속에 집어던지고 뛰쳐나오면서 옥졸들에게 말했다.

"뇌횡이 도주하고 말았으니, 이를 어찌하면 좋단 말이냐?"

"시급히 놈의 집으로 쫓아가서 붙잡도록 하십시다!"

여러 옥졸들은 이렇게 말했으나 주동은 일부러 우물쭈물, 뇌횡이 멀리 달아났을 만한 시간이 지나서야 아문에 나가서 자수했다.

지현은 평소부터 주동을 믿음직한 인물이라 생각했기 때문에 어떻게 해서든지 관대하게 처분하려고 했지만, 백옥교가 주동이 고의로 뇌횡을 도주시킨 것이라고 상사에게 고발하여 지현도 어쩔 도리가 없이 주동의 죄상을 문서로 작성하여 제주부로 압송해 버렸다.

주동의 집에서는 앞질러 하인배를 제주부로 보내어 골고루 돈을 뿌려 두었다. 주동이 제주부에 도착한 뒤 열린 긴급회의에서 태형(笞刑) 20대를 때려서 창주 뇌성으로 귀양살이를 보내기로 결정되었다.

　　주동은 마침내 창주에 도착했다. 성 안으로 들어가서 주의 아문에 나갔다. 마침 지부는 등청해 있었다. 두 공인이 주동을 청전 댓돌 아래 세워 놓고 서류를 제출했다. 지부는 서류를 자세히 검토한 뒤 주동의 위풍당당한 대장부의 모습을 유심히 바라보았다.

　　지부는 단번에 주동이 마음에 들었다.

　　"이 죄수는 뇌성 영창으로 보내지 않아도 좋다. 본부에 두고 사환으로 쓰겠다."

　　이렇게 말하면서 즉각에 회납문서를 작성하여 두 압송 공인에게 주어서 돌려보냈다.

　　주동은 그날부터 청전에서 잡무를 보면서 편히 지내게 되었다. 본래가 온후한 성격의 소유자였기 때문에 누구나 그를 좋아했다.

　　어느 날 지부가 등청하더니 주동을 불러들여 물었다.

　　"자네는 무슨 까닭으로 뇌횡을 도주시키고 이런 데로 유형을 당했나?"

　　"고의로 뇌횡을 놓아 준 것은 아닙니다. 설마 그런 일이 있으랴 하고 부주의하는 동안에 달아나 버리고 만 것입니다."

　　"그렇다면 자네 죄가 너무나 억울하지 않은가?"

　　"고소한 자가 지독하게 뒤집어씌워 가지고 끝까지 고의로 도주시켰다는 자백을 억지로 받았기 때문에 이런 중죄를 받게 된 것입니다."

　　"뇌횡은 어째서 그 창기를 죽였단 말인가?"

　　주동은 뇌횡이 백수영을 죽이게 된 경위를 자세히 설명했다. 말을 듣고 난 지부가 또다시 물었다.

"자네는 아마 뇌횡이 효성이 극진한 데 감동되어서 의협심을 참지 못하고 뇌횡을 놓아 준 것이겠지?"

"소인은 결코 그렇게 상사를 무시하는 짓은 하지 않습니다."

이런 이야기를 주거니 받거니 하고 있을 때, 병풍 뒤로부터 예쁘게 생긴 사내녀석이 튀어나왔다. 지부가 금지옥엽처럼 사랑하는 네 살짜리 아들이었다.

어린 놈은 주동을 보자 달려들어서 안기려고 했다. 주동이 어쩔 수 없이 안아 주었더니 어린 놈은 두 손으로 주동의 긴 수염을 잡아당기면서,

"수염이 기다란 아저씨, 날 꼭 안아 줘요!"
했다. 지부가,

"이 녀석아, 그 손을 놓아라! 그렇게 어른을 성가시게 구는 게 아냐!"
하며 말을 듣지 않았다.

주동이 눈치 빠르게 아이를 안고 일어났다.

"그럼, 소인이 도련님을 안고 이 근처를 슬슬 돌고 오겠습니다."

지부도 좋아했다.

"그 녀석이 그렇게 안아 달라고 야단이니 잠깐 데리고 나가서 놀다가 돌아오게!"

주동은 어린아이를 안고 아문 밖 길거리로 나와서 엿과 과자를 사먹여 가지고 돌아왔다. 지부가 돌아온 아들에게 물었다.

"이 녀석! 너 어디 갔다 왔지?"

"이 수염이 기다란 아저씨하구 거리에 나갔더니 엿하구

과자하구 사줘서 먹었지!"
　지부가 공연한 짓을 했다는 듯 나무랐다.
　"어째서 어린것에게 그런 것을 사줬단 말인가?"
　"하도 소인을 따르시니까, 심심풀이로 사드린 것뿐입니다."
　"정말, 자네를 좋아하는 모양이니 일후에도 어린 놈이 나가자거든 좀 데리고 다니며 놀게!"
　"네, 그렇게만 해주신다면 언제든지….."
　지부는 술상을 차려 놓고 친히 주동에게 석 잔이나 따라서 권했다.
　주동은 이런 일이 있은 다음부터 가끔 지부의 금지옥엽 같은 아들을 안고 밖으로 나와서 어린것이 좋아하는 것을 마음껏 사주곤 했다.

　반달쯤 지났다.
　7월 15일 우란분(盂蘭盆) 대재(大齋) 날이었다. 연례(年例)에 의하여 등불놀이가 성행했다. 그날 저녁때 시비(侍婢)와 유모가 주동보고 이렇게 전했다.
　"주도두님! 도련님께서 오늘 밤에 등불놀이 구경을 가시고 싶다고 해서, 마님께서 주도두님이 모시고 갔다 오도록 하라고 하십니다. 도련님을 좀 안고 갔다 오시면 어떻겠습니까?"
　"좋소! 내가 모시고 갔다 오리다."
　이리하여 주동은 네 살짜리 어린놈을 등에 업고 지장사(地藏寺)로 등불놀이 구경을 갔다.
　한 바퀴 빙 돌아서 구경을 하고 난 다음 주동은 수륙당

(水陸堂) 방생지(放生池) 못가까지 와서 구경을 하게 됐다. 어린놈은 높은 난간을 의지하고 기뻐서 어쩔 줄 모르며 등불놀이 구경을 하고 있었다.

바로 이때,

누군가 주동의 소맷자락을 지그시 잡아당기는 사람이 있었다.

"형님, 할 이야기가 있으니 저편으로 가십시다!"

주동이 뒤를 돌아보니 바로 뇌횡이었다. 깜짝 놀라면서,

"도련님, 여기 앉아 계시오! 엿을 사드릴 게 잡숫고 계시오. 다른 데로 가시면 안 되오!"

했다. 어린놈은 영문도 모르고,

"응, 그럼 빨리 갔다 와! 이 다리 위에서 등불을 구경하고 있을 테니…."

"곧 돌아오리다!"

주동은 이렇게 말해 놓고 뇌횡을 따라갔다.

"어째서 여기 와 있나?"

주동은 다급하게 물었다. 뇌횡은 주동을 데리고 인적이 없는 곳으로 가서 여기 나타나게 된 경위를 이야기했다.

"형님이 목숨을 건져 주신 뒤, 나는 어머니와 둘이서 의지할 곳이 없어 양산박으로 가서 송공명님의 일당에 가담했소. 내가 형님에게 받은 은혜를 이야기했더니 송공명님도 역시 예전에 형님 신세를 진 일이 있던 것을 생각하고, 여러 두령들도 감탄하여 마지않으며 오군사님과 나를 보내어 형님을 찾아뵈라고 하신 거요."

"그러면 오선생님은 어디 계신가?"

바로 뒤에서 오학구가 나타났다.

“오용은 여기 있습니다.”

“참 오래간만입니다. 그간 별고없으셨습니까?”

다시 오학구의 말을 들어 본즉, 이번에 산채에 있는 여러 두령들의 간곡한 부탁을 받고 주동을 산채로 모셔 오라고 해서 뇌횡과 함께 파견되어 왔다는 것이었다.

주동은 한참 동안 아무 대답도 못하고 망설이다가 간신히 입을 열었다.

“그것은 안 될 말씀입니다. 제발 그런 말씀은 말아 주십시오. 뇌횡이 죽을 죄를 범하고 의지할 곳이 없는 몸이 되었기에 의협심을 참지 못하고 도주시킨 것입니다. 갈 곳이 없어서 양산박으로 가서 가담한 모양입니다만, 나는 이곳으로 유형을 오기는 했어도 하늘이 나를 버리시지 않는 한 반년이나 일 년쯤 참고 견디면 고향으로 돌아가서 백성 노릇을 할 수 있으니, 내 걱정은 조금도 하시지 말고 그대로 돌아가 주십시오. 이런 곳에서 쑤군쑤군하고 있는 것은 피차간에 좋은 일이 못 됩니다.”

뇌횡이 소리를 질렀다.

“이런 곳에서 남의 하인배 노릇이나 하고 있는 것은 남아대장부로서 할 짓이 못 되오! 이 아우가 형님을 산채로 끌어들이자는 게 아니고 사실 조·송 두 두령님께서 평소부터 형님을 기다리신 지 오래요! 우물쭈물하고 여기 오래 계시면 무슨 일이 일어날지도 모르오!”

“이 사람아, 그게 무슨 소린가? 나는 자네 어머니께서 연로하시고 집안 형편도 딱하고 해서 자네를 도주시켜 주었더니, 이제 와서 나더러 옳지 않은 일을 강제로 하라는 건가?”

오학구가 두 사람을 진정시키며 입을 열었다.

"무슨 일이 있어도 못 가시겠다면 우리들은 작별하고 떠나는 도리밖에 없습니다."

"여러 두령님들께 잘 말씀드려 주시오!"

주동은 뒤도 안 돌아보고 다리께 난간이 있는 곳까지 돌아와 봤으나, 금지옥엽 같은 어린 도련님은 간 곳이 없었다.

주동은 당황했다.

아무리 찾아도 어린것은 그림자도 보이지 않았다. 뇌횡이 주동을 붙잡으며 다시 입을 열었다.

"형님, 그 어린것을 찾을 필요는 없소. 아마 우리를 따라온 두 종자들이, 형님이 산채로 가기 싫다니까 그 어린것을 데리고 간 모양이오. 우리 함께 찾아봅시다."

"이 사람아! 시시한 소리하지 말게. 그 도련님은 지부의 생명 같은 걸세. 그것을 내가 맡아 가지고 나왔는데 없어진다면 큰일이 아닌가!"

"어쨌든 나를 따라오시오!"

주동은 뇌횡과 오학구를 따라서 지장사를 나와 곧장 성 밖으로 나갔다.

주동은 어리둥절하여,

"그 종자가 우리 도련님을 어디로 데리고 간 것일까?" 하면서 연방 물었다.

"어쨌든 가봅시다. 우리가 묵고 있는 여인숙까지 가시면 반드시 어린것을 돌려보내 드릴 것이오."

"시간이 늦어지면 지부에게 꾸지람을 듣게 될 텐데…."

오학구가 말했다.

"우리가 데리고 온 두 놈의 종자는 원래 주책이 없는 놈들인데, 아마 여인숙까지 데리고 갔을 겁니다."

"그 종자란 성명이 뭣입니까?"

"나도 잘 모르기는 하지만 흑선풍 이규라고 하던가?"

뇌횡이 이렇게 말하니 주동은 대경실색했다.

"그것은 바로 강주에서 사람을 죽인 바로 그 이규가 아닌가?"

"맞았습니다. 바로 그 사람입니다."

오용이 이렇게 맞장구쳤다. 주동이 두 발을 동동 구르면서 미친 사람처럼 줄달음질을 쳐서 달려가는데 돌연 이규가 나타나며,

"나는 여기 있소!"

하고 소리를 질렀다. 주동은 다짜고짜 달려들면서 물어 봤다.

"우리 도련님을 어디다 두었소?"

이규는 넙죽 절부터 했다.

"절급 형님! 도련님은 저편에 무사히 계시오."

"그러면 이리로 안아다 주시오!"

이규가 자기 머리를 가리키면서 말했다.

"도련님의 머리털이라면 바로 나의 머리 위에 있는 것과 마찬가지요!"

"도련님은 정말 어디 있소?"

"마취제를 입술에 조금 문질러서 그대로 데리고 왔으니까 지금쯤 숲속에서 고단히 주무시고 계실 거요. 친히 가셔서 보시지요!"

주동이 밝은 달빛을 따라 숲속으로 뛰어 들어가 보니, 금지옥엽 같은 지부의 도련님이 땅바닥에 쓰러져 있는 게 아닌가!

주동은 대뜸 달려들어서 두 팔로 안아 일으켰다. 그러나 어린것은 머리가 두 쪽으로 깨어져 이미 죽은 지 오랜 송장이었다.

주동은 눈이 뒤집힐 것만 같았다. 숲속에서 뛰쳐나오니 세 사람은 벌써 간 곳이 없었다. 사방을 휘둘러보자 흑선풍 이규가 두 자루의 판부를 맞부딪치며 소리를 지르고 있었다.

"자아 덤벼라! 2,30합만 싸워 보자!"

주동은 격분을 참지 못하고 후딱 쫓아갔다. 이규는 몸을 훌쩍 날려 뺑소니를 쳤다. 주동은 그대로 뒤를 쫓아갔지만 이규는 산길에 익숙한 사람이라 도저히 잡을 수가 없었다. 가쁜 숨만 턱에 찼다.

이규가 또 저편에서 소리를 질렀다.

"자아! 쫓아오너라. 어떤 편이 쓰러지나 어디 한번 겨루어 보자!"

주동은 이규를 잡아먹고 싶다는 듯이 있는 힘을 다해 쫓아갔지만 도저히 붙잡을 도리가 없었다. 얼마를 쫓아다녔던지 날이 훤히 밝아오기 시작했다.

천천히 쫓아가면 천천히 달아나고 급히 쫓아가면 급히 달아나고, 걸음을 멈추면 저편에서도 멈추고, 이규는 이렇게 앞서서 달아나기만 하더니 어떤 큼직한 저택 속으로 뛰어 들어가 버렸다.

'이젠 됐다. 들어간 곳을 알았으니 놓칠 까닭이 없다!'

주동은 이렇게 혼자 중얼거리면서 그 저택의 정면에 있는 대청 앞까지 쫓아 들어갔다. 웬일인지 대청 양편으로는 온갖 무기가 즐비하게 진열되어 있었다.

'어떤 대관의 집인 모양인데!'

주동은 이런 생각을 하면서 버티고 서서 소리를 질렀다.

"이 댁에는 아무도 안 계십니까?"

그 소리를 듣고 저편으로부터 장정 한 사람이 나왔다. 그는 바로 소선풍 시진이었다.

"누구십니까?"

하고 시진이 물었다. 주동은 시진의 준수한 모습이나 점잖은 인품을 보자 얼른 절을 하고 대답했다.

"소인은 운성현에서 감옥의 책임자인 절급 노릇을 하고 있던 주동이란 사람입니다. 죄를 범해 이 고장으로 유형을 당하게 됐습니다. 어젯밤에 지부님의 도련님을 모시고 등불놀이 구경을 나갔다가 흑선풍에게 도련님이 살해당하고 말았습니다. 이제 방금 놈이 댁으로 뛰어들어 갔기에 놈을 잡아서 관가에 바치고자 하오니 협력해 주시기 바랍니다."

"아! 바로 미염공이셨군! 이리 좀 앉으시오."

"실례입니다만 뉘 댁이신지요?"

"나는 시진이라 합니다. 소선풍이란 바로 나입니다."

주동이 당황하여 꿇어앉았다.

"뜻밖에도 오늘 만나뵙게 되어서 영광입니다."

"나도 오래 전부터 대명(大名)을 듣고 있었습니다. 안으로 들어가서 이야기나 하십시다."

주동은 시진의 뒤를 따라 안으로 들어갔다. 주동이 조급하게 물었다.

"흑선풍이란 자는 어째서 댁에 숨게 됐습니까?"

"나는 평소부터 천하의 호걸들과 사귀기를 즐겨합니다. 우리 집안은 선조(先祖:唐朝의 柴世祖) 때 철교(鐵橋)에서 송조(宋朝)에 천하를 양보한 공로가 있어서 단서철권(丹書鐵券)이란 것을 대대로 물려 내려오고 있습니다. 이것만 있으면 어떤 범죄자고 우리 집에 숨으면 찾아낼 수 없게 되어 있습니다. 근자에 나와 친하게 지내고 당신과도 구교(舊交)가 있는 양산박의 송공명이 밀서를 보내어 오학구, 뇌횡, 흑선풍을 우리 집에 머물러 있도록 해달라고 했습니다. 당신을 산채로 모셔다가 대의(大義)를 위하여 함께 일을 해보자는 것입니다. 그런데 당신께서 그것을 거절하시니까 일부러 이규를 시켜서 지부의 아들을 죽이게 하여 당신을 다시는 돌아가지 못하게 하자는 것입니다. 오선생, 그리고 뇌형(雷兄), 나오셔서 미염공께 사죄하시오!"

오용과 뇌횡이 바로 옆방에 있다가 뛰어나왔다.

시치미를 뚝 떼고 주동에게 정중하게 절을 한 뒤 이렇게 말했다.

"경솔한 짓이라 과히 꾸짖지 마시고 용서해 주시오! 모든 일은 우리 형님 송공명께서 그렇게 하라고 명령하신 것이오! 산채로 올라가시면 모든 일이 석연해질 것이오!"

주동이 하도 어처구니가 없어서 어리벙벙해 있다가 대답했다.

"여러분의 호의를 모르는 바는 아니지만, 아무리 그렇기로소니 이건 너무나 지나치신 방법이십니다!"

"과히 언짢게 생각지 마시고 송공명의 뜻을 좇으십시

오!"

이렇게 시진이 권고하자 주동은 이렇게 받았다.

"가기는 가겠습니다만, 꼭 한 번 흑선풍을 만나게 해주십시오!"

시진이 소리를 질렀다.

"이형! 나와서 미염공을 만나뵈시오!"

이규도 바로 옆방에 있었다. 선뜻 뛰어나오며 큰 소리로 인사를 했다.

"미염공, 죄송하게 됐소! 흑선풍이 여기 나왔소."

주동은 이규를 한번 보자 불길같이 치밀어 오르는 분노를 참지 못하고 다짜고짜 덤벼들어 생사를 결단하려고 했다.

시진·뇌횡·오학구 세 사람이 달려들어서 뜯어말렸다.

주동은 화가 머리끝까지 뻗어올라 이렇게 말했다.

"나더러 산채로 가라고 하신다면 물론 가기는 가겠습니다만, 떠나기 전에 한 가지 요구조건을 들어 주십시오. 그렇다면 나도 꼭 가겠습니다."

오학구가 대뜸 대답했다.

"한 가지가 아니라 열 가지라도 들어 드리겠습니다. 어서 말씀하십시오!"

주동이 한 가지 조건을 제시했기 때문에 또다시 파란이 중첩하게 되는데, 과연 그 한 가지 조건이란 무엇이었을까?

52 말썽꾸러기

李 逵 打 死 殷 天 錫
柴 進 陷 失 高 唐 州

주동은 놀라운 조건을 제시했다.

즉, 자기를 산채로 데리고 가기 전에 흑선풍 이규를 먼저 죽여 없애 달라는 것이었다.

이규가 그 말을 듣고 가만히 있을 리 없었다. 미친 사람처럼 날뛰며 주동에게 덤벼들었다. 두 사람은 또다시 사생결단을 하려고 으르렁거렸다. 시진·뇌횡·오학구 세 사람이 간신히 뜯어말렸다. 주동은 흑선풍이 있는 한 죽어도 산채로 갈 수 없다고 고집을 부렸다. 결국 시진이 대책을 강구했다. 흑선풍은 당분간 자기가 데리고 있을 것이니 주동은 뇌횡·오학구를 따라서 양산박으로 가달라는 것이었다. 주동은 그 말에는 어쩔 수 없었으나 한 가지 걱정이 있었다.

"내 몸 하나야 가겠지만 지부의 금지옥엽 같은 도련님을 죽여 버렸으니, 지부는 반드시 운성현에 공문서를 제출하여 체포령을 내려서 내 가족을 체포할 것이니, 이 일을 어찌하면 좋겠습니까?"

오학구가 대답했다.

"그 점은 안심하셔도 좋소. 지금쯤 송공명께서 주공(朱公)의 가족을 산채로 평안히 모셔 가셨을 거요."

이 말을 듣고서야 주동은 겨우 안심이 되는 모양이었다.

이리하여 이규를 남겨 두고 세 사람은 그날 밤으로 시대관과 작별하고 길을 떠났다. 시진은 근사하게 술상을 차려서 송별연을 베풀었다. 그리고 말 세 필을 준비하여 관문 저편까지 전송해 주었다.

작별하게 됐을 때 오학구는 이규에게 간곡히 부탁했다.

"대관인 댁에 있는 동안은 제발 조심하게. 덮어놓고 말썽을 부려서 남을 시끄럽게 굴면 안 되네. 2,3개월, 혹은 반년쯤 지나면 주동의 성미도 가라앉을 터이니 그때 자네를 데리러 오겠네. 어쩌면 시대관께도 우리 편에 가담해 주십사 하고 부탁을 드리러 오게 될지도 모르는 일이니까."

시진과 이규가 돌아간 다음, 주동은 오학구와 뇌횡을 따라서 양산박 일당에 가담하려고 여인숙 한 군데를 지나서 창주 경계선을 넘어섰다.

거기서 전송하러 나온 하인배들을 말에 태워서 돌려보내고 세 사람은 곧장 양산박을 향해서 걸음을 빨리했다.

얼마 안 가서 주귀의 주점에 도착하자 우선 사람을 보내어 산채로 연락했다. 조개와 송강이 대소 두령을 거느리고 금사탄까지 나와 영접했다. 일행은 인사가 끝난 다음 각각 말을 타고 산채로 올라가 취의청 앞에서 말을 내려 서로 흉금을 털어놓고 이야기를 했다.

주동은 우선 가족이 걱정스러워서 대뜸 말을 꺼냈다.

"나의 가족에게 체포령이 내릴 것은 뻔한데 이 일을 어찌하면 좋겠습니까? 창주 지부는 반드시 운성현으로 공문서를 보낼 것입니다."

송강이 너털웃음을 웃으며 대답했다.

"그 점은 안심하시오. 부인과 자제분들은 벌써 산채로 모셔 왔소이다."

"지금 어디 있나요?"

"나의 아버님께서 돌봐 드리고 계십니다. 어서 가셔서 위로해 드리시오."

송강은 부하에게 명령하여 주동을 송태공에게 안내해 주어서 가족들을 만나보도록 해주었고, 모든 가장집물을 무사히 옮겨 놓은 것도 확인케 했다.

주동의 부인이 전후사정을 설명했다.

"며칠 전에 누군지 편지 한 통을 가지고 왔더군요. 거기에 당신께서 이미 산채에 가담하셨다고 써 있기에 짐을 꾸려 가지고 급히 이리로 달려왔지요."

주동은 밖으로 나와서 여러 사람에게 감사하다고 절했다.

송강은 주동과 뇌횡에게 산꼭대기에 따로 산채를 마련하도록 부탁하고, 한편으로 주연을 베풀어 연일 새로 가담한 두령을 위하여 축하의 술을 마셨다.

금지옥엽 같은 아들의 시체를 발견한 창주 지부는 통곡하여 마지않으며 화장을 해버린 다음, 범인을 잡으려고 각주(各州) 각현(各縣)으로 현상금을 걸고 체포령을 내렸다.

한편, 이규는 시진의 집에서 한 달이나 무사히 지내고 있었다. 하루는 어떤 사나이가 편지 한 통을 가지고 시대 관인을 찾아왔다. 시진은 편지를 읽자마자 당황하여 어쩔 줄 모르며 곧 떠나야겠다고 서둘렀다. 이규가 사연을 물으니, 시진의 숙부 되는 시황성(柴皇城)이란 분이 고당주(高唐州)에 살고 있는데, 그 고장 지부 고렴(高廉)의 처남 되는 은천석(殷天錫)이란 자에게 정원을 강제로 빼앗긴 데 격분한 나머지 병이 들어 생명이 경각에 달려 있는데, 슬하에 소생이 없어서 시진과 상의하고 싶으니 곧 와달라는 것이었다.

"대관인께서 떠나신다면 소인도 따라가겠습니다."

말썽꾸러기 흑선풍 이규가 또 따라나섰다. 시진은 혼잣길이 쓸쓸해서 이규를 데리고 이튿날 고당주로 달려가서 시황성의 병문안을 하고 침상 옆에서 엉엉 울었다. 시황성의 후처가 나와서 시진을 위로하며 자초지종을 이야기했다.

새로 부임한 지부 고렴은 동경 고태위의 종제(從弟)로서 그 권세를 믿고 난폭한 짓을 제멋대로 하고 있으며, 그 처남 되는 은직각(殷直閣) 은천석은 젊은 녀석이 또한 매부의 권세만 믿고 안하무인격으로 돌아다니며, 시황성의 집에 넓은 정원이 있다는 것을 냄새 맡고 건달패 30여 명을 거느리고 와서 강제로 집을 내놓으라고 하며 야료를 부려서, 시황성은 매를 얻어맞은 뒤 침식을 전폐하고 병석에 누워서 생명이 경각에 달린 위기에 빠져 있었다.

말썽꾸러기 이규가 당장에 흥분했다.

"천하에 고얀 놈이 다 있군! 당장에 이 판부로 때려죽여 버립시다!"

"그럴 수가 있나? 법도가 있는 세상이니 경사(京師)로 올라가서 재판을 하는 것이 타당한 방법이지!"

시진이 이렇게 말리자 이규는 버럭 소리를 쳤다.

"법도란 게 뭐 말라죽은 것입니까? 그런 것이 있다면 천하가 이렇게 어지럽지 않을 게요! 놈을 우선 때려 치우고 이야기는 나중에 하기로 하십시다. 강주의 무위군도 모조리 거꾸러뜨린 나입니다. 겁날 것은 하나도 없습니다."

이런 이야기를 하고 있을 때 안으로부터 시녀가 당황한 모습으로 뛰어나왔다.

"대관인께서 부르십니다."

시진은 급히 방으로 들어가서 침상 옆에 섰다. 시황성이 눈물을 글썽글썽하며 시진에게 이렇게 말했다.

"너는 의지가 꿋꿋한 인물로서 조상의 명예를 지켜 나갈 줄 안다. 나는 이번에 은천석에게 얻어맞고 죽는 몸이 됐으니, 제발 골육지정(骨肉之情)을 저버리지 말고, 편지를 가지고 경사로 올라가서 천자께 직소하여 나의 원한을 풀어 다오! 그렇게 되면 지하에 누워서라도 너에게 감사하겠다. 끝내 자중자애하기 바란다!"

이것은 시황성의 마지막 유언이었다.

그는 그대로 숨을 거두고 말았다.

시진은 통곡하여 마지않았다.

시황성의 후처는 시진이 기절하지나 않나 해서 극진히 위로해 주었다.

"아무리 애통하셔도 소용없으니 그만 진정하시고 나중 일이나 상의하도록 하십시다."

시진이 울음 섞인 음성으로 대답했다.

"단서철권을 집에다 두고 왔으니 시급히 사람을 보내 그것을 가져와야겠습니다. 그것을 가져야만 동경으로 가서 고소장을 제출할 수 있습니다. 우선 숙부님을 입관해 모시고 나서 상복을 입고 상의하도록 하십시다."

시진은 관제에 따라서 내관(內棺)을 마련하고 제단을 차려 놓았으며, 일가 족속들이 모두 상복을 입고 곡례(哭禮)를 치렀다.

이규는 밖에서 안에서 들려나오는 통곡 소리를 들으면서 주먹을 쥐락펴락하고 흥분했지만 하인배를 불러서 물어 봐도 자기를 제단 앞으로 불러들이려는 기색은 보이지 않았다.

사흘이 지났다.

준마를 타고 술이 거나하게 취한 은천석이 건달패 2,30명을 거느리고 시황성의 문전에 나타나서 호통을 쳤다.

"내 집에 들어 있는 놈아, 나오너라! 할말이 있다."

시진은 상복을 입은 채 밖으로 나갔다.

은천석은 여전히 말 위에서 호통을 쳤다.

"너는 이 집에서 뭣하는 놈이냐?"

"시황성의 조카 되는 시진입니다."

"며칠 전부터 이 집을 내놓으라고 했는데 왜 여태 우물쭈물하고 있느냐?"

"숙부께서는 병으로 세상을 떠나셨습니다. 49일이나 지난 다음에 옮겨 가려고 합니다."

"건방진 수작! 만약에 사흘 안으로 집을 비우지 않으면 네 놈을 잡아다가 매를 백 대 때려서 주리를 돌리고 말겠다!"

"우리 집안은 천자의 후예로서 단서철권이 전해 내려오

는 집안인데 그게 무슨 말씀이십니까?"

"그런 것이 있다면 이리 내보여라!"

"창주 집에다 두고 왔기 때문에 지금 사람을 시켜서 가지러 보냈습니다."

"허튼 수작 말아라! 그 따위 물건이 있다손 치더라도 그게 무슨 소용이란 말이냐? 이놈을 좀 때려서 혼을 내야겠다."

여러 놈들이 시진에게 덤벼들려고 하는 판인데, 처음부터 문틈으로 이 광경을 지켜보고 있던 흑선풍 이규는 시진을 혼내야겠다는 말을 듣자마자 방문을 벌컥 열어젖히기가 무섭게 은천석에게로 달려들어 말 위에서 끌어내려 가지고 주먹으로 마구 때렸다.

2,30명의 건달패들이 덤벼들려고 했지만 이규가 팔을 휘두르며 당장에 대여섯 놈을 때려눕히자 겁을 집어먹고 모조리 뺑소니쳐 버렸다.

이규는 은천석의 멱살을 잡아 일으킨 다음 시진이 말리는 것도 듣지 않고 주먹으로 때리고 발길로 차고 해서 당장에 죽여 버리고 말았다. 그러고는 그 길로 시진과 상의한 결과 두 자루의 판부를 지니고 뒷문으로 빠져서 양산박을 향하여 뺑소니를 쳐버렸다.

얼마 안 되어서 2백여 명이나 되는 병사들이 시황성의 집을 포위했다.

시진은 선선히 나서서 말했다.

"관가에 가서 모든 일을 솔직히 말하겠소."

사람을 죽인 흑선풍은 아무리 찾아도 없었다. 병사들은 시진을 결박해 가지고 지부 고렴의 청전에 꿇렸다.

고렴은 자기 처남 은천석을 누군가가 때려죽였다는 말을 듣자 이를 갈면서 범인이 잡혀 오기만 눈이 빠지도록 기다리고 있는 판이었다.

댓돌 아래에 꿇린 시진을 보자 두 눈을 부릅뜨고 호통을 쳤다.

"이놈! 우리 처남 은천석을 때려죽이다니! 이 고얀 놈!"

"소인은 선조(先祖) 태조황제(太祖皇帝)께서 하사하신 단서철권을 가지고 있는 사람입니다. 은직각(殷直閣―은천석)께서 저의 숙부를 괴롭히셨기 때문에 병들어 돌아가셨는데도 또 나타나셔서 소인을 때리라고 하셨기 때문에, 소인의 하인배 되는 이대(李大)란 자가 뛰쳐나와서 이런 참사를 빚어낸 것입니다."

"그 이대란 놈은 어디 있단 말이냐?"

"겁이 나서 도주해 버렸습니다."

"네 놈이 명령하지 않았다면 어찌 사람을 때려죽이겠느냐? 네 놈은 일부러 그놈을 도주케 하고 관가를 희롱하자는 거지? 이놈을 때려야만 자백을 할 모양이니 죽도록 매를 쳐라!"

시진은 큰 소리로 악을 썼다.

"하인배 이대가 주인을 구출하려다가 실수해서 사람을 때려죽인 것입니다. 나는 아무 잘못도 없습니다. 선조 태조황제의 단서철권이 있다는데 어째서 나에게 형을 내리시려는 겁니까?"

"그런 것이 어디 있다는 거냐?"

"사람을 시켜서 창주로 가지러 보냈습니다."

고렴이 대로하여 호통을 쳤다.

"이놈, 관가에 항거하는 거냐? 애들아, 이놈을 힘껏 때려라!"

시진은 피부가 터지고 살점이 묻어나도록 혹독한 매를 맞고, 하인배 이대에게 은천석을 때려죽이라고 사주했다는 죄로 25근짜리 큰칼을 목에 쓰고 감옥에 처박히고 말았다.

양산박으로 뺑소니쳐 온 흑선풍 이규는 은천석을 때려죽이게 된 자초지종 경위를 송강에게 자세히 보고했다.

송강은 대경실색했다.

"자네가 도주해 왔으면 시대관인이 붙잡힐 게 아닌가?"

이때 오학구가 옆에서 말했다.

"형님, 당황해하실 것은 없소. 대종이 돌아오면 알게 될 것이오."

"대종 형님은 어디가 계시단 말이오?"

이규가 물었다.

"말썽꾸러기 자네가 시대관인 댁에서 또 말썽을 일으킬 것만 같아서 내가 대종을 시켜서 자네를 산채로 불러올려 달라고 보냈다네. 시대관인 댁에서 자네를 만나지 못했다면 결국 그는 고당주로 갔을 걸세!"

이런 이야기를 하고 있는 판에 대종이 돌아왔다. 풍전등화같이 되어 있는 시진의 위기를 송강에게 알렸다. 송강으로서는 예전부터 특별한 신세를 지고 있는 시진을 모른 체하고 내버려 둘 수는 없었다. 송강이 직접 나서서 산을 내려가 시진을 구출하기로 결정했다.

임충·화영·진명·이준·여방·곽성·손립·구붕·양

림·등비·마린·백승 등 12명을 선봉으로 내세워서 기병·보병 5천을 거느리게 하고, 중군(中軍)에는 송강 이하 오학구·주동·뇌횡·대종·이규·장횡·장순·양웅·석수 등 열 명이 기병·보병 3천을 거느리고 싸움을 거들기로 하고 고당주를 향하여 출발했다.

양산박의 전군(前軍)이 고당주에 도착하자 지부 고렴은 친히 3백 명의 신병(神兵)을 거느리고 말을 달려 성 밖으로 나와서 전군에 호령하여 진을 치고, 3백의 신병을 중군(中軍)에 두고 북을 울리고 고함을 지르며 적군을 기다리고 있었다.

양산박 편에서는 화영과 진명이 각각 열 명의 두령을 거느리고 진두에 나와서 말을 멈추었고, 임충이 1장 8척의 사모(蛇矛)를 휘두르며 말을 달려가서 호통을 쳤다.

"고당주의 철부지 놈들아! 나오너라!"

고렴도 지기 싫다는 듯 맞대꾸를 했다.

"이 역적놈들아, 어찌 감히 나의 성지(城池)를 침범하느냐?"

"백성을 해치는 강도놈아! 네 놈을 갈갈이 찢어죽이고 말겠다!"

"누가 나가서 저놈을 산 채로 잡아들여라!"

관군의 대오 속에서 통제관(統制官) 하나가 뛰어 내달았다. 우직(于直)이란 자였다. 칼을 휘두르며 말을 달려 진두로 나섰다. 이편에서는 임충이 그것을 보자 경각을 지체치 않고 달려 들어가서 5합도 채 싸우지 못했을 때 우직의 한편 팔이 사모에 찔려 말 위에서 나둥그러지고 말았다.

고렴이 대로하여 또 호통을 쳤다.

"누구든지 나가서 원수를 갚아라!"

이번에도 역시 통제관인 온문보(溫文寶)란 자가 달려나 왔다. 장창을 휘두르고 말방울 소리도 요란하게 진두에 나 섰다. 진명이 그것을 보자 임충에게 권했다.

"형, 잠시 쉬시오. 내가 대신 나가서 저놈을 거꾸러뜨리 리다!"

임충은 뒤로 물러서고 진명이 대신 나가서 온문보와 싸 우게 됐다.

싸우기를 10여 합.

진명은 일부러 허를 보이는 체하고 온문보의 창을 유인 해 들여서 번쩍 잡아당기며 낭아봉으로 온문보의 대갈통 을 후려쳐서 단번에 두 조각을 내 말 위에서 거꾸러뜨려 버렸다.

두 사람의 군관이 눈 깜짝할 사이에 거꾸러지는 것을 보자 고렴은 등에 메고 있던 보검을 뽑아들며 주어(呪語) 를 외고,

"에잇!"

하면서 소리를 질렀다.

이상한 일이었다.

고렴의 진중으로부터 한 줄기의 검은 연기가 퍼져 올랐 다. 그리고 그것이 사방으로 흩어져서 하늘 높이 올라가는 가 싶더니, 모래를 휘몰아치고 돌을 날리는 괴풍(怪風)이 천지를 진동하며 휘몰아쳤다.

그 괴상한 회오리바람은 송강 편의 진지를 향하여 걷잡 을 새 없이 몰아쳐 왔다.

임충·진명·화영 세 호걸은 서로 돌볼 틈도 없이 도주하기에 눈코뜰 사이가 없었다. 이때 고렴이 3백의 신병(神兵)을 거느리고 맹렬히 쳐들어오니, 양산박의 진지는 일대 혼란을 일으키지 않을 수 없어, 5천 병력 중에서 1천을 잃었으며 50리나 패주하다가 간신히 군사를 수습했다. 적군이 패주하는 것을 보자 고렴도 고당주 성 안으로 철수했다.

중군을 거느리고 진지에 도착한 송강은 임충의 보고를 듣고 대경실색했다.

"그게 무슨 신술이기에 그런 위력을 발휘한단 말이오?"

군사 오학구가 대답했다.

"그것은 요법(妖法)일 것이오. 만약에 바람을 쫓아 버리고 불길을 물리칠 수 있다면 적군을 격파할 수 있을 것이오."

송강은 천서(天書)를 펼쳐 보았다. 바람을 쫓고 불을 물리칠 수 있는 주어(呪語)의 비법을 외어 가지고 다시 인마(人馬)를 정돈하여 오경 때쯤 북을 울리며 성 아래로 쳐들어갔다.

고렴은 또다시 3백의 신병을 거느리고 성문을 활짝 열고 쳐나왔다. 송강이 칼을 휘두르며 말을 달려 진두에 나섰더니 고렴의 진중으로부터 한무더기 검정 깃발이 바라다보였다.

오학구가 소리쳤다.

"저 검정 깃발이 요술을 쓰는 군병(軍兵)들이오. 어떻게 저것을 때려부수겠소?"

"군사, 걱정 마시오! 나에게 그것을 격파할 방법이 있으니 그대로 진격합시다."

양군 진지에서 똑같이 고함소리가 천지를 진동했다.

고렴은 말안장에다가 신대문자(神代文字)의 주어(呪語)를 새기고 맹수의 형상을 새긴 동둔(銅楯)을 걸쳐 놓고 손에 보검을 잡고 진두에 나섰다.

송강은 손가락질을 하면서 고렴을 매도했다.

"어젯밤에는 내가 도착하지 않았기 때문에 우리 호걸들이 고배를 마셨지만 오늘은 반드시 네 놈들을 깡그리 죽여 버리고 말 테다!"

"이 역적놈들아! 빨리 말을 내려서 결박이나 받아라! 그렇게 하면 나의 수족을 더럽히지 않고 끝장이 날 것이다."

고렴은 이렇게 호통을 치면서 보검을 휘두르며 또 주어를 외었다.

"에잇!"

검정 기운이 퍼져 오르더니 당장에 괴풍이 일어났다. 송강도 그 회오리바람이 닥쳐들기 전에 주어를 외고,

"에잇!"

하고 호통을 쳤다.

그랬더니 그 회오리바람은 송강의 진지로 닥쳐오지 않고 고렴의 진지를 향하여 몰아쳐 갔다. 송강은 진격명령을 내려서 쳐들어갔고, 고렴은 회오리바람이 되돌아오는 것을 보자 급히 보검으로 동둔(銅楯)을 두들겼다. 신병대(神兵隊) 안에 일진(一陣)의 황사가 회오리바람처럼 휘몰아 오르더니 중군 속으로부터 맹수가 떼를 지어서 뛰어나왔다. 그리고 그 맹수는 송강의 진지로 돌진해 왔다. 송강의 인마는 대패하였고, 고렴은 20리 이상이나 추격해 오

다가 북을 울려 군사를 수습해 가지고 성 안으로 철수해 갔다.

송강은 언덕 아래까지 달아나서 다시 병사를 수습해 가지고 진을 쳤다. 허다한 병사를 상실했지만 두령들이 무사한 것만이 다행이었다.

송강은 시급히 군사 오학구와 상의했다.

"이번에 고당주를 공격해서 연거푸 두 번이나 실패했소. 저 신병이란 것을 쳐부술 수 없으니 어찌하면 좋겠소?"

"저놈들은 요법(妖法)을 쓰니까 오늘 저녁에 반드시 또 쳐들어올 것이니, 계책을 세워 가지고 얼마 안 되는 병사들만 남겨 두고 우리들은 진지로 들어가도록 하십시다."

이리하여 양림과 백승만 남겨두고 송강 편의 호걸들은 모조리 진지로 들어갔다.

그날 밤에 고렴은 3백 명의 신병을 거느리고 쳐들어왔다가 진지가 텅빈 것을 알고 되돌아서 가는 것을 양림과 백승이 화살을 빗발치듯 퍼부었다.

화살 한 개가 고렴의 왼편 어깨에 꽂혔다. 고렴은 신병을 거느리고 멀리 도주했으며, 양림과 백승도 병사가 많지 않아 그 이상 추격하지 않았다.

비가 그치고 달이 뜨자 양림과 백승은 신병 20여 명을 납치해 가지고 송강의 진지로 돌아왔다. 송강은 비가 오고 천둥이 요란했다는 소리를 듣고 깜짝 놀랐다.

"불과 5리 거리인데, 여기는 비바람이 통 없었는데 그것 참 괴상한 일인걸!"

일동이 상의해 봤다.

"그것은 요술이 분명하오. 여기서도 지상 3,40장(丈)

위치에서 비가 오는 듯했는데, 그렇다면 근처의 호수물을 이용한 것이겠지!"

양림이 보고했다.

"고렴은 이번에 친히 머리를 풀어 흩뜨리고 보검을 손에 잡고 진지로 쳐들어왔다가 우리들이 쏜 화살을 어깨에 맞고 성 안으로 철수했습니다. 우리 편 병사가 많지 못해서 그 이상 추격하지 않았습니다."

송강은 양림과 백승에게 상을 주고 잡아 온 신병의 부상병들은 모조리 목을 베어 버렸다.

여러 두령들을 시켜서 각각 7,8개 소에 조그만 진을 쳐서 중군을 둘러싸고 재차 습격해 올 것을 방비하도록 배치했다. 그리고 산채로 부하를 보내어 원군을 청했다.

한편, 고렴은 화살을 맞고 성 안으로 돌아가서 상처를 치료하는 한편 병사들에게 명령하여 성지를 지키게 하고 밤을 새워 가며 방비를 든든히 하게 했다.

"잠시 놈들과 싸움을 중지해라. 내 상처가 완쾌된 다음에 송강이란 놈을 산 채로 잡고 말 터이니…."

송강은 이번 싸움에 실패하여 수많은 병사를 잃게 된 것을 마음 아파하면서 군사 오학구와 상의했다.

"고렴이란 놈을 거꾸러뜨리지 못하고 있는 판에 다른 데서 놈들에 가담하는 인마라도 쳐들어온다면 우리들은 어찌하면 좋겠소?"

"내 생각 같아서는 고렴의 요법을 때려부수려면 여차여차한 계획을 쓰는 수밖에 없다고 봅니다. 또한 그 사람을 불러와야만 시대관인의 생명도 구해낼 수 있을 것입니다. 그 사람을 불러오지 않는다면 끝내 고당주의 성도 함락시키기 힘들 것입니다."

　이야말로 안개를 일으키고 구름을 움직이는 술법을 제거하려면 거기에 대처할 만한 통천철지(通天徹地)의 법을 아는 사람을 청해 와야겠다는 말인데 그것이 과연 가능한 일일지?

　대체, 군사 오학구가 불러와야겠다는 인물은 과연 누구를 말하는 것일지?

53 구름을 타게 하는 술법

戴宗二取公孫勝
李逵獨劈羅眞人

　군사 오학구가 불러와야겠다는 사람은 바로 계주(薊州) 방면에 있다고 추측되는 공손승(公孫勝)이었다. 그는 속세를 초월한 인물이니까 계주 일대의 명산이나 선경(仙鏡)을 뒤져봐야 찾으리라는 것이었다.

　송강은 대종을 보내 공손승을 찾아오도록 했다. 이번 길에도 흑선풍 이규가 따라나섰다. 대종이 이규를 데리고 가는 데는 한 가지 조건이 있었다. 그는 신행술을 써서 빨리 가야 하는 까닭에 가는 도중에는 소식(素食)만 할 것이고 술이나 고기를 입에 대선 안 된다는 조건이었다. 이런 조건도 쾌히 승낙하고 이규는 대종을 따라서 길을 떠났다.

　20리쯤 갔을 때 날이 저물었다. 두 사람은 여인숙에 들었다. 대종이 소식(素食)을 차려 놓고 밥을 먹는데도 이규는 나오지 않고 뒷방에 혼자 틀어박혀서 술 이각(二角)어치와 쇠고기 한 접시를 사다 놓고 몰래 먹은 다음, 대종에게 꾸지람을 들을 것이 겁이 나서 그대로 잠이 들어 버리고 말았다.

　이런 눈치를 챈 대종은,

　"이놈을 한번 단단히 혼을 내줘야겠군!"
하고 벼르고 있었다.

이튿날, 길을 떠나게 됐을 때 대종은 이규의 두 발에도 신행술을 써서 바람처럼 빨리 달아나게 만들어 놓고 자기는 슬슬 뒤를 따라가고 있었다.

신행술이 뭔지도 모르는 이규는 평소에 길을 걸어가는 것과 같은 줄만 알았더니 귓전에서는 바람소리가 요란하고, 양편으로는 집채와 나무들이 곤두박질을 쳐서 휙휙 달아나고, 발밑에는 구름과 안개가 뭉게뭉게 피어오르는 등 도무지 무서워서 견딜 수가 없는데, 제아무리 멈추려 해도 두 발은 도무지 말을 듣지 않고 달아나기만 하였다.

"형님! 좀 살려 주시오. 내 발을 좀 멈추게 해주시오! 배가 고파서 견딜 수 없으니!"

"이상한데, 오늘은 내 발도 멈춰지지 않는걸!"

"이런 빌어먹을. 발들이 말을 안 들으니 숫제 이 판부로 아랫도리를 끊어 버릴까?"

"그렇게라도 한다면 모르거니와 내년 정월 초하룻날까지도 멈춰지지 않을걸!"

"이거 야단났군!"

"자네가 어제 무슨 잘못을 저지른 모양이군, 그래! 내 이 신행법은 술과 고기는 딱 질색이거든! 고기를 한 점이라도 먹기만 하면 10만 리나 달아나야만 겨우 멈춰지니까."

"사실인즉, 어젯밤에 형님 몰래 쇠고기를 좀 사서 먹었소! 이를 어찌하면 좋겠소?"

"그래서 오늘은 내 발까지 말을 듣지 않는 모양이군!"

이규는 애원했다.

"형님, 이제는 무슨 일이라도 하라는 대로 할 테니 제발

이 발을 좀 멈추게 해주시오!"

"자네 그러면 이제부터는 두 번 다시 술이나 고기를 입에 대지 않지?"

"이제부터는 절대로 그런 짓을 하고 형님을 속이지 않겠소."

대종은 그제야 이규보다 한 걸음 뒤에 떨어져서 소맷자락으로 이규의 발을 훌쩍 치면서 소리를 질렀다.

"멈춰라!"

이규는 당장에 못이 박힌 사람처럼 땅바닥에 선 채 한 발자국도 옮기지 못했다. 대종이 말했다.

"나는 먼저 갈 테니 자네는 나중에 천천히 따라오게!"

이규가 발을 떼어 놓으려고 아무리 애를 써봐도 도무지 요지부동이다.

이규는 비명을 지르지 않을 수 없었다.

"형님, 제발 살려 주시오!"

"이번에는 정말 내 말을 잘 들어야 돼!"

대종은 이규를 잡아당기며 소리쳤다.

"가거라!"

그제야 이규의 발은 다시 땅에서 떨어졌다.

"형님, 이 철우를 불쌍히 여기시고 어서 좀 쉬게 해주시오!"

두 사람은 어떤 여인숙에서 쉬어가기로 했다.

이런 일이 있고부터 이규도 감히 술이나 고기를 입에 대지 못했고, 두 사람은 열흘 만에 계주에 도착했다. 성 안으로 들어가서 아무리 공손승을 찾아봐도 통 종적을 찾을 길이 없었다.

어느 날 점심때, 두 사람은 국수를 먹으러 국수집으로 들어섰다. 손님이 꽉 차서 앉을 자리가 없는데, 단지 한 군데 빈 자리가 있고 그 맞은편 같은 식탁에서 어떤 노인이 앉아서 국수를 시켜 놓고 나오기를 기다리고 있었다.

대종은 한 사람분, 이규는 여섯 사람분의 국수를 시켜 놓고 기다리고 있었으나 좀처럼 가져오지 않았다. 그런데 노인의 앞에는 김이 무럭무럭 나는 국수가 먼저 나왔다.

이규는 화가 나서,

"우리 국수는 왜 안 가져오느냐?"

하고 심부름꾼 녀석에게 소리를 꽥 지르면서 주먹으로 식탁을 두드렸다. 그 바람에 국수국물이 튀어서 노인의 얼굴이 엉망진창이 돼 버렸고 국수까지 모두 엎질러지고 말았다. 노인이 벌컥 화를 냈다.

"이놈, 어째서 남의 국수를 뒤집어 엎느냐?"

이규는 당장에 주먹을 불끈 쥐고 노인을 때리려고 했다. 대종이 당황하여 대신 사과했더니 그 노인은 이렇게 말했다.

"사실인즉, 나는 먼 곳에서 와서 빨리 국수 한 그릇을 사먹고 산으로 올라가서 나진인(羅眞人)의 장생불로(長生不老)의 설교를 들으려던 판이었는데 이 꼴이 됐소!"

대종은 선뜻 생각나는 있어서 대뜸 물었다.

"혹시 노인이 가시는 곳에 공손승이란 분이 계시단 말을 못 들으셨습니까?"

"공손승이라? 나는 바로 그분의 이웃에 사는 사람이오. 그분은 다년간 천하 도처를 행각(行脚)하느라고 공손일청(公孫一淸)이라 변명했고 지금은 청도인(淸道人)이라고 부르는데, 구궁현(九宮縣) 이선산(二仙山)에서 나진인(羅眞人)의 수제자 노릇을 하고 계시오!"

대종은 그 말을 듣자 기뻐서 어쩔 줄 모르며, 여인숙으로 돌아와서 보따리를 꾸려 가지고 구궁현 이선산을 찾아 나섰다.

대종은 신행법을 써서 4,50리 길을 단숨에 달렸다. 두 사람이 현 아문 앞까지 가서 이선산(二仙山)이 어디쯤 되느냐고 물어 봤더니 어떤 사람이 손으로 가리키며 가르쳐 주었다.

"여기서 동쪽으로 5리쯤 가면 되오."

동쪽으로 5리쯤 갔더니 과연 한군데 선산(仙山)이 보였다. 산기슭으로 접어들자 나무꾼 한 사람이 있었다. 대종이 절을 하고 물었다.

"말씀 좀 물어 봅시다. 이 근처에 청도인(淸道人)이 거처하시는 곳이 어디쯤 되오?"

그 나무꾼은, 바로 동편 산모퉁이를 돌아가면 조그마한 돌다리가 걸려 있는데 바로 그곳이라고 가르쳐 주었다.

대종은 그 곳을 찾아갔다. 세 칸쯤 되는 초가집이 있고 문에는 갈대로 엮은 발이 쳐져 있었다.

대종이 기침을 하자 백발노파가 한 사람 나왔다. 대종은 절을 하고 물었다.

"청도인님을 좀 만나뵐 수 없을까요?"

"뉘 댁이신가요?"

"대종이라는 사람입니다. 산동에서 왔습니다."

"내 아들은 행각(行脚)을 나갔는데 아직 돌아오지 않았소!"

"소인은 예전부터 잘 아는 사이고 이번에 중요한 일을 상의하고자 만나보려고 왔습니다."

"집에 없으니 하실 말씀이 있으면 내게 말하고 가시오! 집에 돌아오면 만나뵙도록 해드리리다."

"그러면 다음에 다시 찾아뵙겠습니다."

대종이 노파와 작별하고 나와서 이규에게 말했다.

"이번에는 자네가 좀 들어가 봐주게. 노파는 청도인이 집에 없다고 딱 잡아떼는데, 자네가 한 번 들어가서 찾아보게. 그래도 집에 없다고 하거든 심술을 부리란 말일세! 하지만 노파에게 상처를 입혀서는 안 되네. 내가 말리러 들어가거든 곧 손을 멈추란 말일세."

이규는 보따리 속에서 두 자루의 판부를 뽑아들고 문안으로 들어서며 소리를 벌컥 질렀다.

"이 집에 누가 있으면 좀 나오시오!"

노파가 황급히 뛰어나왔다.

"누구시오?"

이규는 두 눈을 부릅뜨고 노려봤다.

"양산박의 흑선풍이란 사람이오. 우리 형님 명령으로 공손승을 만나보러 왔으니 불러다 주시오. 그렇지 않다면 이 집에다 불을 지르고 말겠소!"

"그게 무슨 말씀이오! 여기는 공손승의 집이 아니고 청도인의 집이오."

"어서 불러오시오. 나는 그자의 얼굴을 잘 알고 있소!"

"행각을 나간 채 아직 돌아오지 않았소!"

이규는 판부를 뽑아들고 벽을 찍어 버렸다. 노파가 달려들어서 말렸다. 이규가 벌컥 화를 냈다.

"아들을 불러오지 않으면 노파를 죽여 버릴 테요!"

판부를 높이 쳐들어 찍으려고 하니 노파가 그대로 땅바닥에 쓰러졌다. 이때 공손승이 안에서 뛰어나오며 소리를 질렀다.

"이 무례한 놈아!"

대종이 급히 달려들어서 부축해 일으켰다. 이규가 판부를 동댕이치며 소리쳤다.

"형님, 용서하시오. 이렇게라도 하지 않으면 좀처럼 나오실 것 같지 않아서…."

공손승은 우선 모친을 안으로 모셔 놓고 다시 나와서 대종과 이규를 깨끗한 방으로 청해 들였다.

"두 분이 어떻게 여기까지 찾아오셨소?"

대종은 자초지종을 설명하고 고당주 지부 고렴이 요법을 써서 송강이 위기에 빠져 일각이 삼추같이 기다리고 있으니, 제발 대의(大義)를 위하여 한 번 움직여 달라고 간곡히 부탁했다.

공손승은 완곡히 거절했다.

"첫째로 나는 연로하신 모친을 모시고 있는 몸이어서 대의(大義)를 저버린 바는 아니지만 어쩔 수 없고, 또 스승되는 나진인(羅眞人)께서 꼭 곁에 있으라고 하셔서 누가 찾아올까 겁내고 변성명까지 하고 숨어 있는 것이오."

"지금 송공명님이 위기에 빠져 계시니 자비심을 베푸시어 한 번 수고해 주시기 바랍니다."

"유감스런 일이지만 나의 노모님을 돌봐 드릴 사람이 없으니 어쩔 수 없소. 나진인께서도 승낙하시지 않을 것이오. 도저히 갈 수 없소!"

대종은 또 재배하고 간곡히 졸랐다. 공손승이 대종을 부축해 일으켰다.

"어디 좀더 두고 생각해 봅시다."

대종과 이규를 그 방에 앉혀 두고 소채(素菜)를 차려내어 대접했다.

세 사람이 같이 식사를 끝내고 난 다음 대종은 또다시 애원하다시피 졸랐다.

"만약에 선생께서 가주시지 않는다면 송공명님은 갈데없이 고렴에게 잡힐 거고, 산채의 대의란 것도 이것으로 끝장나고 말 것입니다."

"그렇다면 우리 스승이신 나진인(羅眞人)께 한 번 여쭤 봅시다. 만약에 승낙하신다면 함께 떠나가겠소."

"지금 곧 조사(祖師)님께 가서 상의해 보십시다."

"우선 하룻밤 편히 쉬시고 내일 아침에 찾아뵙기로 합시다."

"우리 형님께서는 지금 일각이 삼추같이 고대하고 계십니다. 지금 곧 함께 가셔서 만나뵙도록 해주십시오!"

대종이 이렇게 재촉하니 공손승도 어쩔 수 없이 일어서서 대종과 이규를 데리고 나섰다.

가을도 다 가고 첫겨울이 다가들 무렵이었다. 낮이 짧고 밤이 길어서 산 중턱에 이르렀을 때 벌써 날이 저물었다.

소나무 사이 좁은 길을 지나니 곧장 나진인의 관(觀)의 웅장한 패문(牌門)이 바라다보였다. 거기에는 금자로 시허관(柴虛觀)이라고 써 있었다.

세 사람은 착의정(着衣亭)에서 옷매무새를 바로잡고 낭

하를 지나서 곧장 사전(社殿) 뒤에 있는 송학헌(松鶴軒)을 찾아갔다.

두 동자가 공손승이 사람을 데리고 온 것을 보더니 곧 나진인에게 연락을 취했다.

마침 나진인은 배신례(拜神禮)를 마치고 운상(雲牀) 위에 앉아 있었다. 공손승은 정중하게 절을 하고 나진인 옆에 시립(侍立)했다.

"이 두 분은 어디서 오신 분이냐?"

나진인이 공손승을 보고 물었다. 공손승은 고당주 지부의 요법(妖法)이며, 송강의 입장이며, 또 자기를 부르러 왔다는 사실을 솔직히 고백했다. 나진인은 대뜸 꾸중부터 했다.

"너는 이미 속세를 떠난 몸인데, 그리고 장생지술(長生之術)을 배우는 몸으로 어째서 또 세속적인 일에 마음을 쓰고 있느냐?"

대종이 정중하게 절하고 공손승을 떠나가도록 승낙해 달라고 애원했으나 나진인은 냉랭했다.

"그런 일은 내가 알 바 아니오. 산 아래로 내려가서 상의하시오!"

그날 밤에 대종과 이규는 공손승의 집에서 묵었다. 밤중에 대종이 코를 드르렁드르렁 골면서 고단히 잠들어 있을 때 이규는 살며시 일어나서 혼자 생각하고 있었다.

'돼먹지도 않은 도사(道士)인지 뭔지 늙은 것을 죽여 버리고 공손승을 빼내는 수밖에 없다.'

밤이 오경이나 되었다.

이규는 나진인의 방으로 살며시 기어 들어가서 운상(雲

牀)에 앉아서 경을 읽고 있는 진인의 대갈통을 두 자루의 판부로 찍어 버리고 말았다. 하얀 피가 흘러 나왔다. 그것을 본 이규가 웃으면서 하는 말이,

"이놈의 도사는 여자란 것을 통 모르는 모양이다. 정(精)을 한 방울도 쓰지 않고 간직해 두어서 새빨간 피라곤 한 방울도 없구나!"

이규가 송학헌(松鶴軒) 밖으로 몸을 뛰쳐나왔을 때, 복도에 있던 청의동자 하나가 앞길을 가로막고 덤벼들었다. 이규는 그것마저 판부로 목을 찍어 죽여 버렸다.

날이 밝자 공손승은 대종과 함께 다시 나진인을 찾아보러 나섰다. 이규는 시치미를 뚝 떼고 그들의 뒤를 따라서 시허관(柴虛觀) 송학헌으로 갔다.

그런데 이상한 일이었다. 죽여 버린 나진인이 여전히 운상 위에 단정히 앉아 있지 않은가!

'앗! 그러면 내가 사람을 잘못 보고 죽인 것일까!'

이규는 깜짝 놀라면서도 대종과 공손승과 함께 천연스럽게 절을 했다. 나진인이 입을 열었다.

"내 그대들 세 사람을 눈 깜짝할 사이에 고당주로 보내 주겠다."

나진인은 동자를 시켜서 수건 석 장을 가져오게 하더니, 그 중에서 새빨간 수건 한 장을 관문(觀門) 밖 큼직한 바윗돌 위에 펼쳐 놓고 공손승보고 그 위에 올라서라고 했다. 공손승이 수건 위에 올라서니 나진인은 소맷자락을 훌쩍 뿌리치며,

"자, 가거라!"

하고 소리를 질렀다.

붉은 수건은 한 조각의 붉은 구름으로 변해서 공손승을 태운 채 20장이나 높은 하늘 위로 훨훨 날아 올라갔다.

나진인은 똑같은 방법으로 다시 푸른 손수건 위에 대종을 태우고 흰 손수건 위에 이규를 태워서 공중 높이 훨훨 날려 보냈다. 이규가 당황하여 소리를 질렀다.

"위험하지 않습니까? 제발 도로 내려놓아 주십시오!"

나진인은 오른편 손을 들어서 그 구름들을 불러들였다. 구름이 다시 땅 위로 내려왔다. 대종과 공손승은 나진인의 좌우 양편에 시립했다. 그때 이규는 아직도 몸이 허공에 떠 있는 채 소리를 질렀다.

"나는 오줌도 마렵고 똥도 눠야겠소. 내려놓아 주지 않는다면 머리 위에다 그대로 싸버리겠소!"

그제야 나진인은 점잖게 말했다.

"나는 출가한 사람으로 네 놈을 괴롭힌 일이 한 번도 없었는데, 어째서 네 놈은 어젯밤에 도끼를 휘둘러서 나를 죽이려고 했느냐? 만약에 내가 수업이 부족했다면 벌써 죽었을 것이다. 그리고 또 나의 동자까지 하나 죽이고야 말았을 것이다."

"그건 사람을 잘못 보신 겁니다. 그럴 리 없습니다."

나진인이 웃으면서 또 꾸짖었다.

"너는 단지 나의 종굴박 두 개를 찍었을 뿐이다. 하지만 네 놈은 마음씨가 좋지 않다. 잠시 혼을 좀 내줘야겠다."

나진인은 손을 쳐들고 "가거라!" 하고 호통을 쳤다. 일진(一陣)의 회오리바람이 일더니 이규를 구름 속으로 휩쓸어 버렸고, 황건(黃巾)을 쓴 두 사람의 역사(力士)가 이규를 끌고 가는데 귓전에 들리는 것은 바람소리뿐이었다.

어느 틈엔지 계주까지 와 있었다.

이규가 대경실색하여 손발을 와들와들 떨고 있노라니, 별안간 우르르 하는 요란스런 소리가 들렸다. 이규는 계주 아문의 지붕 꼭대기에서 데굴데굴 굴러떨어지고 말았다.

그날 아문에서는 부윤 마사홍(馬士弘)이 청전에 수많은 공리(公吏)들을 거느리고 앉아 있었다. 난데없이 허공에서 시커먼 놈이 떨어지는 것을 보고 깜짝 놀라 호통을 쳤다.

"어디서 온 요인(妖人)이냐? 이놈을 당장 잡아 늒어라!"

이규는 결국 붙잡혀서 감옥에 처박히는 신세가 되었다.

"나는 나진인을 지키는 신장(神將)이다. 내 목에 큰칼을 씌우다니 될 말이냐! 계주성 안의 놈들은 모조리 죽여 버리겠다!"

이규가 이렇게 소리를 지르자 나진인이 수업을 쌓은 도사인 줄 아는 절급과 옥절들은 겁을 집어먹고 달려들어서 물었다.

"정말 당신은 뭐하는 분이시요?"

"나는 나진인을 시종하고 있는 신장(神將)이다. 실수를 해서 나진인께 꾸중을 듣고 이런 곳에 내동댕이쳐진 것이다. 2,3일만 있으면 나를 도로 데리러 오실 것이다. 네 놈들이 나를 잘 대접하지 않는다면 네 놈들의 일가족속을 몰살시킬 것이다!"

절급과 옥졸들은 기분이 나빠서 투덜투덜하면서도 어쩔 수 없이 술이며 고기를 사다가 이규를 잘 대접했다.

나진인에게 이규를 어디로 날려 보냈다는 이야기를 들은 대종은 이규를 다시 살려내 달라고 애원했다. 나진인은 대종을 관에 머무르게 하고 산채의 형편을 물어 봤다. 대종은 조개와 송공명이 의리를 생명같이 여기고 재물을 초개같이 알며 충신열자(忠臣烈子), 효자현부(孝子賢婦), 의부절부(義夫節婦)를 결코 해롭게 하지 않는다는 가지가지 호걸다운 점을 역설했다. 나진인은 그 말을 듣고야 크게 기뻐했다. 대종은 닷새 동안 머물러 있으면서 매일같이 머리가 땅에 닿도록 절을 하며 이규를 살려 달라고 애원했다.

"그 따위 돼먹지 않은 놈은 쫓아 버리는 게 좋아! 데리고 가지 않는 게 좋을 걸세."

"이규는 성품이 우둔하고 예법은 잘 모르지만 그대로 좋은 점이 많은 놈입니다. 첫째 놈은 남을 속일 줄 모릅니다. 둘째 놈은 남에게 아첨할 줄 모르고 목숨을 내걸고라도 의리를 지킬 줄 압니다. 셋째 음욕이나 사심이 없고 재물을 탐내거나 배신을 할 줄 모릅니다. 경우에 따라서는 감연히 앞장을 서서 싸울 줄도 압니다. 그래서 송공명도 놈을 지극히 아끼고 사랑합니다. 만약에 놈을 데리고 가지 못한다면 송공명을 뵐 낯이 없습니다."

나진인이 웃으면서 말했다.

"나는 그놈을 잘 알고 있네. 본디가 그놈은 천상계(天上界)의 천살성(天殺星) 중의 하나였는데 하계의 중생들이 죄업이 너무 심했기 때문에 그놈에게 벌을 내려서 하계에 내려가서 살육을 일삼도록 한 것일세. 그러니까 나도 천명을 거역하고 그놈을 모른 체할 수는 없네. 이번에는 한동안 놈을 좀 혼을 내주려고 한 것뿐이지! 다시 불러서 그대에게 돌려보내 줌세!"

대종이 감사하다 절하니 나진인은,

"역사들은 어디 있느냐?"

하고 외쳤다.

송학헌 앞에서 일진의 회오리바람이 일더니 황건을 쓴 한 사람의 역사가 나타났다.

"스승님께서 무슨 분부이십니까?"

"언젠가 그대가 계주로 끌고 가서 감옥에 처박아둔 그놈이 이제는 죄업(罪業)도 끝났음직하니 다시 가서 빼내 가지고 오도록 하게."

역사는 황공하여 절하고 물러나갔다.

반시간쯤 지났을 때 허공으로부터 이규가 지상으로 내동댕이쳐졌다. 대종이 급히 이규를 부축해 일으켰다.

"자네는 이 2,3일 동안 어디 가서 있었나?"

이규는 나진인을 보더니 머리가 땅에 닿도록 몇 번이나 절을 하며 외었다.

"죄송합니다! 죄송합니다!"

"다음부터는 마음씨를 곱게 먹고, 있는 힘을 다해서 송공명을 받들 것이며, 나쁜 마음을 먹어서는 안 된다."

이규는 재배하고 말했다.

"맹세코 진인님의 말씀대로 지키겠습니다."

대종이 물어 봤다.

"도대체 자네는 2,3일 동안 어디 가서 있었나?"

"바람에 휩쓸려서 허공에 둥둥 뜬 채 계주까지 끌려가서 아문 지붕 꼭대기로부터 굴러떨어졌소. 마지부(馬知府)란 자가 나더러 요인(妖人)이라 하며 부하들에게 명령하여 결박시키더니 그대로 감옥에다 처박아 버리지 않겠소. 하지만 내가 나진인을 모시고 있는 신장이라고 호통을 치고 네 놈들을 모두 몰살해 버리겠다고 야단을 쳤더니 놈들이 술이며 고기며 사다가 잘 먹여 줍디다. 그런데 난데없이 허공에서 역사가 내려오더니 목에 쓴 큰칼과 고랑쇠를 벗겨 주고 두 눈을 꽉 감고 있으라고 하더군요. 이건 또 꿈을 꾸는 게 아닌가 하고 가만히 있었더니, 어느 틈엔가 여기까지 데려다 준 셈이오!"

공손승이 말했다.

"우리 스승님께는 그런 황건(黃巾)의 역사들이 1천여 명이나 있어서 모두 진인님의 시중을 들고 있소."

그 말을 듣자 이규가 소리를 질렀다.

"이건 숫제 활불(活佛)님이시군! 왜 애당초에 그런 말을 나에게 해주지 않으셨소. 그랬다면 그런 쑥스런 짓은 하지 않았을 것을…."

대종이 또 재배(再拜)하고 나진인에게 말했다.

"소생이 이곳에 와서 꽤 오랜 시일이 경과되었습니다. 고당주의 싸움이 위태로우니 자비심을 베푸시어 공손승 선생님을 저희들과 함께 떠나도록 해주십시오. 그래서 우리 형님 송공명을 구출하고 고당주를 격파하게 되면 즉시로 돌아오시도록 해드리겠습니다."

"나도 그를 내버려 두고 모른 체하자는 것은 아니었네. 이번에는 그대의 대의(大義)를 생각하는 마음을 가상히 여겨서 함께 떠나도록 해줌세. 그러나 한 가지 말해 두고 싶은 일이 있으니 가슴속에 잘 명심해 두게!"

공손승은 무릎을 꿇고 앉았다.

나진인이 공손승에게 하고자 하는 말은 과연 무엇인가?

54　우물에서 살아 나온 사람

入雲龍鬪法破高廉
黑旋風下井救柴進

한참 동안이나 뜸을 들이던 나진인은 공손승에게 입을 열었다.

"자네가 여태까지 배워 온 술법은 공교롭게도 고렴의 술법과 똑같은 걸세. 그래서 지금 내가 오뢰천심정법(五雷天心正法)이란 것을 가르쳐 줄 것이니, 그대로만 하면 송강을 구출하여 보국안민하고 하늘을 대신하여 도(道)를 행할 수 있을 걸세. 자네 노모님은 내가 사람을 시켜서 아침 저녁으로 잘 모셔 드릴 것이니 걱정할 건 없네. 자네는 본래가 천간성수(天間星數)였기 때문에 잠시 하계에 내려가 보게 하는 것이니까 모름지기 지금까지 도를 배우던 마음을 꿋꿋이 지켜야 하고, 남의 말을 듣고 동요하여 대사를 그르쳐서는 안 되네!"

공손승은 꿇어앉아서 결법(訣法)의 전수(傳授)를 받고 곧 대종, 이규와 함께 산을 내려왔다.

양산박을 향하고 3,40리 길을 걸어갔을 때 대종은 자기가 먼저 가서 송강에게 연락을 취하겠다고 신행법(神行法)을 써서 앞질러 가버렸고, 공손승과 이규는 그 뒤를 쫓아 천천히 길을 갔다.

두 사람은 사흘 동안을 걸어서 무강진(武岡鎭)이란 고

장에 도착했다. 하도 시장해서 읍내로 들어서서 주막집을 찾아 국수라도 사먹으려고 했으나, 그 주막집에는 술과 고기밖에 없어 소채(素菜)를 사먹을 수가 없었다. 이규는 보따리에서 동전을 몇 닢 꺼내 가지고 거리로 나가서 대추떡을 샀다. 그것을 들고 주막집으로 돌아오려고 하는데 거리 한모퉁이에서 많은 사람들이 박수갈채를 하는 소리가 들렸다.

"굉장한 기운인데!"

이규가 휘 둘러보니 어떤 장정 하나가 철과추(鐵瓜鎚)라는 쇠뭉치를 휘두르고 있는데 구경꾼들이 몰려들어서 감탄하여 마지않았다.

"시시하게 그까짓 쇠뭉치 하나를 가지고 사람을 모아 놓고 이게 뭐냐?"

이규는 사람들을 헤치고 들어가서 쇠뭉치를 건드리며 야유했다. 그 장정이 약이 올라서,

"네 놈은 누구기에 건방진 수작을 하느냐? 그래, 네 놈이 나만큼 이 쇠뭉치를 쓸 수 있단 말이냐?"

이규는 다짜고짜 달려들어 그 쇠뭉치를 빼앗아 가지고 한 손에 들고 마치 공깃돌 놀리듯이 가볍게 자유자재로 놀렸다.

그 장정은 두 눈이 휘둥그레지면서 이규를 자기 집으로 데리고 가서 자기 소개를 했다. 이 장정은 탕륭(湯隆)이라 하며 대대로 대장장이 집안에서 태어났다. 부친이 세상을 떠난 뒤 노름으로 세월을 보내며 유랑생활을 하다 우연히 이 고장에 흘러 들어와서 대장간을 내고 연명을 해나가는데, 무엇보다도 좋아하는 것이 창봉이어서 사람들에게 금

전표자(金錢豹子)라는 별명을 듣는다고 했다.

이규가 양산박으로 가서 함께 일하자고 권하자 탕륭은 무한 기뻐했다. 이규를 형님으로 모시고 즐거이 따라가겠다고 했다.

"새 형님을 모시게 됐으니 오늘 밤은 술이나 한잔 같이 하시고 내일 떠나가기로 하십시다."

"아닐세. 저편 주막집에 우리 선생님이 한 분 계신데 대추떡을 사가지고 가서 그것을 먹고 곧 떠나기로 돼 있네. 우물쭈물하고 있을 틈이 없네. 지금 곧 같이 가세."

"어째서 그다지 급히 서두르십니까?"

"사실은 송공명 형님께서 지금 고당주에서 싸움을 하시면서 이 선생께서 응원하러 오시기를 기다리고 계시다네!"

"그 선생님이란 분은 대체 누구신가요?"

이규는 두말없이 탕륭을 데리고 주막집으로 가서 공손승에게 소개하고 형제를 맺게 된 경위를 밝혔다.

공손승은 탕륭이 대장장이란 말을 듣자 양산박에서도 쓸모 있는 인물이라 생각하고 기뻐했다.

세 사람은 술을 몇 잔씩 마시고 대추떡을 먹은 다음 무강진을 뒤로 하고 고당주를 향하여 길을 떠났다.

일행 세 사람이 송강의 진지에서 5리쯤 떨어진 지점에 도착했을 때 벌써 여방, 곽성이 마중을 나와 있었다. 이규는 탕륭을 데리고 송강·오학구, 그밖의 여러 두령을 찾아서 인사를 시켰다. 진중에서 환영의 주연이 베풀어졌다. 이튿날 중군(中軍)의 장상(帳上)에서는 송강·오학구·공손승이 고렴을 격파할 대책을 강구하고 있었다.

이때 공손승이 입을 열었다.

"우선 모든 진지에 일제히 출전하도록 명령을 내리십시오. 그리고 적군의 싸우는 품을 보고 나서 나도 계책을 쓰겠습니다."

그날 송강은 즉시 모든 진지에 명령을 내려 일제히 고당주성에 있는 외호(外濠)까지 쳐들어가서 진을 쳤다.

한편 성 안에 있던 지부 고렴은 화살을 맞은 상처도 나았고, 그 전날 밤 송강이 쳐들어온다는 보고를 받자 새벽부터 전군의 무장을 든든히 하고 성문을 크게 열어젖히고 구름다리를 내려놓아 3백의 신병(神兵)과 대소 장사를 거느리고 대결하러 나섰다.

송강의 진지에서는 10기(騎)가 일시에 뛰어 내달았다. 좌익(左翼)의 다섯 장사는 화영·진명·주동·구붕·여방이었고 우익(右翼)의 다섯 장사는 임충·손립·등비·마린·곽성이었다. 그리고 중앙 3기(騎) 가운데서 맨 가운데는 주장(主將) 송공명, 왼편 말에는 군사 오학구, 오른편 말에는 부군사(副軍師) 공손승이 타고 있었다.

지부 고렴은 진두로 나서면서 호통을 쳤다.

"이놈! 물구덩이(양산박) 속에서 꿈틀거리는 도둑놈아! 우리를 들이칠 생각이라면 어디 승부를 결해 보자. 도주한다면 사내자식이 아니다!"

송강이 그 소리를 듣자 고함을 질렀다.

"출마하여 저놈을 베어 버릴 사람은 없느냐?"

소리광 화영이 창을 휘두르며 말을 달려 양군의 중간에 나섰다. 고렴이 그것을 보더니,

"누구든지 저놈을 산 채로 잡아라!"

통제관의 대오 속으로부터 설원휘(薛元輝)라는 자가 내 달았다. 쌍도(雙刀)의 명수였다. 두 장사가 진두에서 싸우기를 몇 합. 화영은 말 머리를 돌려서 자기 진지로 달아났다. 설원휘는 그것이 계책인지도 모르고 칼을 휘두르며 말을 달려 추격했다.

화영이 말을 멈추고 몸을 돌리면서 탕 쏜 화살이 정통으로 설원휘를 맞혔다. 그는 말 위에서 나동그라지고 말았다.

고렴은 이 광경을 보자 대로하여 말안장에서 짐승의 얼굴을 새긴 동둔(銅楯)을 벗겨 들고 칼끝을 두들겼다. 세 번을 두드리니 신병대(神兵隊)의 대오 속으로부터 일진의 황사가 휘몰아쳐 올랐다. 천지가 온통 암흑으로 변하고 고함소리 요란한데, 갑자기 시랑(豺狼)·호표(虎豹)·괴수(怪獸)·독수(毒獸)가 황사 속으로부터 우글우글 몰려나왔다.

공손승은 이때 말 위에서 송문고정검(松文古定劍)을 뽑아들고 적군을 가리키며 입속으로 주어를 외며 호통을 쳤다.

"에잇!"

한 줄기 금광(金光)이 뻗치자 그 많은 짐승들은 황사 속으로부터 그대로 진두에 나자빠져 버리고 말았다. 자세히 보니 그것은 모두 흰 종이를 잘라서 만든 허수아비 같은 짐승들이었다.

황사가 가라앉자 송강은 채찍을 휘두르며 신호를 보냈다. 전군이 일제히 적진으로 쳐들어갔다. 적병은 죽어 넘어지고 말은 거꾸러지고 깃발은 땅바닥에 흐트러지고 말았다.

송강은 큰 승리를 거두고 본진으로 돌아왔다. 공손승 선생의 놀라운 힘을 극력 찬양하고 전군 병사에게 상을 내렸다.

이튿날은 병사를 분배해서 사방으로 성을 포위하고 총공격을 하기로 작정했다. 공손승이 송강과 오학구에게 말했다.

"3백 명의 신병(神兵)이 성 안으로 숨어 버린 게 확실합니다. 지금은 맹공을 가하지 말고 기다립시다. 놈들은 밤이 되면 반드시 진지를 엿보러 올 것입니다. 그러니까 날이 저물면 군사를 한 군데로 집결시키고 밤이 깊은 다음에 사방에 병사를 매복시켜 놓고 진지를 텅 비어 두기로 하십시다. 두령들은 진지에서 불길이 오르는 것을 신호로 일제히 공격을 개시하도록 수배해 주십시오."

명령을 전달해 놓고 날이 저물자 사방에 병사를 매복하고 송강·오학구·공손승·화영·진명·여방·곽성 등은 언덕 위에서 대기하고 있었다.

과연 그날 밤에 고렴은 3백 명의 신병을 거느리고 송강의 진지 가까이 쳐들어오자 말 위에서 요법을 썼다. 당장에 검정 기운이 하늘을 무찌르고 광풍이 휘몰아쳐서 모래를 날리고 돌을 굴렸다. 이런 속에서도 신병들은 끄떡없이 송강의 진지로 맹렬히 쳐들어왔다.

공손승도 칼을 휘둘러 술법을 써서 텅빈 진지 위에 천둥소리를 일으켰다. 3백 명의 신병들이 당황하여 퇴각하려고 했을 때 텅 빈 진지에서 불길이 뻗쳐 올라 도저히 달아날 수 없었다. 이때 사방에서 복병이 일제히 진지를 포위하니, 3백 명의 신병들은 어둠 속에서 꼼짝 못하고 모조리 죽어 버리고 말았다.

표자두 임충이 도주하는 고렴을 추격했다. 고렴은 간신히 8,9기(騎)를 거느리고 성 안으로 숨어 버렸다.

그 이튿날도 송강은 전군을 총동원시켜서 성을 사방으로 포위하고 맹렬한 공격을 가했다. 고렴은 구원병을 청하는 도리밖에 없다고 생각했다. 편지 두 통을 써서 그다지 멀지 않은 동창(東昌) 구주(寇州)로 보내기로 한 것이다. 통제관(統制官) 두 명에게 명령하여 서문으로 뛰쳐나가 서쪽으로 달아나게 했다. 송강 편의 두령들이 이것을 추격하여 붙잡으려 하자 군사 오학구가 말렸다.

"내버려 두시오. 계책은 계책으로 대결해야 하오. 우리 편에서는 3대(隊)의 인마를 구원병처럼 가장시켜서 도중에서 일대 혼전을 벌이도록 합시다. 고렴은 반드시 성문을 열고 싸움을 거들러 나올 것이오. 그때 고렴을 뒷길로 유인해 들이면 반드시 산 채로 잡을 수 있을 것이오."

고렴은 마침내 군사 오학구의 꾀에 넘어가고 말았다. 4,5일 동안이나 성벽을 수비하며 송강의 진지를 살피고 있었는데, 하루는 싸움도 하지 않는 진지가 일대 소동을 일으키고 있는 것을 보자 꼭 구원병이 온 줄만 알고 고렴은 즉시 송강의 진지 가까이 쳐들어왔다.

고렴의 눈에, 송강이 화영과 진명을 거느리고 뒷길로 도주하는 것이 보였다. 고렴은 군사를 거느리고 급히 그 뒤를 추격했다. 그런데 난데없이 높은 언덕 저편에서 호포(號砲) 소리가 들렸다. 이상하다 생각하고 군사를 뒤로 물리는데 또 양편에서 징소리가 요란스럽게 울리더니 왼편에서는 여방, 오른편에서는 곽성이 각각 5백 명의 병사를 거느리고 달려들었다. 고렴이 부하를 절반이나 잃어버리고 필사적으로 도주하여 성 위를 쳐다보니 벌써 거기에는 양산박의 깃발이 휘날리고 있었다. 그리고 구원병이란 하나도 와 있지 않았다.

어찌할 도리가 없어서 패잔병을 거느리고 산골짜기 좁은 길로 도주하고 있을 때, 10리도 못 가서 산 저편으로부터 1대의 병사들이 몰려들었다.

그 선두에 선 사람은 병울지 손립, 앞을 가로막으며 호통을 쳤다.

"아까부터 기다리고 있었다. 빨리 말을 내려서 결박을 받아라!"

고렴은 병사를 거느리고 후퇴하려고 했으나 뒤에서도 1대의 병마가 퇴로를 가로막았다.

말을 타고 선두에 서 있는 장사는 미염공 주동이었다.

이리하여 전후가 꽉 막히고 사방의 퇴로가 막히고 보니 고렴은 하는 수 없이 말을 버리고 산꼭대기로 뺑소니를 쳤다.

병사들도 사방에서 일제히 산을 향해 추격해 올라갔다.

고렴은 당황하여 주어를 외고,

"가자!"

하고 호통을 쳤다.

마침내 그는 한 조각의 검은 구름을 타고 허공으로 날아 올라 단숨에 산꼭대기까지 올라갔다.

그러나 언덕 저편에서 불쑥 공손승이 나타났다. 고렴을

보자 즉각에 칼을 잡고 말 위에서 허공을 쳐다보며 술법을 쓰고 주어를 외었다.

"에잇!"

칼을 들어 허공을 찌르니 고렴은 구름 속으로부터 거꾸로 처박혀 떨어졌다.

이때 삽시호 뇌횡이 내달아서 박도를 휘두르며 고렴의 몸뚱이를 두 동강으로 잘라 버리고 말았다.

뇌횡은 고렴의 수급(首級)을 들고 산을 내려와서 우선 주수(主帥) 송강에게 사람을 보내 소식을 전했다. 송강은 고렴이 죽은 것을 알자 병사를 거느리고 고당주의 성 안으로 들어가서 우선 백성들을 안심시키고 절대로 침범하지 말라고 명령을 내렸다. 그리고 제일 먼저 시대관을 구출하러 감옥으로 달려갔다. 그때 벌써 감옥에는 절급이며 간수며 옥졸들이 모조리 도망쳐 버렸고 4,50명의 죄수들만이 남아 있었는데, 아무리 찾아도 시대관의 모습은 보이지 않았다.

오학구가 고당주의 간수와 옥졸들을 소집해 가지고 심문했다. 인인(藺仁)이라는 절급이 대답했다.

"바로 사흘 전에 지부 고렴이 시진을 끌어내어 죽여 버리라고 했습니다. 소인은 그분이 훌륭한 인물임을 알고 병을 앓다가 이미 죽어 버렸다고 거짓말을 했습니다. 그래 놓고 거짓말이 탄로날까 겁이 나서 어제 시진을 뒤꼍에 있는 물이 말라 버린 우물로 끌고 가서 목에 쓴 칼과 쇠고랑을 벗기고 그 속에 숨겨 두었습니다."

여러 사람들이 우물로 달려갔다.

이규를 우물 속으로 들여보내서 살펴보기로 했다. 오학구는 큼직한 대광주리에다 동아줄을 맨 뒤 이규를 그 속에다 앉힌 다음 우물 속으로 내려보냈다.

"우물 속에 들어가는 것은 겁나지 않지만 이 동아줄을 끊어 버리면 안 되오!"

이규는 이런 소리를 하면서 밑으로 내려와 우물 밑바닥을 더듬었다. 무엇인가 뭉클한 게 손에 걸렸다. 자세히 보니 해골이었다.

"이런 빌어먹을, 재수없게!"

한참 만에야 물이 괴어 있는 데 쭈그리고 앉아 있는 사람의 모습을 찾아냈다. 이규는 목청이 터져라 소리를 질렀다.

"시대관인님!"

손을 뻗어서 쓰다듬어 봤다. 가느다랗게 끙끙거리는 소리가 들렸다.

이규는 광주리 속으로 기어들어가서 방울을 흔들었다. 위에서 동아줄을 끌어올렸다. 이규는 우물 속 형편을 자세히 이야기했다. 송강이 조급하게 소리를 쳤다.

"그럼 어서 다시 들어가 먼저 시대관님을 광주리에 모셔서 끌어올리게 하고 다시 광주리를 내려보낼 것이니 그때 자네가 올라오도록 하게."

"형님, 나는 계주에 가서 두 번씩이나 혼이 났는데 이번에 또 혼을 내시려는 것은 아니지요?"

"이놈아, 혼을 내지 않을 테니 빨리 들어가!"

이규는 다시 광주리 속에 앉아서 우물 속으로 내려갔다. 시대관인을 광주리에 담아 놓고 방울을 흔들었다. 위에서 동아줄을 끌어올렸다.

시진은 머리에도 이마에도 상처투성이요, 두 다리는 피부가 터지고 살점이 드러난 모습으로 힘없이 두 눈을 한 번 뜨더니 다시 감아 버렸다. 송강은 곧 의사를 불러서 치료하도록 했다. 우물 속에서는 이규가 목청이 터져라고 악을 썼다. 송강은 급히 광주리를 내려보내 이규를 끌어올리게 했다. 이규는 우물 밖으로 나오자 투덜투덜했다.

"모두 나쁜 사람들뿐이오! 어째서 곧 광주리를 내려보내 수지 않은 거요?"

"모두 시대관님 때문에 정신이 팔려서 자네를 깜빡 잊어버리고 있었지. 미안하게 됐네."

송강은 시진을 수레 위에 뉘어서 잠들게 하고, 가족과 또 탈환한 가재(家財)를 20여 채의 차량에다 싣고 이규와 뇌횡을 시켜서 먼저 양산박으로 돌려보냈다.

고렴 일가족속 3,40명은 모조리 목을 베어 버렸고, 인인(藺仁)에게는 상을 주었다. 이리하여 양산박의 전군은 고당주를 뒤로 하고 개선가를 드높이 부르며 돌아갔다.

며칠 만에 대채(大寨)로 돌아오자 시진은 아픈 몸을 일으켜 조개·송강 두 두령에게 감사하다는 인사를 했다. 조개는 산꼭대기 송공명의 거처 옆에 집 한 채를 더 짓고 시진과 그의 가족이 살도록 했다.

고당주에서 개선했고, 또 시진·탕륭 두 두령을 새로 맞이하게 되어서 양산박에서는 연일 축하의 주연이 계속되었다.

한편, 동창(東昌) 구주(寇州)에서는 고당주에서 고렴이 죽고 성지(城池)가 함락됐다는 사실을 알자 어쩔 수 없이 사람을 파견하여 조정에 신주(申奏)했다.

또 고당주에서 도망쳐 온 관원들은 모두 경사로 올라가서 실정을 보고했다.

고태위는 자기 아우가 살해당한 것을 알자 이튿날 오경 때 대루원(待漏阮)에서 경양궁(景陽宮)의 종이 울리기만 기다리며 백관과 함께 공복을 갖추고 조견(朝見)의 자리에 끼여 있었다. 오경 3점(點)이 되어서 도군황제(道君皇帝)가 승전(陞殿)했다. 정편(淨鞭) 소리가 세 번 울리자 문무양반이 좌우로 줄을 지어 늘어섰고, 천자가 가좌(駕坐)하니 두전관(頭殿官)이 알리었다.

"일이 있으면 출반하여 계주(啓奏)하고 일이 없으면 권렴퇴조(捲簾退朝)하라!"

이때 고태위가 출반하여 아뢰었다.

"어제 제주 양산박의 적수(賊首) 조개와 송강이란 자들이 누차 대악을 저지르고 성지를 습격하고, 흉악한 도당을 집결시켜서 제주에서는 관군을 살해하고 강주의 무위군을 소란케 했으며, 또 고당주의 관민을 모조리 살육하고 창고의 금품을 송두리째 약탈해 갔사옵니다. 실로 심복대환(心腹大患)이오니 만약에 시급히 주초(誅剿)치 않으시오면 불원간 적세(賊勢)를 양성(養成)함이 되어 제복(制伏)키 어려울까 하오니 성단(聖斷)을 내리시기 엎드려 비나이다."

천자는 그 말을 듣자 대경실색하여 즉각에 성지(聖旨)를 내리어, 고태위에게 장사를 고르고 토벌군을 편성하여 기필코 양산박의 일당을 뿌리뽑으라고 명령했다.

고태위가 거듭 계주(啓奏)한다.

"이 정도의 대단치 않은 초구(草寇)를 위하여 대병을 일으킬 필요는 없다고 생각하옵니다. 소신이 한 사람의 장사를 천거하와 족히 수복(收服)시킬 수 있사옵니다!"

"경이 천거하는 장사라면 반드시 틀림없을 것이오. 곧 떠나 보내도록 하오. 승리하여 공을 세운다면 관상(官賞)을 가사(加賜)하고 높은 자리에 등용할 것이오."

"그 인물은 바로 건국 초기의 하동(河東)의 명장이던 호연찬(呼延贊)의 적계(嫡系) 자손으로 호연작(呼延灼)이라 하옵고, 두 자루의 동편(銅鞭)을 잘 쓰기로 유명하와 만부부당(萬夫不當)의 용맹을 갖춘 장수입니다. 현재 여녕군(汝寧郡)의 도통제(道統制)의 직에 있사온데 소신이 천거하고자 하옵는 장수는 바로 이 장수입니다. 반드시 양산박을 뿌리뽑을 수 있으리라고 믿습니다. 이 장수를 병마지휘사에 임명하시어 보병·기병의 정예를 맡겨 주고 기한을 작정해 주어서 산채를 소탕하고 개선하도록 하겠습니다."

고태위의 그럴 듯한 말에 천자는 무조건 찬성했다.

경각을 지체치 않고 성지를 내렸다.

추밀원에 명령하여 즉각에 사람을 파견하여 칙서를 받들고 여녕주로 가서 그 장수를 불러 올리도록 했다.

그날 조견의 의식이 끝난 다음 고태위는 당장에 수부로부터 추밀원에 명령을 내려서 군관 한 명을 파견하여 당일로 떠나가도록 했고, 기한을 작정해서 호연작을 서울로 불러 올려서 명령을 수행하도록 만반 배치를 다 해놓았다.

고태위는 마음이 든든하면서도 일변 초조하지 않을 수 없었다.

일각이 삼추같이 조급한 심정으로 호연작을 기다리고 있었다.

'양산박의 강도들아! 호연작만 올라와 봐라, 네 놈들이 그대로 무사히 지낼 줄 아느냐? 차제에 기어이 뿌리를 뽑고 말겠다.'

호연작만 있으면 만사가 쉽사리 해결될 것같이 생각했다.

며칠이 지났다. 과연 호연작이 하루는 여녕군 통군사에 등청해 있자니까 문지기가 알렸다.

"성지가 내려서 장군을 경사로 올라오라고 하신다는데, 아마 오늘 그 명령이 내릴 것입니다."

호연작은 주의 공리들과 성 밖에까지 나가서 통군사(統軍司)를 영접해 들였다. 성지를 펴본 다음 연석을 마련하여 사신을 대접했다.

그리고 시급히 갑옷·투구·말·무기를 준비하고 종자 3,40명을 거느리고 사신과 함께 여녕군을 뒤로 하고 경사로 향했다.

도중에서 무슨 일이 있을 리 없었고, 며칠 만에 경사의 성 안에 있는 전사부 앞에 이르러 말을 내린 뒤 고태위를 만나러 갔다.

그날 고구(高俅—고태위)가 등청하여 있자니 문지기가 연락을 했다.

"여녕군으로부터 명령을 받들고 호연작이 상경하와 지금 문밖에 대령하고 있습니다."

고태위는 크게 기뻐하며 당장에 불러들여서 만나봤다.

그야말로 개국공신의 후예요, 선조(先朝) 명장의 현손

으로 편법(鞭法)에 있어서는 당할 사람이 없다고 천하에 위명을 떨치고 있는 장수였다.

이튿날 아침에 도군황제께 배알케 했는데 천자는 호연작의 비속(非俗)한 모습을 보고 천안(天顔)에 미소를 띠며 척설오추(踢雪烏騅) 한 필을 하사했다. 이 말은 전신이 새까맣고 네 발목만 백설같이 희어서 이런 이름을 붙인 것이며, 하루에 능히 천리를 달리는 명마였다. 호연작은 고태위를 따라 전수부로 돌아와서 양산박을 토벌할 협의를 했다. 이때 호연작이 말했다.

"은상께 아룁니다. 소생이 탐지한 바에 의하면 양산박에는 장병의 수효도 많고, 무예가 비범한 자들만 모여서 결코 경시할 수 없는 강적이라고 생각합니다. 소생이 원하는 바는 두 사람의 장수를 천거하여 선봉으로 내세워서 양산박을 격파하고 대공을 세우고자 합니다."

고태위는 그 말을 듣자 크게 기뻐하며 물었다.

"누구를 선봉으로 천거하실 작정이오?"

이리하여 호연작은 두 사람의 장수를 천거하게 되었는데, 그들은 과연 누구누구일까?

55 강물에 빠진 포수

高太尉大興三路兵
呼延灼擺布連環馬

호연작은 다음과 같이 두 장수를 고태위에게 소개했다.

"소인이 천거하는 장수는 진주(陳州)의 단련사(團練師)로 있는 한도(韓滔)라는 사람입니다. 본래 동경 인씨(人氏)로서 무거(武擧)에도 급제했고, 조목삭(棗木槊)이라는 장모(長矛)를 잘 쓰기로 유명하여 백승장군(百勝將軍)이라는 별명을 듣는 사람입니다. 또 한 사람은 영주(潁州)의 단련사(團練師)로 있는 팽기(彭玘)인데, 역시 동경 인씨로 대대로 장가(將家) 출신이며 삼첨양인도(三尖兩刃刀)를 잘 쓰기로 유명하고, 무예실력이 출중하여 사람들에게 천목장군(天目將軍)이라는 별명을 듣는 장수입니다. 한도를 정선봉(正先鋒)으로 삼고 팽기를 부선봉(副先鋒)으로 삼고자 합니다."

고태위가 그 말을 듣더니 크게 기뻐했다.

"한·팽 두 장수를 선봉으로 내세운다면 아무리 흉악한 적군(賊軍)이라도 겁날 것이 없을 것 같소!"

그날 즉시 고태위는 전수부에서 두 통의 공문을 내놓아 추밀원에 명령하여 사람을 파견시켜, 밤을 새워서라도 진주(陳州)와 영주(潁州) 두 고을로 가서 한도와 팽기를 경사로 불러 올리라고 했다.

열흘도 못 되어서 두 장수는 경사에 도착하여 즉각에 전수부로 가서 고태위와 호연작을 만났다.

이튿날 고태위는 여러 부하들을 거느리고 어교장(御敎場—연병장)에서 무예훈련을 관람하고 열병(閱兵)을 마친 다음, 전수부로 돌아와서 추밀원의 여러 공리들과 회합하여 군기(軍機)의 대사를 상의했다.

이 자리에서 고태위는 호연작에게 물었다.

"여녕·진주·영주 삼로(三路)의 군사는 도합 얼마나 되오?"

"삼로의 기병을 합치면 5천, 보병까지 계산하면 1만이 됩니다."

"그러면 세 장수는 각각 주로 돌아가서 기병 3천, 보병 5천을 정예로 뽑아서 기일을 약속하고 일제히 진격을 개시하여 양산박을 토벌하도록 해주시오."

"저희들 삼로의 보기병마(步騎兵馬)는 모두 충분한 훈련을 쌓았으며 병마가 다 같이 심히 꿋꿋합니다. 그 점은 걱정하실 것이 없사오나 단지 무구(武具)가 완비치 못하와 기일을 엄수하지 못할 우려가 있습니다. 기일을 좀더 넉넉히 잡아 주시기 바랍니다."

"그렇다면 세 장수는 경사의 갑장고(甲仗庫)에서 얼마든지 필요한 대로 갑옷·투구·칼 등 무엇이나 골라내시오. 무구를 완비한 다음에 적군(賊軍)을 깡그리 쳐부숴 주시오. 출진할 때에는 사람을 파견하여 검열하도록 하겠소."

호연작은 명령을 받자 갑장고로 가서 철갑(鐵甲) 3천 벌, 숙피마갑(熟皮馬甲) 5천 벌, 동철두회(銅鐵頭盔) 3천개, 장창 2천 자루, 곤도(滾刀) 1천 자루, 그리고 이루 헤아릴 수 없이 많은 화살과 화포(火砲), 철포(鐵砲) 5백여 가(架)를 꺼내어 수레에 실었다.

출발하는 날, 고태위는 따로 군마(軍馬) 3천 필을 주면서, 세 장수에게 각각 금·은·비단을 선사하고 병사들에게도 일일이 식량과 상품을 분배해 주었다.

호연작·팽기·한도는 각각 필승의 서약서를 써놓고 고태위와 추밀원의 여러 공리들과 작별한 다음 말을 달려 여녕주로 향했다.

여녕주에 도착하자 호연작은 한도와 팽기를 각각 진주·영주로 돌려보내 병사를 정비해 가지고 다시 여녕주로 집결하도록 명령했다. 반달도 못 되어서 삼로의 군사는 정비를 완료했고, 고태위는 전수부에서 두 군관을 파견하여 검열을 하게 됐다. 그것이 끝나자 호연작은 마침내 삼로의 군사를 거느리고 성 밖으로 나와서 노도같이 양산박을 향하여 진군했다.

호연작이 한도·팽기 두 맹장을 거느리고 쳐들어온다는 보고를 받자, 양산박의 송강도 즉각에 전군을 배치했다.

선진(先陣)에는 진명, 제2진에는 임충, 제3진에는 화영, 제4진에는 호삼랑, 제5진에는 손립, 그리고 송강 자신은 열 명의 호걸과 본대(本隊)를 거느리고 후군(後軍)을 맡기로 했으며, 좌군(左軍)에는 주동·뇌횡·목홍·황신·여방의 다섯 장수, 우군(右軍)에는 양웅·석수·구붕·마린·곽성의 다섯 장수, 수로(水路)에는 이준·장횡·장순·원씨 형제가 배로 응원하도록 했다. 이규와 양림은 보병을 지휘하면서 2대로 갈라져서 복병(伏兵)이 되어 싸움을 거들도록 했다.

이튿날 날이 밝을 무렵 양군은 마주 대하고 진을 쳤다.

성미 급한 진명이 제일 먼저 낭아곤을 휘두르며 말을 달려 한도에게 덤벼들었다. 한도도 삭(槊)을 잡고 말을 몰아 응전했다. 서로 대결하기 20여 합, 한도가 힘에 부쳐 도주할 기세를 보이자 중군(中軍)의 주장(主將) 호연작이 도착하여 명마 척설오추(踢雪烏騅)를 타고 쌍편을 휘두르며 진두로 달려나왔다.

그것을 보자 이편에서는 임충이 사모를 휘두르며 진두로 내달아서 진명을 대신하여 호연작과 대결했다.

둘이서는 50여 합을 싸웠지만 승부가 나지 않았다. 막상막하의 적수들이었다.

송강의 진지에서는 세 번째로 화영이 내달았다. 호연작도 임충이 만만치 않은 상대임을 알아차리고 자기 진지로 되돌아갔다. 이때 호연작 편에서도 후군이 도착하여 천목장군(天目將軍) 팽기가 삼첨양인도를 휘두르며 말을 달려 진두로 나왔다.

화영과 팽기가 싸우기를 20여 합.

팽기가 맥이 빠지는 듯하자, 다시 호연작이 달려들어 화영과 대결하기 2,3합. 이편에서는 네 번째로 호삼랑이 나타났다. 팽기와 호삼랑의 싸움도 쉽사리 승부가 나지 않았다. 20여 합을 싸우다가 호삼랑은 말 머리를 돌려서 뺑소니를 쳤다. 팽기가 공로를 세우고 싶은 욕심에 호삼랑의 뒤를 추격했다. 호삼랑은 두 자루의 칼을 안장에 꽂아 넣고 포(袍) 밑으로부터 24개의 쇠갈퀴가 달린 올가미줄을 꺼내어, 팽기의 말이 가까이 오기를 기다려 몸을 꿈틀하고 그 줄을 하늘 높이 던졌다. 팽기는 호삼랑의 올가미줄을 쓰고 결국 말 위에서 떨어졌다. 옆에 있던 손립이 병사에게 명령하여 팽기를 사로잡고 말았다.

호연작이 이 광경을 보자 격분을 참지 못하고 달려드는 것을 호삼랑이 말을 달려 가로막았다. 호연작은 그 유명한 쌍편을 휘둘러 단숨에 호삼랑을 집어삼킬 듯이 기세를 올렸으나 호삼랑의 쌍도가 멋들어지게 채찍을 막아냈다. 도편이 맞닥뜨려 새파란 불똥이 튈 뿐, 승부가 나지 않았다. 호삼랑이 말 머리를 돌려 진지로 돌아오려고 했을 때 호연작이 그대로 호삼랑의 뒤를 추격했다. 손립이 나서서 그것을 가로막았다.

이때 손립의 뒤로는 송강이 열 명의 호걸을 거느리고 도착하여 진을 치고 있었다. 호삼랑은 인마(人馬)를 거느리고 언덕 위로 철수했다. 송강은 팽기를 산 채로 잡은 것을 보고 크게 기뻐하며 진두에 나서서 손립과 호연작의 대결을 바라다보고 있었다.

손립은 창을 집어 넣고 강편을 써서 호연작과 대결했다. 쌍방이 서로 채찍을 써가며 싸우는 품이 분간할 수 없을 만큼 똑같았다.

손립은 죽절호안편(竹節虎眼鞭), 호연작은 수마팔릉강편(水磨八稜鋼鞭).

채찍과 채찍이 춤을 추듯 허공에서 빙글빙글 돌아가며 서로 맞부딪기 30여 합. 그래도 좀처럼 승부가 나지 않았다.

그 광경을 보고 있던 송강은 그저 감탄하여 마지않을

뿐이었다.

　관군의 진지에서는 팽기가 붙잡혔다는 것을 알고 한도가 곧 후진으로 가서 전군을 집결시켜 가지고 집중공격을 개시했다.

　송강이 채찍을 휘둘러 신호를 보내니 열 명의 두령들이 각각 부하를 거느리고 쳐들어갔으며, 후군의 4대는 양면으로 협공을 개시했다.

　호연작은 그것을 보자 경각을 지체치 않고 본대의 인마를 철수시켜서 쌍방이 노려보고 있는 형편이 되었다.

　송강이 어째서 승리를 거두지 못했느냐 하면, 그것은 호연작의 군사가 모두 연환마군(連環馬軍)이었기 때문이었다.

　즉, 관군은 한결같이 갑옷을 입었을 뿐만 아니라 말까지 마갑(馬甲)을 입히어 네 발만 땅 위에 드러나 있을 뿐이었고 사람도 두 눈만 빠끔히 뚫려 있을 뿐이었다.

　송강의 군대에도 갑옷을 입힌 말은 있었지만 그것은 붉은 면구(面具)와 쇠방울과 꿩털로 만든 꼬리를 달고 있을 뿐이었다.

　이편에서 활을 쏴도 저편에서는 갑옷으로 쉽사리 막아냈다. 그리고 저편의 3천 기병은 저마다 활을 가지고 쏴대어 좀처럼 접근할 수가 없었다.

　송강은 급히 금고(金鼓)를 울려서 군사를 철수시켰다. 호연작 편에서도 20리쯤 후퇴해 가지고 다시 진을 쳤다. 송강은 산 서쪽에 다시 진을 치고 인마를 쉬게 했다. 그리고 옆에 있는 호위병에게 명령하여 팽기를 끌어내리고 했다. 송강은 병사를 뒤로 물리고 천천히 팽기의 결박을 풀어 주었고, 손을 잡아 장중(帳中)으로 안내하여 빈객의 자리에 앉게 한 다음 정중하게 절을 했다. 팽기가 당황하여 답례를 하면서 말했다.

"평소부터 장군께서 의리를 존중하시고 어진 일을 하신다는 것은 잘 알고 있었습니다만 이다지도 의기(義氣)가 있으신 분인 줄은 몰랐습니다. 변변치 못한 목숨이나마 살려 주신다면 일신을 던져서 보답할까 합니다."

송강은 당일로 팽기를 대채(大寨)로 올려보내 조개를 만나보게 하고 그곳에 함께 머물러 있도록 했다.

한편 호연작은 한도와 상의한 결과 전군의 기병을 총동원하여 맹공을 가하기로 결정했다. 즉, 3천의 기병을 한 줄에 늘어 세우고 30기(騎)씩 철환(鐵環)으로 연결시켜서, 적군을 만나게 됐을 때 일제히 먼 곳에서는 활을 쏘고 가까운 곳에서는 창으로 찌르도록 작전을 세우고 이튿날 새벽에 진격을 개시하기로 했다.

송강은 이튿날 인마를 5대에 나누어 가지고 전면으로 내세우고, 후군은 열 명의 호걸들에게 맡기고 복병도 좌우 양편으로 깔았다.

진명이 선진(先陣)을 맡아 가지고 호연작에게 도전하며 말을 달려 진두에 나갔다. 그런데 적군은 고함을 지를 뿐 나와서 싸우려고 하지 않았다.

선두의 5대는 한일(一)자로 죽 늘어서고 맨 가운데는 진명, 좌익에는 임충과 호삼랑, 우익에는 화영과 손립, 뒤에는 송강이 호걸 열 명을 거느리고 버티고 서 있는데도 적진에서는 1천여 명의 보병이 군고(軍鼓)를 울리고 고함을 지를 뿐 달려나와서 싸우려고 하지 않았다.

송강은 이상하다 생각하고 말을 달려 화영의 대오로 달려가서 적정(敵情)을 살피려고 했다. 이때 돌연 적진에서 호포 소리가 연발하더니 1천 보병이 좌우 양편으로 갈라지면서 3대의 연환마군(連環馬軍)이 돌진해 왔다.

송강은 그것을 보자 대경실색하여 전군에게 화살을 쏘라고 명령했지만 도저히 당해낼 도리가 없었다. 30기(騎)가 한데 뭉쳐서 달려드는 데는 막아낼 수가 없었다.

연환마군은 산을 덮고 들에 깔려서 종횡무진으로 진격해 왔다. 앞장서 있는 5대의 인마는 그것을 보자 벌써 혼란을 일으키고 어쩔 줄 모르며 우왕좌왕하고, 후방의 본대(本隊) 인마도 이것을 막아내지 못하고 도주해 버렸다.

송강도 말을 달려 달아났으며, 열 명의 호걸들이 송강을 호위하고 뒤를 따랐다.

그 뒤로는 1대의 연환마군이 추격해 왔는데, 마침 복병으로 있던 이규와 양림이 부하를 거느리고 갈대숲 속으로부터 뛰쳐나와 송강을 간신히 구출해서 강가까지 도주하게 했다. 거기서는 이준·장순·장횡·원씨 삼형제가 전선(戰船)을 가지고 대기하고 있었다.

송강은 급히 배에 올라 즉시 명령을 내려 두령들을 배에 태우도록 했다. 연환마군은 강가에까지 쫓아와서 활을 쏴댔지만 배에는 둔(楯)이 있어서 그다지 피해를 입지는 않았다. 압취탄에 건너가 점검을 해보니 병사의 절반이 상실되었다.

여러 두령들이 무사했다는 것이 다행할 뿐이었다.

한참을 있으려니 석용·시천·손신·고대수가 함께 산

으로 도주해 왔다. 그들은 입을 모았다.

"적의 보군(步軍)이 쳐들어와서 점옥(店屋)을 깡그리 두들겨 부쉈습니다. 우리들은 만약에 호선(號船)이 마중을 나오지 않았다면 모조리 붙잡힐 뻔했습니다."

두령들을 살펴보니 임충·뇌횡·이규·석수·손신·황신 여섯 사람이나 화살에 맞고 부상당한 부하들은 부지기수였다. 조개가 보고를 받고 오학구·공손승과 산 아래로 내려가 보니 송강은 우울하고 침통한 표정이었다.

오학구가 위로의 말을 했다.

"형님, 그다지 초조해하실 것은 없소. 승패는 병가(兵家)의 상사라 했으니 심려하실 것이 없소. 좋은 계책을 생각해서 연환마군을 격파하도록 하십시다!"

조개는 송강보고 산채로 올라가 쉬도록 하라고 했으나 송강은 막무가내, 부상당한 두령들만 올려보내고 자기는 압취탄 수채(水寨)로 돌아왔다.

한편, 호연작은 승리를 거두고 진지로 돌아와서 연환마를 풀어 놓고 전과를 보고케 했다. 살상자는 부지기수요, 포로가 5백여 명, 탈취한 군마(軍馬)가 3백여 필이나 되었다.

전수부에서 첩보에 접한 고태위는 크게 기뻐하며, 이튿날 아침 조견의 자리에서 출반하여 천자께 계주(啓奏)했다. 황제도 만족한 미소를 띠고 어주(御酒) 열 병과 금포(錦袍) 한 벌을 하사했다. 그리고 공리를 파견하여 동전 10만 관을 진지로 보내 군사들을 위로해 주라고 명령했다.

진지에 나온 칙사가 호연작에게 물었다.

"팽단련(彭團練—팽기)은 어떻게 돼서 놈들에게 붙잡혔습니까?"

호연작이 대답했다.

"송강을 붙잡고 싶은 일념에 적진에 너무 깊이 들어갔던 탓입니다. 이제부터 적군(賊軍)은 이 이상 쳐들어오지는 못할 터이니까 군사를 다방면으로 배치해서 양산박을 뿌리뽑고 도둑의 소굴을 소탕해 버리겠습니다만, 단지 한 가지 난관은 적군의 사면이 강물로 둘러싸여 있기 때문에 접근할 만한 육로가 없다는 점입니다. 화포로 공격을 가하는 이외에는 도둑의 소굴을 소탕할 만한 방법은 없다고 생각됩니다. 평소에 듣자니 동경에 능진(凌振)이라는 포수가 있는데 굉천뢰(轟天雷)라는 별명을 들을 만큼 화포를 쏘는 데 명수로서 14,5리까지 포석(砲石)을 날려서 천지를 흔들고 산을 허물어뜨리고 돌을 부숴 버린다고 합니다. 만약에 이 사람을 손에 넣을 수 있다면 도둑의 소굴을 완전히 격파할 수 있을 것입니다. 이 사람은 무예에도 정통해서 궁마(弓馬)에도 뛰어난 재간이 있다 하니, 경사로 돌아가시어 태위님께 이런 말씀을 여쭙고 시급히 이 사람을 보내 주시기 바랍니다. 그렇게만 되면 기한부로 적군을 완전히 소탕하겠습니다."

칙사는 경사로 올라가자마자 호연작의 의사를 고태위에게 전달했다. 고태위는 즉각에 명령을 내려서 갑장고의 부사(副師)로 있는 포수 능진을 불러오게 했다.

이 능진은 연릉(燕陵) 인씨로서 송조(宋朝) 성대(盛大)의 포수 중의 제일인자였다.

능진은 고태위에게서 행군통령관(行軍統領官)이라는 사

령을 받고 즉각에 무기를 정비해 가지고 출발하라는 명령을 받았다.

능진은 필요한 일체의 화약을 마련한 뒤 자기가 친히 만든 화포며 가지가지 포석(砲石)·포가(砲架)를 수레에 싣고, 갑옷·투구·칼·짐짝까지 가지고 3,40명의 무사를 대동하고 동경을 출발하여 양산박으로 향했다.

진지에 도착하자 우선 주장(主將) 호연작에게 인사를 드리고 선봉 한도를 만나본 다음, 수채까지의 거리며 요새지대의 정세를 두루두루 살펴가지고 세 가지의 포석으로 공격을 가하기로 작정했다.

세 가지의 포석이란 풍화포(風火砲)·금륜포(金輪砲)·자모포(子母砲)란 것으로서, 능진은 즉각 병사들을 시켜서 포가(砲架)를 구축케 한 뒤 강기슭에 자리잡고 발포할 준비를 갖추었다.

한편 송강은 압취탄 소채에서 군사 오학구와 파진법(破陣法)을 상의하고 있었는데 아무런 대책이 서지 않았다. 이때 첩자가 보고해 왔다.

"동경으로부터 굉천뢰 능진이라는 명포수가 파견되어서 현재 저편 강기슭에 포가를 구축하고 화포를 쏘아서 산채를 격파할 준비를 하고 있습니다."

오학구가 말했다.

"그것은 상관없소. 우리 산채는 사방이 강물로 막혀 있고 완자성은 강에서도 거리가 상당히 멀리 떨어져 있으니, 설사 하늘을 나는 화포가 있다손 치더라도 성까지는 오지 못할 것이오. 우선 압취탄 소채는 철수시키고 놈들이 어떻게 포를 쏘는지 그것을 보아 가면서 대책을 강구하기로 합시다!”

송강은 그날로 소채를 포기하고 여러 호걸들을 거느리고 관문으로 올라갔다. 조개와 공손승이 송강을 취의청에 맞이하고 물어 봤다.

“이렇게 나간다면 무슨 방법으로 적군을 격파하겠소?”

그 말이 채 끝나기도 전에 벌서 산기슭에서는 포성이 들려왔다. 계속해서 세 방을 쏴대는데 두 방은 물속에 떨어졌고 한 방은 소채에 명중했다.

송강은 이런 보고를 받자 근심걱정에 사로잡혔고, 여러 호걸들도 대경실색했다. 오학구가 말한다.

“누구든지 나가서 능진을 강가로 유인해내어 붙잡아 버리지 않으면 적을 격파할 계책이 서지 않겠소!”

조개가 명령을 내렸다.

“그러면 이준·장횡·장순·원가 삼형제 여섯 사람이 배를 내놓고 여차여차하게 일을 하고, 육지에서는 주동과 뇌횡이 여차여차하게 해서 거들도록 하시오.”

수군의 두령 여섯 사람은 명령을 받자 우선 두 갈래로 갈라져서 이준과 장횡이 물에 정통한 병사 4,50명을 거느리고 두 척의 쾌선으로 갈대숲 깊숙한 곳으로 저어 나갔고, 그 뒤를 장순과 원씨 삼형제가 원호하여 나갔다.

이준과 장횡은 건너편 강기슭으로 올라가자 포가로 달려 들어가서 별안간 고함을 지르며 포가를 쓰러뜨려 버렸다.

병사들이 당황하여 능진에게 보고하니, 능진은 2문의 풍화포를 끌어내고 창을 들고 부하 1천여 명을 거느리고 추격했다. 이준과 장횡은 병사를 거느리고 도주했다.

능진은 갈대숲이 우거진 곳까지 추격해 왔는데, 거기에는 40여 척의 작은 배가 한일자로 늘어서 있고 배 안에는 백여 명의 수군이 타고 있었다. 이준과 장횡은 이미 배를 타고 있었지만 일부러 떠나가지 않고 관군이 달려들자 고함을 지르며 물속으로 뛰어 들어가고 말았다.

능진의 군사들이 쫓아와서 배를 빼앗았다. 이때 주동과 뇌횡이 저편 기슭에서 북을 치며 고함을 질렀다. 능진은 수많은 배를 탈취하자 병사들을 모조리 배에 태워 가지고 일제히 저편 기슭을 향해서 추격해 갔다.

배가 강물 한복판까지 나갔을 때 저편 기슭에서 주동과 뇌횡이 징을 요란하게 두들겼다. 그러자 난데없이 강물 속에서 4,50명의 수군이 물 위로 쑤시고 나오더니 배꼬리의 쐐기를 모조리 뽑아 버렸다.

물이 뱃속으로 흘러 들어가는 틈을 타서 수군이 배를 뒤집어 엎어 버리니 관군의 병사들은 모두 물속에 빠져 버리는 도리밖에 없었다.

능진이 당황해서 뱃머리를 돌리려고 했으나 배꼬리에는 저을 만한 노라고는 하나도 없었다. 이때 배 이편 저편에서 두 사람의 두령이 불쑥 떠오르더니 배를 뒤집어 엎어 버렸다. 능진도 물속에 빠지는 수밖에 없었다. 물속에 있던 원소이가 능진을 덥석 부둥켜 안고 저편 기슭으로 끌고 가버렸다. 기슭에서는 여러 두령들이 대기하고 있다가 능진을 결박해 가지고 그대로 산으로 끌고 갔다. 물속에서 산 채로 잡힌 관군의 병사는 2백여 명, 절반이 물에 빠져 죽어 버렸고 간신히 목숨을 건져서 도주한 자는 극히 소수었다.

호연작이 이 소식을 듣고 황급히 기병을 거느리고 강기
슭으로 달려왔을 때는, 배는 이미 압취탄으로 달아나 버려
서 활을 쏠 수도 없고 사람의 그림자도 찾을 길이 없었다.

한편, 여러 두령들은 굉천뢰 능진을 잡아 가지고 산 채
로 호송해 갔다.

먼저 연락을 받은 송강은 두령 모두를 거느리고 둘째
관문까지 나와서 영접했다. 급히 결박을 풀어 주며,

"나는 예의를 갖추어서 통령님을 산으로 모시라고 했는
데 어찌 이다지도 무례한 짓을 했을꼬?"

하면서 부하들을 꾸짖었다.

능진이 목숨이 붙어 난 은혜에 감사한다고 했더니, 송
강은 잔을 들어 술을 권하고 나서 친히 그의 손을 잡고 산
위로 올라갔다. 대채에 도착하니 팽기가 이미 두령이 되어
있었다. 능진은 입을 봉하고 말을 못했다. 팽기가 그를 달
래었다.

"조·송두령님은 하늘을 대신하여 도(道)를 행하고, 호
걸들을 모아 놓았다가 조정에서 대사(大赦)의 특전이 내
릴 때 나라를 위하여 진력하시겠다 하오. 우리는 이미 이
렇게 된 이상 대세에 순응하는 도리밖에 없지 않소!"

능진이 대답했다.

"소인은 여기서 두령을 모셔도 좋지만 연만하신 어머님
과 아내가 경사에 있어서 반드시 주륙을 당할 것이니 어
찌하면 좋겠습니까?"

송강이 웃었다.

"그것은 걱정 마시오. 기한을 작정하고 반드시 통령님

곁으로 모셔 오겠소.”

“두령님께서 이처럼 잘 돌봐 주신다면 죽어서도 눈을 감겠습니다.”

이튿날 취의청에는 두령들이 전부 모여서 술을 마시면서 연환마군을 격파할 대책을 강구했지만 아무런 계책이 서지 않았다. 이때 금전표자 탕륭이 벌떡 일어서며 말했다.

“소인에게 한 가지 계책이 있습니다. 이러한 무기를 가지고 나의 종형을 데리고 싸운다면 연환마군을 격파할 수 있다고 생각합니다.”

“그건 무슨 무기요? 또 그대의 종형이란 누구요?”

송강이 묻자, 탕륭은 공손히 두 손을 맞잡고 설명했다.

탕륭은 대체 어떠한 무기와 누구를 말하는 것이었을까?

56 사람을 잡아 가는 묘기(妙技)

吳 用 使 時 遷 偸 甲
湯 隆 賺 徐 寧 上 山

탕륭(湯隆)이 여러 두령들에게 아뢰었다.

"소생의 조상은 대대로 군기(軍器)를 만들어서 생계를 세웠소. 선부(先父)께서는 이 재간 때문에 노종경략상공(老種經略相公)의 눈에 들어서 연안부 지채(知寨)를 지냈소. 우리 조상의 대에도 연환갑마(連環甲馬)를 이겨낸 일이 있었는데, 이것을 격파하려면 구겸창(鉤鎌鎗)을 쓰는 도리밖에 없소. 조상 때부터 전해 내려오는 화양(畵樣)도 있으며 만들려면 만들 수도 있소. 그런데 소생은 그것을 만들 수는 있지만 쓸 줄은 모르오. 이 창을 쓸 줄 아는 사람은 나의 사촌형 한 사람이 있을 뿐이오. 그의 집에서는 사용법이 대대로 전해 내려왔지만 남에게는 절대로 가르쳐 주지 않았소. 아주 신출귀몰한 사용법이 있소."

임충이 대뜸 물었다.

"그 사촌형이란 사람이 바로 금창반(金鎗班)에서 교사 노릇을 하고 있던 서녕(徐寧)이란 사람이 아니오?"

"맞았소! 바로 그 사람이오."

"어떻게 그 사람을 산으로 데려올 수 있겠소?"

탕륭이 설명했다. 서녕의 집안에는 조상 때부터 전해 내려오는 세상에 둘도 없는 안령체취권금갑(鴈翎砌就圈金

甲)이라는 갑옷이 있는데, 이 갑옷을 입으면 가볍고 편안하고 칼도 화살도 뚫고 들어가지 못하여 허다한 귀공자들이 한 번 보기를 원했지만 좀처럼 남에게 뵈지 않는데, 서녕은 그것을 생명처럼 소중히 여겨서 가죽상자에 넣어 침실 대들보에 달아 매두었으니, 그것만 훔쳐내면 그는 무슨 일이 있어도 이곳으로 달려올 것이라고 했다. 오용이 말했다.

"그렇다면 뭣이 어려울 게 있겠소? 여기엔 솜씨 좋은 형제들이 많으니까. 이번에는 시천(時遷)한테 한 번 갔다 오게 해야겠소."

시천이 선뜻 받았다.

"그런 물건이 있기만 한다면야 무슨 일이 있더라도 빼앗아 오리다."

탕륭이 또 말하기를,

"갑옷을 훔쳐내기만 하면 내 장담하고 그를 산 위에까지 유인해 오겠소."

송강이 일렀다.

"어떻게 해서 그를 산 위에까지 유인해 올 수 있다는 거요?"

탕륭이 송강의 귓전에다 대고 무슨 말인가를 속삭이자 송강이 활짝 웃었다.

"그 계책이 아주 묘하군!"

"또 다른 세 사람이 함께 동경까지 수고해 줘야겠소. 한 사람은 동경으로 가서 연화약료(烟火藥料)와 포(砲) 속에 들어가는 약재를 사들이고, 또 나머지 두 사람은 능통령(凌統領)의 가족을 모셔 와야겠소."

오학구가 이렇게 말하자 그 말을 듣고 있던 팽기가 선뜻 일어서며 말했다.

"어떤 분이든지 영주에 가셔서 나의 가족까지 산 위로 데려다 주시면 참으로 고맙겠소."

송강이 말했다.

"단련께서는 안심하시오. 팽기, 능진 두 분이 다 편지를 써주시면 사람을 시켜서 가지고 가도록 하겠소."

양림을 불리서 편지를 가지고 영주에 가서 팽기장군의 가족을 모셔오도록 하고, 설영을 시켜서는 약장수로 변장하고 동경으로 가서 능통령의 가족을 모셔오라고 시켰다. 또한, 이운에게는 장돌뱅이 행세를 하고 역시 동경으로 가서 연화약료를 사가지고 오도록 했다.

또 낙화를 탕륭과 동행케 해서 설영과 서로 연락을 하며 길동무가 되도록 했다. 그런 다음 우선 시천을 산 아래로 내려보냈으며 탕륭을 시켜서 구겸창(鉤鎌鎗) 한 자루를 견본으로 만들게 하고 뇌횡을 시켜서 그것을 돌봐 주고 감독하도록 했다.

대채(大寨)에서는 성대한 송별연을 베풀어 주었고, 양림·설영·이운·낙화·탕륭은 각각 작별의 인사를 하고 길을 떠나갔다.

시천은 양산박을 뒤로 하고 동경에 도착하자 여인숙에서 하룻밤을 푹 쉰 다음 이튿날 성 안으로 들어갔다. 저녁밥을 먹고 나서 금창반에 있는 서녕의 집을 찾아가서 주변의 동정을 살피면서 반문(班門) 안으로 몸을 숨겼다.

달도 없는 겨울날 추운 밤이었다. 서녕이 궁중으로부터

돌아왔다. 시천은 초루(譙樓)의 금고(禁鼓)가 초경을 치는 소리를 듣자 서녕의 집 뒷문으로 살짝 다가 들어가서 쉽사리 담을 넘어 들어섰다. 다시 박풍판자 위로 기어 올라가서 이층방의 동정을 살피었다.

과연 금창수 서녕이 그의 아내와 화롯가에 마주 앉아서 불을 쬐고 있었으며 품속에는 6,7세쯤 되어 보이는 어린 아이를 안고 있었다. 침실 안에는 과연 큼직한 가죽상자 하나가 대들보에 매달려 있고, 방문가에는 활과 화살이 한 벌, 한 자루의 요도가 걸려 있으며, 옷걸이에는 가지가지 의복들이 걸려 있었다.

서녕의 아내가 두 하녀에게 분부하는 소리가 들렸다.

"관인께서는 내일 아침 오경에 일어나셔서 반(班)에 나가셔야 한다니, 너희들은 사경에 일어나서 물도 데우고 잡수실 것도 마련해라."

시천은 밤중에 일을 해치우면 가장 편하겠으나 밝은 날 새벽에 성문을 나설 것이 걱정스러워 오경이 될 때까지 숨어서 기다리기로 했다.

밤이 깊어서 서녕 부부도 어린것도 모두 잠이 들었다. 두 하녀도 하루 일에 시달려서 방문 밖에 이부자리를 펴고 곯아떨어져 버렸다.

방안 책상 위에는 등잔불이 켜져 있었다. 시천은 살금살금 내려가서 품속에서 노관(蘆管)을 꺼내 창문 틈으로 들이밀어 등잔불을 훅 불어 꺼버리고 어둠 속에 숨어서 밤을 밝혔다.

새벽녘이 되어서 서녕이 집을 나서자 두 하녀도 등불을 켜들고 주인을 전송하러 문밖으로 나갔다. 시천은 이 틈을 타서 대들보 위로 살살 기어 올라가서 몸을 숨겼다.

두 하녀는 주인을 전송하고 되돌아와서 대문을 닫고 불을 끈 다음 이층으로 올라가서 또 잠이 들어 버렸다. 시천은 두 하녀가 잠이 든 것을 보자 대들보 위에서 노관을 불어서 등잔불을 꺼버리고 가죽상자를 살며시 풀어 가지고 내려오려고 했다. 그런데 이때 서녕의 아내가 잠이 깨어서 바스락거리는 소리를 듣고 하녀를 불렀다.

"대들보 위에서 무슨 소리가 난다!"

"마님, 쥐가 그러는 거예요. 싸움질이라도 하는 모양이죠."

시천은 얼른 쥐들이 싸움을 하는 소리를 내면서 살금살금 기어 내려와 가죽상자를 등에 짊어지고 층층대를 내려왔다. 그리고 반문으로 빠져나와 사람들 틈에 섞여서 단숨에 성 밖으로 뺑소니쳤다. 다시 여인숙으로 돌아가서 짐을 꾸려 가지고 동쪽으로 줄달음질을 쳤다.

40리쯤 달아나서 밥집을 찾아들어 시장기를 면하고 있을 때 어떤 장정 한 사람이 불쑥 뛰어들었다. 바로 신행태보 대종이었다. 시천이 그 물건을 수중에 넣고 있는 것을 보자 대뜸 좋아했다.

"나는 갑옷을 가지고 먼저 산채로 달려갈 터이니 그대는 탕륭과 함께 천천히 뒤따라 오시오."

시천은 가죽상자를 열고 그 안령쇄자갑옷을 꺼내 보자기에 쌌다. 대종은 그것을 몸에 소중히 간직하고 여인숙을 나와 신행법을 써서 먼저 양산박으로 달려갔다.

시천은 속이 텅 빈 가죽상자를 눈에 잘 띄도록 짐짝 위에 묶어서 짊어지고 여인숙을 나왔다. 20리쯤 가다가 탕

룡을 만났다. 둘이서 술집으로 들어가 상의했다. 탕룡이
말했다.

"내 말대로 해주시오. 이 길을 가다가 도중에 있는 술집
이나 밥집이나 여인숙 대문 위에 흰 분으로 동그라미를
그려 놓았거든, 거기 들어가서 음식을 먹도록 하고 여인숙
이면 하루 묵어서 가도록 하시오. 그리고 일부러 그 가죽
상자를 사람들 눈에 잘 띄는 곳에 두시오. 그렇게 해서 여
기서부터 일정(一程) 밖에까지 먼저 가서 나를 기다려 주
시오."

한편 서녕의 집에서는, 날이 밝자 이층으로 올라가 본
두 하녀는 가죽상자가 없어진 것을 알고 대경실색했다.

서녕의 부인에게 이 놀라운 사실을 알렸더니 부인도 당
황하여 어쩔 줄 모르며 남편이 가 있는 용부궁(龍府宮)으
로 네댓 차례나 사람을 보냈다. 서녕은 저녁때가 돼서야
일을 마치고 금창을 손에 들고 집으로 돌아왔다.

가죽상자가 없어졌다는 말을 듣자 서녕의 놀라는 품은
이루 형언할 수 없었다.

"다른 물건을 도둑맞는 것은 대단치 않겠지만 이 안령갑
옷은 조종(祖宗) 때부터 4대나 전해 내려온 보물로 여태
까지 잘 간직해 왔고, 일찍이 돈을 3만 관이나 줄 테니 팔
라는 사람이 있었지만 나는 한사코 팔지 않았는데, 이제
와서 이런 사실을 남들이 안다면 웃음거리밖에 될 일이
없다. 이 일을 어찌하면 좋단 말이냐!"

서녕은 하룻밤을 뜬눈으로 밝히고 곰곰 생각했다.

"대체 어떤 놈의 짓일까? 그 갑옷에 대한 내력을 잘 아
는 놈의 소행일 것이다."

아내도 이궁리 저궁리 하다가 말했다.

"어젯밤 등잔불이 꺼졌을 때 도둑놈은 이미 집안에 숨어 있었을 거예요. 그 갑옷을 수중에 넣고 싶은 사람이 있어서, 돈으로는 살 수 없으니까 도둑놈을 매수해서 훔쳐내게 한 게 틀림없어요. 어쨌든 사람을 내세워서 아무도 모르게 도둑놈을 잡아낼 방법을 세워야지, 떠들썩하게 소문을 퍼뜨리는 건 도리어 좋지 않을 거예요!"

서녕은 아내의 말이 옳다고 생각했다. 날이 밝아서도 어떻게 손을 써야 좋을지 몰라 집 안에 틀어박힌 채 답답한 시간을 보내고 있었다.

아침밥을 먹을 때쯤 해서 누군지 문을 두드렸다. 그날 당번인 부하가 나갔다 오더니, 연안부 탕지채(湯知寨)의 아들인 탕륭이 찾아왔다고 알렸다.

서녕은 대청으로 모셔 들이라고 분부했다. 탕륭은 서녕을 보자 대뜸,

"형님, 그 동안 별고 없으셨습니까?"

하고 절을 했다.

"아저씨께서 돌아가셨단 소식을 듣고도 관가에 매여 있는 몸이라 조문도 가지 못했네. 한동안 자네 소식을 알 길이 없어서 걱정했더니 그 동안 어디 가 있었나? 오늘은 어디서 이렇게 갑자기 나타났나?"

"아버지께서 세상을 떠나신 후에는 운수가 불길해서 이리저리 떠돌아다니다가 이번에는 산동에서 형님을 찾아뵈려고 왔습니다."

"그럼, 편히 쉬어서 가게."

서녕은 술상을 차려내고 탕륭을 대접했다. 탕륭은 보따

리 속에서 산조금(蒜條金) 두 덩어리를 꺼내 서녕에게 주었다.

"선부(先父)께서 임종하시던 날, 이것을 형님에게 기념으로 전해 달라고 하셨습니다. 안심하고 심부름시킬 만한 사람이 없어서 이제야 친히 전해 드리려고 온 길입니다."

"아저씨께서 그처럼 나를 생각해 주셨다니, 나는 어떻게 보답을 해야 좋을지 모르겠네!"

서녕은 탕륭에게 정중하게 절을 하고 그 금붙이를 받았다. 계속해서 술대접을 하고 있으면서도 서녕은 줄곧 이맛살을 잔뜩 찌푸리고 근심스런 얼굴을 하고 있었다. 탕륭이 자리에서 일어서면서 물어 봤다.

"형님은 어째서 그렇게 신색이 편안치 않으십니까? 무슨 근심걱정이라도 생기셨나요?"

서녕은 그제야 조상대대로 전해 내려오던 안령갑옷을 도둑맞은 자초지종과, 그것을 붉은빛 양피상자에 넣어 두었는데 상자에 든 채로 잃어버렸다는 사실을 상세히 알려 주었다.

탕륭은 깜짝 놀라는 체하면서 물었다.

"붉은 빛깔 양피상자라구요? 그러면 상자 위에 흰 실로 녹운두(綠雲頭) 여의(如意)를 수놓았고 가운데로 사자가 수공(繡毬)을 굴리고 있는 그림이 그려져 있는 게 아닙니까?"

"자네는 그것을 어디서 봤단 말인가?"

탕륭이 선뜻 대답했다.

"저는 어젯밤 성에서 40리쯤 떨어진 어느 마을 술집에서 술을 마시고 있었습니다. 그때 눈매가 사납게 생겼고

살결이 시커먼 장정녀석 하나가 짐짝 위에 가죽상자 하나
를 묶어서 짊어지고 들어왔습니다. 그 가죽상자 속에 뭣이
들었나 하고 저는 이상하게 생각했습니다. 그자가 나갈 때
제가 그 상자 속에는 뭣이 들었느냐고 물었더니 그자의
말이, 본래는 갑옷을 넣어 두는 것인데 지금은 허접쓰레기
옷들을 담아 두었다고 했습니다. 반드시 그놈일 겁니다.
그놈은 다리를 절뚝절뚝 절면서 상자를 비실비실 짊어지
고 걸어갔습니다. 그놈을 쫓아가 보시는 게 어떻겠습니
까?”

　서녕은 너무나 반가운 말에 대뜸 짚신을 신고 요도를
차고 박도를 들고 탕륭과 함께 동곽문(東廓門)을 나서서
빠른 걸음으로 그놈의 뒤를 쫓았다. 얼마 가지 않아서 흰
분으로 동그라미를 그린 술집을 발견하자 탕륭은 서녕을
보고 그 집에 들어가서 한잔 마시고 가자고 했다. 탕륭은
술집주인한테 물어 봤다.

　“눈매가 사납게 생기고 살결이 시커먼 장정 하나가 붉은
빛 양피상자를 떠메고 이곳을 지나가는 것을 보시지 못했
소?”

　“어젯밤에 그런 사람이 붉은빛 양피상자를 짊어지고 여
기를 지나갔습니다. 다리를 다친 모양인지 절뚝절뚝하고
걸어갔습니다.”

　“형님, 어떻습니까? 잘 들으셨죠?”

　서녕은 기뻐서 어쩔 줄 모르며 그 술집을 나왔다. 이번
에는 벽에 흰 분으로 동그라미를 그린 여인숙이 나타났다.
탕륭이 그 여인숙 문전에 서서 말했다.

　“형님, 저는 다리가 아파서 더 걷지 못하겠습니다. 이

여인숙에서 하룻밤 쉬고 내일 아침 일찌감치 쫓아가기로
합시다."
  그날 밤에 여인숙에서 젊은 심부름꾼 녀석에게 물었다.
역시 똑같은 대답이며, 그런 자가 가죽상자를 짊어지고 다
리를 절뚝거리며 산 동쪽길을 걸어갔다는 것이었다.
  탕륭이 또 말했다.
  "이제는 그놈을 붙잡은 것이나 다름없습니다. 내일 사경
때쯤 일어나서 쫓아가면 꼭 붙잡게 될 것이며, 그놈을 붙
잡기만 하면 안령갑옷의 행방을 알 수 있을 것입니다."

  이튿날 사경 때 두 사람은 또다시 길을 걷기 시작했다.
하루 진종일 길을 걸어서 해가 질 무렵에 한 군데 낡은 묘
앞에 당도했다. 시천이 그 앞 나무 아래 짐짝을 내려놓고
앉아 있었다. 탕륭이 그것을 보자,
  "저 나무 아래 있는 것이 바로 형님의 갑옷이 들어 있는
상자가 아닐까요?"
하고 소리쳤다. 서녕은 비호같이 달려들어 시천을 움켜잡
고 호통을 쳤다.
  "이 뻔뻔스런 놈아! 어찌 감히 나의 갑옷을 훔쳐 가는
거냐?"
  시천이 대답한다.
  "그렇게 떠들지 마시오! 갑옷은 분명히 내가 훔쳤는데
그래 어쩌겠다는 거요? 우선 이 상자 속에 갑옷이 들어
있는지 없는지 한번 보고 나서 다시 이야기합시다!"
  탕륭이 가죽상자를 열어 보니 그 속은 텅 비고 아무것
도 없었다. 시천이 배짱 좋게 너불거렸다.

"나는 장(張)씨집 맏아들로 태안주(泰安州) 태생이오. 우리 고을 어떤 부자 한 사람이 당신 집에 안령갑옷이 있다는 것을 알고, 돈을 주어도 살 수 없다면서 나하고 또 한 사람 이삼(李三)이란 친구에게 갑옷을 훔쳐내면 돈을 1만 관 주겠다고 약속했소. 그런데 나는 운수가 사나워서 당신 집 기둥뿌리에 발을 채여서 걸음을 잘 걷지 못하게 됐소. 갑옷은 이삼이 먼저 가지고 갔기 때문에 이 가죽상자 속에는 아무것도 없는 것이오. 당신네들이 나를 관가에 고소하지만 않는다면 함께 가서 갑옷을 놀려드리도록 하겠소."

탕륭은 장가란 놈이 다리를 절뚝거리니 달아나지 못할 것이라고 서녕을 꾀어 가지고 세 사람이 다시 길을 떠났다. 알고 보면 시천은 일부러 비단 헝겊으로 발을 싸매고 다친 체한 것이지만, 서녕은 시천이 잘 걷지 못하는 것을 보고 어느 정도 안심했던 것이다.

여인숙에서 하룻밤을 자고 그 이튿날도 여전히 길을 걸어갔다. 서녕은 불안하고 초조하지 않을 수 없었다. 이때 마침 한 대의 마차가 앞으로 다가들었는데 그 위에 타고 있는 장사치 같은 사람이 탕륭을 보고 아는 체를 했다. 탕륭이 서녕에게 소개하는 말을 들어 보면, 그 장사치는 태안주 사람으로 이영(李榮)이라는 것이다. 탕륭은 장가란 놈이 걸음이 더딘 것을 핑계로 세 사람을 마차에 태워 주고 같이 가자고 했으며, 이영이란 사람도 쾌히 승낙했다. 서녕이 마차 위에서 불쑥 물었다.

"장일(張一)아! 아까 말하던 그 부자라는 것은 누구냐?"
"태안주에 사는 곽대관인(郭大官人)이란 사람입니다."

서녕이 다시 이영에게 태안주에 곽대관인이란 사람이 살고 있느냐고 물었다. 이영은 확실히 태안부에 곽대관인이라는 굉장한 부자가 수많은 식객을 거느리고 살고 있다고 허풍을 떨었다.

이영의 말을 듣고 서녕은 곽이란 자가 태안주에 확실히 살고 있다니 갑옷을 찾는 데는 큰 문제가 없을 것이라고 생각하고 적이 안심했다.

양산박이 그다지 멀지 않은 지점까지 왔을 때, 이영은 마부에게 표주박 하나를 주어서 술과 고기를 사오도록 해서 마차 위에서 한 잔씩 마시자고 했다.

이영이 서녕에게 한 잔 따라 주었더니 서녕은 단숨에 죽 들이켰다. 마부에게도 또 한 잔을 따라 주었는데, 마부는 일부러 실수하는 체하고 술을 몽땅 엎질러 버렸다. 이영이 마부에게 술을 더 사오라고 호통을 치고 있을 때 서녕은 벌써 침을 흘리면서 마차 위에 쓰러져 버리고 말았다.

알고 보면 이영이란 바로 낙화였다. 세 사람은 급히 마차를 몰아서 주귀의 술집으로 달려가 서녕을 배에 싣고 금사탄에 도착하여 저편 언덕으로 올라섰다. 거기에는 벌써 송강이 연락을 받고 여러 두령들을 거느리고 마중을 나와 있었다.

그때야 서녕은 마취제 기운이 없어져서 눈을 떴다. 여러 사람들이 먹인 해독제로 맑은 정신이 든 것이다. 사방을 휘둘러보며 깜짝 놀란다.

탕륭이 그를 잡아 오게 된 자초지종을 자세히 설명하니 서녕이 긴 한숨을 내쉬며 입을 열었다.

"자네는 나를 죽인 것과 마찬가지일세!"

송강은 술잔을 들고 정중하게 서녕의 앞으로 걸어 나오면서 무례함을 사죄했다.

"이 송강이 잠시 양산박에 자리잡고 있음은 조정에서 은사가 베풀어지기를 기다려 충성을 다하여 나라에 보답하자는 까닭이며, 결코 재물을 탐내거나 인명을 해치기를 좋아해서 불의불인(不義不仁)의 짓을 하자는 목적이 아닙니다. 이런 진정(眞情)을 양찰하시고 우리와 함께 하늘을 대신하여 좋은 일을 해보도록 하십시다!"

임충도 술잔을 내밀며 무례함을 사죄했다.

"소생도 여기 와 있습니다. 당신께서 여러 가지로 훌륭하신 분이라는 것을 늘 이곳 친구들에게 말해 왔습니다. 제발 우리 형님의 뜻을 거절하지 마시기 바랍니다."

서녕이 탕륭에게 원망조로 말했다.

"이 사람, 자네가 나를 속여서 이곳으로 잡아왔으니 집안에 남아 있는 식구들이 관가에 잡혀 갈 것은 뻔한 노릇인데 장차 이 일을 어찌하면 좋단 말인가?"

송강이 선뜻 받았다.

"그 점은 걱정없습니다. 안심하십시오. 소생이 책임지겠습니다. 멀지 않아 가족 여러분을 모셔다가 만나보시도록 해드리겠습니다."

조개·오용·공손승 등 여러 두령들도 모두 나와서 무례함을 사죄하고 경축의 잔치를 베풀었다. 그리고 부하들 중에서 정장(精壯)한 패들을 골라서 구겸창 쓰는 법을 배우도록 지시하고, 한편 대종과 탕륭을 시급히 동경으로 보내 서녕의 가족을 데려오도록 했다.

열흘쯤 되는 동안 양림은 영주로부터 팽기의 가족을 데려왔다. 설영은 동경으로부터 능진의 가족을 데려왔고, 이운도 연화약료를 수레 다섯 채에다 싣고 양산박으로 돌아왔다. 또 며칠이 지나서 대종과 탕륭이 서녕의 가족을 데리고 산으로 올라왔다.

서녕은 자기 아내가 나타나자 대경실색하며 어떻게 해서 오게 됐느냐고 그 연유를 물었다. 서녕의 부인의 대답은 이러했다.

"당신이 집을 나가 버리자 관가에서 점명(點名)을 해도 나가시지 못하게 됐으니, 저는 금은수식(金銀首飾)을 팔아 가며 사람을 시켜서 병으로 누워 계시다고 꾸며댔지요. 그랬더니 그 이상 부르러 오지는 않더군요. 그런데 난데없이 탕씨 아우님이 나타나셔서 안령갑옷을 내보이시며, 갑옷을 찾기는 했는데 당신이 도중에 병이 나셔서 객점에서 돌아가실 지경이니 절더러 어린아이를 데리고 가보자고 하시며 차를 태워 끌고 왔지요. 저는 길도 잘 모르고 해서 여기까지 끌려오게 된 거예요!"

서녕이 탕륭을 보고 입을 열었다.

"자네는 만사를 잘 처리했지만, 유감스럽게도 나에게 가장 소중한 갑옷을 집 안에 버려 둔 채 왔으니 어찌한단 말인가?"

탕륭이 싱글싱글 대답했다.

"형님, 기뻐하십시오. 저는 아주머니를 수레에 태워 놓고 되돌아가서 그 갑옷을 가지고, 또 두 하녀도 속여서 가장집물까지 모조리 이곳으로 옮겨 왔습니다."

"그렇게 되면 나는 영영 동경으로 돌아갈 수 없잖은가?"

"그뿐이 아닙니다. 이곳으로 오는 도중에 여러 장사치를 만나게 되어서, 저는 형님의 갑옷을 입고 형님의 성함을 대면서 그들의 물건을 강탈해 가지고 왔으니, 지금쯤 동경에서는 방방곡곡으로 형님을 붙잡으려고 수배했을 겁니다."

"탕륭, 어찌하여 자네는 나를 이다지도 지독하게 골탕먹이는 건가!"

조개와 송강이 또 사죄했다.

"그렇게라도 하지 않으면 이곳에 머물러 주시지 않을 것 같아서 저지른 것입니다."

이리하여 서녕은 옴짝달싹도 하지 못하게 됐으며, 여러 두령들은 연환마군을 격파할 방침을 상의하게 되었다. 서녕은 어쩔 수 없이,

"그러면 이제부터 성심성의껏 소생이 아는 바를 전부 털어놓고 여러 젊은 두목들을 훈련시키겠습니다. 우선 키가 크고 힘깨나 쓰는 튼튼한 사람들을 골라 주십시오!"

했다. 이리하여 여러 두령들은 취의청에 모였고, 서녕이 병사를 선발하여 구겸창 쓰는 방법을 가르치게 되었다. 필경 서녕은 이 방법을 어떻게 가르치는 것일까?

57 이긴 사람, 진 사람

徐 甯 敎 使 鉤 鎌 鎗
宋 江 大 破 連 環 馬

　서녕은 그날부터 구겸창 쓰는 법을 일수일수(一手一手) 친히 써보이면서 6,7백 명이나 되는 산채의 정장(精壯)한 부하들에게 열심히 가르쳤고, 아울러 보병(步兵)은 숲속과 풀속에 숨겨 두어서 적군의 말의 다리를 낚아채는 술법까지 가르쳐 놓았다. 반달도 못 되어서 그들은 구겸창을 훌륭히 쓸 줄 아는 선수들이 되었다.

　한편, 호연작은 팽기와 능진을 잃어버리고 나서 연일 기병을 물가에 내보내어 도전을 했지만 산채에서는 여러 수군의 두령들을 시켜서 나루터를 방비하고 물속 깊이 말뚝을 박아 놓고 꼼짝도 하지 않으니 도저히 싸움을 해볼 수 없게 되었다.

　송강은 오용에게 다음과 같은 작전을 쓰는 게 어떠냐고 상의했다.

　"이번에는 기병을 하나도 쓰지 말고 두령은 모두 도보(徒步)로 싸우기로 합시다. 보병이 먼저 산을 내려가 10대(隊)로 갈려 가지고 적병을 유인해내고, 적병이 쳐들어오거든 갈대숲으로 몸을 숨길 것이오, 거기에는 미리 구겸창을 쓸 줄 아는 병사들을 매복시켜 두었다가 열 사람이 한 패가 되어서 싸울 것이고, 또 따로 요구수(撓鉤手)를 열 사람씩 한 패를 만들어 매복시켰다가 동시에 적군의 말을 낚아채 잡아 버리기로 합시다. 평지 좁은 길에서도 똑같은 수법을 사용할 수 있도록 병사를 매복시켜 두기로 합시다."

그 말을 듣고 있던 서녕이 찬성했다.

"구겸창과 요구(撓鉤—낚아채는 갈고리)는 그렇게 쓰는 것이 가장 효과적입니다."

송강은 그날로 보병 10대를 편성해서 각각 임무를 맡기고, 밤 삼경 때쯤 해서 먼저 구겸창을 쓰는 병사들을 맞은 편 언덕으로 건너 보내 사방에 매복시켜 놓았다. 그런 다음 사경 때쯤 되어서 10대의 보병을 다시 건너편 언덕으로 건너 보냈다.

능진과 두흥은 풍화포(風火砲)를 싣고 건너가서 높은 곳에 자리잡고 포가(砲架)에 올려놓았다. 날이 밝을 무렵 송강은 중군 병사들을 시켜서 건너편 언덕을 향해서 군고(軍鼓)를 울리고 고함을 지르며 깃발을 휘두르라고 명령했다.

호연작은 그때 중군장 안에서 정찰병의 보고를 받고, 선봉 한도(韓滔)에게 명령하여 자신도 즉각에 연환갑마(連環甲馬) 갑옷으로 전신을 휘감고 척설오추 명마를 타고 쌍편 채찍을 손에 잡고 군사를 몰아서 양산박으로 쳐들어갔다.

건너편 기슭에는 송강이 수많은 병사를 거느리고 버티고 있었다. 호연작은 그것을 보자 기병을 분산시켜 버렸다.

선봉 한도가 호연작에게 와서 아뢰었다.

"정남(正南) 방향으로 1대의 보병이 있는데 이 수효는 알 수 없습니다."

"병력의 다과가 문제 아니오. 연환갑마로 쳐부숩시다."

한도가 군사 5백 명을 거느리고 정찰을 나갔더니 동남편으로부터 또 1대의 군마(軍馬)가 나타났다. 병력을 나누어서 정찰을 보내려고 했을 때 이번에는 서남편에서도 1대의 깃발이 휘날리며 고함소리가 일어났다. 한도는 군사를 거느리고 되돌아와서 호연작에게 보고했다.

"남쪽에 3대의 적병(賊兵)이 있는데 모두 양산박의 깃발을 휘날리고 있습니다."

"오랫동안 잠자코 있더니, 무슨 계책이 있는 모양이지?"

호연작이 이렇게 말하고 있을 때 돌연 북쪽으로부터 포성이 들려왔다.

"저 화포는 적병에 항복한 능진이란 놈이 쏘는 것이다."

호연작이 이렇게 소리를 지르는데 돌연 북쪽으로부터 3대의 깃발이 휘날렸다. 호연작이 군사를 두 갈래로 나누어서 자기는 북쪽을 막고 한도를 시켜서 남쪽을 막으려고 하는 판에 이번에는 서쪽으로부터 4대의 군마가 다시 나타났다. 호연작이 깜짝 놀라고 있을 때 정북(正北) 방향에서 연주포 쏘는 소리가 들렸다. 이것은 자모포(子母砲)라는 것인데, 49문(門)의 화포가 한데 연결되어서 무시무시한 위력을 발휘할 수 있는 것이었다.

호연작은 당황하여 한도와 함께 각각 기병·보병을 거느리고 쳐들어갔지만, 저편의 10대의 보병들은 동서남북으로 뺑소니를 치면서 놀릴 뿐이었다. 호연작은 격분한 나머지 군사를 거느리고 곧장 북쪽으로 쳐들어갔다.

　송강의 병사들은 뿔뿔이 흩어져서 갈대숲 속으로 숨어
버렸다. 호연작은 연환마를 몰아서 공격했다. 수많은 말들
이 숲속 깊숙이 뚫고 들어갔을 때 돌연 휘파람 소리가 들
리더니 수많은 구겸창이 일제히 찌르고 덤벼들었다. 호연
작은 구겸창의 계책에 빠진 것을 깨닫고 남쪽으로 말 머
리를 돌려서 한도의 뒤를 따라갔다. 그러나 머리 위에서
풍화포가 맹렬히 떨어지니 어디로 몸을 피할 도리가 없었
다. 연환갑마도 노조리 뿔뿔이 흩어져서 갈대숲 속에 처박
혀 버리고 말았다.

　호연작은 간신히 한도와 함께 서북편을 향하고 뺑소니
를 쳤다. 앞에서 장정 둘이 나타나더니 길을 가로막았다.
몰차란 목홍과 소차란 목춘이었다. 둘이 다 박도를 휘두르
며 호통을 쳤다.

　"이놈들, 꼼짝 말고 게 있거라!"

　호연작이 목춘·목홍을 상대로 4,5합쯤 싸웠을 때 목춘
이 별안간 뺑소니를 쳤다. 호연작은 계책에 빠지나 해서
쫓아가지 않고 북쪽길로 달아났다. 이번에는 언덕 밑으로
부터 1대의 적병이 나타나더니 선두에 서 있는 장정 둘이
호연작의 앞을 가로막았다. 한 사람은 양두사 해진, 또 한
사람은 쌍미갈 해보였다. 그들은 강차(鋼叉)를 휘두르며
호연작에게 덤벼들었고, 호연작은 쌍편을 휘두르며 6,7합
을 싸우다가 해진·해보는 또 뺑소니를 쳤다. 호연작이 반
리쯤 쫓아갔더니 길 양편으로부터 스물네 자루의 구겸창
이 불쑥 나오면서 덤벼들었다. 호연작이 말 머리를 돌려서
동북쪽 길로 달아나는데, 이번에는 왕왜호와 일장청 부부
가 나타나서 앞길을 가로막았다. 호연작은 기진맥진하여

간신히 목숨만 건져 가지고 동북쪽으로 그대로 도주했다.

송강은 연환갑마 3천 명을 그 절반이나 구겸창으로 통쾌하게 격파하고, 전에 빼앗겼던 산채의 말과 병사들을 탈환해 가지고 돌아왔다. 유당과 두천은 한도를 잡아 동아줄로 결박하여 데리고 왔다. 송강은 친히 그 줄을 풀어 주고 팽기와 능진을 시켜서 같이 일하도록 설득하게 했다. 한도 역시 72지살성(地煞星)의 한 사람이었기 때문에 뜻이 맞아서 결국 양산박 두령의 한 사람이 되었고, 송강은 사람을 시켜서 한도의 편지를 가지고 진주로 가서 그의 가족을 데려오도록 했다. 연일 축하의 잔치를 베푸는 한편 각 방면으로 수비병을 파견하여 관군의 습격에 든든히 대비하고 있었다.

한편, 호연작은 혼자서 명마 척설오추를 타고 갑옷은 벗어서 말잔등에 묶고 도망질을 치고 있었는데, 노자돈도 떨어져서 허리에 찬 금대(金帶)를 풀어서 팔아 가며 간신히 연명할 지경이었다.

그는 곰곰 생각한 끝에 예전부터 잘 아는 청주의 모용 지부를 찾아가기로 결심했다. 다시 이틀 동안을 더 걸어가다가 밤이 되어서 시장기를 참을 수 없어, 어떤 술집의 문밖에 말을 매놓고 들어가 심부름꾼에게 은전 몇 닢을 주어서 안주를 사오게 한 뒤 말동무삼아서 술을 마시며 이런 이야기를 했다.

"나는 조정의 군관일세. 양산박의 적병을 토벌하러 나섰다가 싸움에 패하여 할 수 없이 청주의 모용지부를 찾아가는 길일세. 내 저 말을 좀 돌봐 주기 바라네. 저 말은 천자께서 하사하신 명마로서 척설오추라고 하네. 내일 사례를 톡톡히 함세!"

"고맙습니다. 그런데 한 가지 알려 드릴 일이 있습니다. 이 근처에는 도화산이라는 산이 있는데 거기에는 도둑놈들이 떼를 지어 파묻혀 있습니다. 첫째 두목은 타호장(打虎將) 이충(李忠)이라 하고 둘째 두목은 소패왕(小霸王) 주통(周通)이라 하는데, 6,7백 명의 부하를 거느리고 강도질을 하면서 언제나 마을 사람들을 괴롭히고 있습니다. 관가에서는 몇 번이나 토벌군을 파견했지만 놈들을 잡을 수 없었습니다. 밤에는 특별히 조심하시고, 편히 주무십시오."

"나는 만부부당(萬夫不當)의 용맹을 지니고 있는 사람일세. 그 따위 놈들이 모조리 쳐들어온댔자 뭐 그리 대단하겠나. 어쨌든 내 말이나 좀 잘 보살펴 주게."

얼마 동안 또 술을 마시고 고기와 떡을 먹고 난 뒤 심부름꾼은 술집 안에 이부자리를 마련하고 호연작을 쉬도록 해주었다.

호연작은 연일 피로한데다가 술을 과하게 마시어 옷을 입은 채 그냥 잠이 들어 버렸다. 밤이 삼경이나 되어서 눈을 떠보니 뒤꼍에서 심부름꾼이 큰일났다고 떠드는 소리가 들렸다. 호연작은 벌떡 뛰어 일어나서 쌍편을 들고 뒤꼍으로 달려갔다.

"왜 그러나? 왜 그렇게 떠들고 있는 건가?"

"말먹이를 주려고 일어나 본즉, 담이 허물어져 있고 상공(相公)의 말이 도둑을 맞았습니다. 3,4리 먼 곳에서 횃불이 바라다보이는데 분명히 저리로 도망쳐 갔을 겁니다."

"거기가 어디란 말인가?"

"그 길은 틀림없이 도화산으로 가는 길입니다. 도둑놈의 부하들이 훔쳐 갔을 겁니다."

호연작은 대경실색, 즉시 심부름꾼에게 길을 인도케 하여 밭둑길을 2,3리나 쫓아갔는데 햇불은 어디로 사라졌는지 보이지 않았다.

호연작은 하는 수 없이 술집으로 되돌아와서 하룻밤을 밝히고, 그 이튿날 곧장 청주로 모용지부를 찾아가 자초지종 사연을 자세히 말했다. 모용지부는 호연작을 격려하며 이렇게 말했다.

"수많은 인마를 상실했다고는 하지만 몸을 사린 것이 아니고 적군의 계책에 빠진 탓이니 어쩔 수 없는 일이오. 하관(下官)의 소할(所轄) 지역도 많은 도둑놈들의 침해를 받고 있소. 장군은 이왕 이곳에 오셨으니 우선 도화산을 소탕하여 천자께서 하사하신 그 명마를 도로 찾고, 다시 이룡산(二龍山)·백호산(白虎山)의 도둑까지 토벌해 주시면 하관(下官)이 폐하께 잘 계주하여 장군이 다시 한 번 군사를 거느리고 복수하실 수 있도록 해드리리다"

호연작은 모용지부의 호의와 격려의 말에 감격하여 사흘이 지난 뒤에 지부에게 군사를 빌려 달라고 간청했다. 지부는 즉각에 기병·보병 2천 명을 뽑아서 빌려 주고 따로 청종마(靑騣馬) 한 필을 내주었다. 호연작은 감사해 마지 않으며 갑옷을 입고 청종마를 타고 자기 말을 빼앗을 목적으로 군사를 거느리고 곧장 도화산을 향해서 떠났다.

한편, 도화산에서는 타호장 이충과 소패왕 주통이 명마

척설오추를 손에 넣게 되어서 연일 잔치를 베풀고 있는데 청주의 군사들이 쳐들어온다는 보고를 받았다. 주통은 이충더러 산채를 지키고 있으라 하고 부하 백 명을 거느리고 말을 달려 산 아래로 내려가서 호연작과 대결했다. 그러나 6,7합을 싸우더니, 형세가 불리하는 듯싶자 곧 말머리를 돌려서 산꼭대기로 뺑소니를 쳤다.

호연작은 한참 동안 추격해 갔으나 계책에 빠질 것을 두려워하여 급히 도로 산을 내려와서 진을 치고 다시 싸울 준비를 했다.

한편 주통은 산채로 돌아오자 이충에게 겁부터 줬다.

"호연작은 솜씨가 이만저만한 놈이 아니어서 대적하기 어렵습니다. 어떻게 손을 쓸 도리가 없어서 우선 후퇴해 왔습니다."

그 말을 듣고 이충이 입을 열었다.

"이룡산 보주사에는 화화상 노지심이 많은 부하를 거느리고 있으며, 그밖에 청면수 양지란 자도 있고, 근자에 행자(行者)가 된 무송(武松)도 와 있습니다. 모두가 일기당천(一騎當千)의 명장들이니 그들에게 구원을 청하는 게 상책일 것 같습니다. 우리도 이번의 난관만 돌파하면 이곳을 걷어치우고, 그들의 산하로 들어가서 다달이 공물이나 바치고 지내도록 합시다."

이충은 즉각에 편지 한 통을 써서 부하 두 사람을 이룡산으로 파견했다.

보주사 본당에는 세 사람의 두령이 있었다. 첫째 두령은 화화상 노지심, 둘째 두령은 청면수 양지, 셋째 두령은 바로 무송이었다. 건너편 산문(山門)에는 네 사람의 소두령이 있었는데 그 중 한 사람이 금안표 시은이었다. 그는 본래가 맹주 뇌성의 시전옥(施典獄)의 아들이었는데, 무송이 장도감(張都監) 일가를 몰살했을 때 상사로부터 범인을 체포하라는 책임 추궁을 받다 못해 집안식구가 모두 도주하여 이리저리 떠돌아다니다가, 부모가 세상을 떠나자 무송이 이룡산에 있다는 말을 듣고 그를 찾아서 이곳으로 와 있게 된 것이다. 또 한 사람은 조도귀 조정인데, 그는 전에 노지심·양지와 함께 보주사를 약탈하고 등룡을 죽이고 나서 그들을 따라서 이곳에 와 있게 되었다. 나머지 두 사람은 채원자 장청과 모야차 손이랑이었다. 이들 부부는 맹주 가두(街頭)에서 사람고기로 만두를 만들어서 장사를 하고 있었는데, 노지심·무송으로부터 수차 편지를 받고 그들을 찾아서 이곳에 와 함께 지내게 된 것이다.

조정은 도화산에서 편지가 왔다는 소식을 듣고 우선 본당(本堂)에 있는 세 두령에게 보고했다. 노지심은 예전에 도화촌에 머물러 있을 때, 주통을 실컷 때려 주었더니 그가 자기를 산으로 데리고 가서 산채의 두령이 돼 달라고 조르던 일을 생각하고, 우선 편지를 가지고 왔다는 부하를 불러서 상세한 형편을 물어 봤다. 그들의 자초지종 이야기를 다 듣고 나자 양지가 말했다.

"우리는 각각 산채를 지키고 있을 뿐 남을 구원해 준다는 게 우리들의 일은 아니지만 모른 체하고 있다면 호걸의 이름을 욕되게 함이 되겠고, 또 놈들이 도화산을 수중에 넣게 되면 우리 산채까지 넘보게 될 것이므로 산채는 장청·손이랑·시은·조정 네 사람이 지키도록 하고 우리 세 사람이 나서기로 합시다."

이리하여 즉각 5백 명의 부하와 60여 기(騎)를 거느리고 곧장 도화산을 향하여 떠났다. 이충도 이 소식을 전해 듣고 부하 3백 명을 거느리고 산을 내려와 싸움을 거들기로 했다. 호연작은 시급히 부하 군사를 거느리고 통로를 차단해서 진을 치고 이충과 대결하려고 기다리고 있었다.

이충은 호주(濠州) 정원(定遠) 사람으로 대대로 창봉을 잘 쓰는 집안에서 태어나 타호장(打虎將)이라는 별명까지 듣는 인물이지만, 한 번 호연각과 대결해 보니 도저히 그를 당해낼 도리가 없어서 겨우 10합을 싸우고 나서 도망쳐 버렸다. 호연작은 이충의 솜씨가 대단치 않은 것을 알자 산꼭대기로 추격해 올라갔다. 이때 소패왕 주통이 산중턱에서 그 광경을 보고 있다가 아란석(鵝卵石)을 날려 버렸다. 호연작은 당황해서 말 머리를 돌려 산을 내려왔다.
바로 이때 1대의 군마가 그의 앞길을 딱 가로막았다. 선두에 선 사람은 흰 말을 타고 있는 노지심이었다.
노지심은 철선장을 휘두르고 호연작은 쌍편을 휘두르면서 4,50합을 싸웠지만 승부가 나지 않았다. 호연작은 남몰래 노지심의 놀라운 솜씨에 감탄했다. 양군이 금고(金鼓)를 울려 각각 군사를 후퇴시켜서 잠시 쉬고 난 다음 호연작은 또다시 말을 달려 진두에 나섰다. 노지심이 대결하러 말을 달려 나가려고 했을 때 양지가 선뜻 진두에 나서면서 호통을 쳤다.
“형님, 잠시 쉬시오! 내가 나가서 저놈을 잡아 오겠소!”
양지와 호연작은 40여 합을 싸웠지만 역시 승부가 나지 않았다. 호연작은 양지의 놀라운 솜씨에 또 한 번 감탄하여 마지않았다.

양지 편에서도 호연작의 무예실력이 대단함을 알고 일부러 싸움에 패한 체하고 말 머리를 돌려서 후퇴했고, 호연작도 감히 추격하지 못하고 역시 군사를 후퇴시켰다. 노지심이 양지에게 말했다.

"우리들은 생소한 고장에 와 있으니 적군에 너무 접근해서 진을 치지는 맙시다. 우선 20리쯤 후퇴했다가 내일 또다시 싸우기로 합시다."

그들은 부하를 거느리고 적당한 언덕 위에 다시 진을 쳤다.

한편, 호연작은 장내(帳內)에서 초조한 시간을 보내고 있었다. 파죽지세로 쳐부술 작정이었는데 노지심과 양지 때문에 그것이 불가능해졌기 때문이었다.

이때 모용지부에게서 사신이 도착하여 호연작에게 전하는 말이, 백호산(白虎山)의 산적 공명(孔明)과 공량(孔亮)이 군사를 거느리고 청주로 쳐들어와서 군량을 내라고 협박하고 있으니, 시급히 군사를 거느리고 돌아오라는 것이었다. 호연작은 다행이다 생각하고 즉각에 군사를 거느리고 청주로 돌아갔다.

이튿날, 노지심이 양지와 무송과 함께 다시 부하를 거느리고 깃발을 휘두르며 고함을 지르고 산기슭으로 쳐들어가 보니, 거기에는 이미 군사라고는 한 명도 보이지 않았다. 어처구니없는 일이라 생각하고 있을 때 산꼭대기에서 이충과 주통이 부하를 거느리고 내려와서, 세 두령을 산으로 데리고 올라가서 소와 말을 잡아 잔치를 베풀고 다시 부하들을 산 아래로 내려보내 정세를 탐지하도록 했다.

한편, 호연작이 군사를 거느리고 성 아래로 돌아가니 벌써 1대의 군마가 성으로 쳐들어오는 것이 바라다보였다. 그 선두에 선 사람은 바로 모두성 공명과 독화성 공량이었다. 이 두 사람은 자기네 고장 어떤 부자와 싸움 끝에 그 일가족속을 몰살하고 6,7백 명을 모아 가지고 백호산에 틀어박혀서 강도질을 하고 있었는데, 청주성 안에 살고 있던 그들의 숙부가 모용지부에 잡혀서 감옥살이를 하게 된 것을 구출하려고 산채의 부하를 거느리고 청주로 쳐들어왔다가 호연작의 군사와 맞닥뜨리게 된 것이었다.

호연작은 진두로 말을 몰고 나섰다. 모용지부는 성 노(魯) 위에서 싸움을 관망하고 있었다. 공명이 먼저 창을 휘두르며 말을 달려 비호같이 호연작에게 덤벼들었다. 두 필의 말이 일진일퇴 서로 싸우기를 20여 합.

호연작은 지부 앞에서 한 번 놀라운 솜씨를 보일 생각으로, 또 공명의 솜씨가 대단치 않은 것을 간파하자 그를 추격하여 말 위에 앉은 채 공명을 덥석 움켜잡아 버렸다.

공량은 부하를 거느리고 달아나는 수밖에 없었다. 모용지부는 노 위에서 지휘를 하면서 호연작더러 군사를 거느리고 더 추격하라고 분부했다.

관군은 파죽지세로 추격하면서 적병 백여 명을 붙잡았다. 공량은 대패했고 군사들도 뿔뿔이 흩어져 버렸다. 날이 저물어 간신히 어떤 낡은 묘(廟) 한 군데를 찾아들어 몸을 쉬었다.

호연작은 공명을 산 채로 잡아 가지고 성 안으로 끌고

들어가 모용지부를 만났다. 지부는 크게 기뻐하며 공명에게 큰칼을 씌워서 영창에 처박아 공보(孔寶)와 함께 감금시키고 일변 전군의 장병들을 위로해 주었다. 또 호연작을 극진히 대우해 주면서 도화산의 형편을 상세히 물었다.

호연작이 대답했다.

"처음에는 독 속의 자라를 잡듯이 손만 닿으면 모조리 잡을 수 있게 되었는데, 뜻밖에도 일군(一群)이 적병놈들을 구원하러 나타났습니다. 그 중에서 화상 하나와 얼굴이 푸르둥둥하고 체구가 거창한 장정 하나와 한 번씩 대결해 봤는데 승부가 나지 않았습니다. 이 두 놈의 무예는 보통 솜씨가 아니며 산적 따위의 재간이라고는 볼 수 없었습니다. 그래서 붙잡지를 못했습니다."

"그 화상이란 자는 본래 연안부 경략사 종로상공 밑에 있던 군관으로서 제할 노달이라는 자요. 근자에 삭발하고 화상이 되어서 화상 노지심이라 불리고 있소. 또 얼굴이 푸르둥둥하고 체구가 거창한 자도 역시 동경 전수부에서 제사 노릇을 하던 사나이로서 청면수 양지라고 하오. 그밖에 또 한 놈 행자 무송이란 자가 있는데, 이놈은 일찍이 경양강에서 맨손으로 호랑이를 때려죽인 무도두란 자요. 이 세 놈이 이룡산에 틀어박혀서 강도질을 하면서 몇 번인지 관군을 물리쳐서 포도관도 4,5명이나 죽었는데 아직도 붙잡지 못한 채 있소."

"놈들이 과연 솜씨가 놀랍다고 생각했더니 역시 양제사와 노제할이었군요. 정말 명성이란 헛되이 전해지는 게 아닌 성싶습니다. 그러나 은상께서는 안심하십시오. 호연작이 오늘 이 자리에 있으니 모조리 잡아서 관가에 넘기겠습니다."

지부는 크게 기뻐하여 잔치를 베풀어 잘 대접하고, 잔치가 끝난 다음에는 객방에 자리를 마련하여 편히 쉬게 했다.

한편, 공량이 패잔병을 거느리고 불이 나게 도망가고 있는데 난데없이 숲속으로부터 1대의 군사들이 뛰어나왔다. 선두에 서 있는 것이 무송이라는 것을 대뜸 알아차리고 공량은 급히 말을 내려서 꿇어앉았다.

"장사께서는 그후 별고없으셨습니까?"

무송도 얼른 답례하고 공량을 부축해 일으키면서, 형제가 백호산에 있다는 소문을 듣고 있었는데 어찌된 일이냐고 까닭을 물었다. 공량은 숙부 공보를 구출하려다가 형이 붙잡혀 간 자초지종 사연을 자세히 이야기했다.

그러자 무송이 말했다.

"조금도 당황해하실 것은 없소. 우리 친구 6,7명이 현재 이룡산에 자리잡고 있는데, 이번에 도화산의 이충과 주통이 청주 관군의 공격을 받아서 위태롭다 하여 구원을 청해 왔소. 그래서 노·양 두 두령이 부하를 거느리고 싸움을 거들러 갔는데, 호연작은 겨우 하루를 싸우고 밤중에 도주해 버렸소. 산채에서는 우리 세 사람을 위하여 잔치를 베풀고 이 은사(恩賜)의 말까지 나에게 주었소. 나는 지금 병사를 거느리고 산으로 돌아가는 길이고, 두 친구도 뒤따라 돌아올 것이오. 그들과 힘을 합쳐서 청주를 공격하고 그대의 숙부와 형님을 구출하도록 하십시다!"

공량이 무송에게 감사하다고 절을 하고 있을 때 노지심과 양지가 나란히 말을 몰고 나타났다. 무송이 두 사람에게 공량을 소개하고 사정을 설명하자 양지가 입을 열었다.
 "청주는 성벽이 견고하고 병사가 많소. 그리고 호연작이
란 놈은 무예솜씨가 대단한 자요. 그러니까 우리 편이 약
하다는 것은 아니지만 청주를 쳐부수려면 꼭 내 말대로
해주시오. 그렇게 하면 반드시 이길 수 있을 것이오!"
 "형님, 그 방법을 말해 주시오!"
 무송이 이렇게 말하니 양지는 그 방법을 상세히 설명했
다.

58 함정에 빠진 장군과 화상

三 山 聚 義 打 靑 州
衆 虎 同 心 歸 水 泊

양지가 청주를 칠 수 있는 방법을 설명했다

"청주를 공격하려면 반드시 대군을 동원해야 할 것이오. 양산박의 송공명은 천하에 유명한 사람인데, 호연작과는 원수의 사이니 그에게 구원을 청해서 청주성을 공격하는 게 제일 상책일 것 같소. 우리들은 공써네 형제와 군사를 한데 합쳐 가지고 도화산의 군사가 동원되기를 기다려서 함께 청주로 쳐들어가기로 합시다."

노지심도 양지의 말에 찬성했다. 송공명의 쟁쟁한 명성을 듣고 한 번 만나보고 싶었는데 기회를 얻지 못하던 판이었다. 얼른 공량에게 말했다.

"당신의 형님을 구출하고 싶다면, 한시 바삐 송공명을 찾아가 보시오. 우리들은 여기서 놈들과 싸우면서 기다리고 있을 것이니."

공량은 부하들을 노지심에게 맡기고 종자 하나만 거느리고 장돌뱅이처럼 변장하고 밤을 새워 양산박으로 향했다. 우선 최명판관 이립이 경영하는 주점에 들어서 연락을 취해 금사탄을 건너 쉽사리 송공명을 만날 수 있었다. 공량은 눈물을 흘리며 호소했다.

"저는 사부님과 헤어진 후, 노부(老父)는 세상을 떠나셨

고 형 공명이 본향(本鄕) 어느 부자와 대단치 않은 일로
말다툼을 하다가 그 부자집 일가족속을 때려죽인 관계로,
관사의 체포령이 무서워서 백호산으로 몸을 숨겨 6,7백
명을 집결시켜 가지고 강도질을 하고 있었습니다. 그런데
청주성 안에 계시던 우리 숙부가 모용지부에게 체포되어
서 큰칼을 쓰고 영창에 처박히게 되시어, 우리 형제가 다
시 청주성을 공격하려고 성 아래까지 쳐들어갔다가 뜻밖
에도 쌍편을 쓰는 호연작이란 놈과 맞닥뜨리게 되었습니
다. 형 공명이 그놈에게 산 채로 붙잡혀 가게 되었는데 그
이튿날 다행하게도, 무송·노지심·양지, 이런 분들을 만
나게 되어서 도화산의 이충·주통과 힘을 합쳐 다시 청주
를 공격해 보기로 작정이 됐으니, 사부님께서 저의 숙부와
형을 구출하도록 힘이 되어 주시기 바랍니다."

　송강은 즉석에서 쾌히 승낙하고, 조개·오용·공손승에
게 공량을 소개해 둔 뒤, 그들에게 구원을 청해 온 사연을
자세히 설명했다.

　조개가 말했다.

　"도화산과 이룡산의 호걸들도 인의(仁義)를 위하여 싸
우겠다고 한다는데, 송공으로 말하면 그들과도 친한 사이
니 꼭 구원해 주어야 될 것이오. 그러나 송공은 연거푸 몇
차례나 산을 내려가셨으니, 이번에는 산채를 지키고 계시
면 내가 대신 내려가 보기로 하겠소."

　그러나 송강은 굳이 자기가 이번에도 앞장을 서겠다고
고집을 부렸다. 옆에 있던 여러 사람들도 모두 송강을 따
라가겠다고 했다. 송강은 크게 기뻐하여 주연을 베풀고 공
량을 대접했다. 일변, 병사들을 다음과 같이 5군(五軍)으

로 편성해 가지고 출발하기로 결정했다.

전군(前軍)—화영·진명·연순·왕왜호로 선봉을 삼았다.

제2군—목홍·양웅·해진·해보.

중군(中軍)—송강·오용·여방·곽성.

제4군—주동·시진·이준·장횡.

후군(後軍)—손립·양림·구붕·능진으로 편성하여 독군(督軍)의 책임까지 지게 했다.

이리하여 5군의 두령이 도합 20명, 기마 보병을 합쳐서 3천이나 되었다.

그밖의 두령들은 조개와 함께 산채를 지키고 있게 하고, 송강은 조개와 작별의 인사를 나눈 다음 공량과 함께 산을 내려갔다.

송강의 5군 인마가 청주에 도착하자, 공량이 먼저 노지심의 중군(中軍)으로 연락을 취했다. 저편 호걸들은 일제히 송강을 영접할 준비를 하고 있었다.

송강이 거느리는 중군이 도착하자, 무송이 노지심·양지·이충·주통·시은·조정 들을 거느리고 와서 인사를 시켰다. 송강이 노지심에게 자리를 권했다. 노지심이 말했다.

"형장의 쟁쟁하신 명성은 평소부터 잘 알고 있었습니다. 인연이 닿지 않아서 만나뵙지 못했습니다. 오늘 이렇게 뵙게 되니 기쁜 마음 이루 형언키 어렵습니다!"

"소생이야 변변치 못한 몸, 강호의 의사(義士)들은 모두 형장의 청덕(淸德)을 칭송하고 있습니다. 오늘 이렇게 만나쁘게 되어서 평생의 다행으로 압니다."

양지도 일어서서 재배의 절을 하며 말했다.

"이 양지도 전일에 양산박을 경과했을 때 여러분의 신세를 많이 졌고, 그대로 머물러 있으라고 만류해 주셨는데도 소생의 불민한 탓으로 그냥 떠나가게 됐습니다. 이번에 의사께서 이렇게 산채까지 왕림해 주셨으니 천하에 제일 가는 좋은 일입니다!"

"제사(制使)님의 위명(威名)은 천하에 떨쳐 있습니다. 너무나 늦게 뵙게 된 것이 유감스러울 따름입니다."

노지심은 곧 측근자를 시켜 술상을 차려 대접케 하고 한 사람 한 사람 모조리 인사를 시켰다.

이튿날, 송강이 청주의 형편을 묻자 양지가 이렇게 대답했다.

"공량이 떠나간 다음, 4,5차례나 대결해 봤는데 언제나 승부를 결하지 못했습니다. 현재 청주는 호연작만 믿고 있으니까 그놈만 잡아 버리면 청주성은 더운 물에 눈 녹듯 문제없이 함락되고 말 것입니다."

오학구가 웃으면서 입을 열었다.

"그놈은 힘으로는 안 될 것이오. 지혜로써 잡아야 할 것이오."

"그자를 붙잡을 수 있는 지혜란 뭐요?"

하고 송강이 물었다. 오학구가 말했다.

"여차여차하면 될 겁니다."

송강이 크게 기뻐했다.

"그거 참 묘계요!"

그날로 인마의 배치를 끝내고, 이튿날 군사를 몰고 청

주성 밑에 도착하여 사방으로 포위하고 군고(軍鼓)를 울리고 깃발을 휘두르고 고함을 지르며 도전했다.

성 안에서는 모용지부가 이 소식을 듣고 당황하여 곧 호연작을 불러서 상의했다.

"이번에 적군이 양산박에 구원을 청해서 송강이 쳐들어왔으니 이를 어찌하면 좋겠소?"

"은상께서는 안심하십시오! 군적(群賊)이 쳐들어왔다고는 하지만 놈들은 먼저 지리(地利)를 모르고 있습니다. 놈들은 양산박에서나 날뛰었지, 이렇게 제멋대로 제 소굴을 한번 떠나 온 이상 한놈 한놈 모조리 붙잡히는 도리밖에 없을 겁니다. 놈들이 얼마나 까부는가, 은상께서는 성에 오르시어 이 호연작의 싸우는 솜씨나 구경하십시오."

호연작은 급히 갑옷을 입고 말을 달려 군사 1천을 거느리고 성 근처로 달려나가서 진을 쳤다.

이때, 송강의 진지로부터 장수 한 사람이 낭아곤을 휘두르며 달려 나오더니 지부에게 큰소리로 호통을 쳤다.

"남관해민(濫官害民)하는 도둑놈아! 나의 온 집안을 몰살시킨 원한을 오늘이야 풀어 봐야겠다!"

모용지부는 그것이 진명임을 알자 똑같이 욕설을 퍼부었다.

"이놈은 조정의 명령을 받은 군관의 몸으로 국가의 후대를 받으면서도 무엇이 마땅치 않아서 조반(造反)을 꾀하는 거냐? 네 놈을 붙잡기만 하면 사지를 찢어서 죽이고야 말겠다. 호장군! 먼저 손을 써서 저 도둑놈부터 잡으시오!"

호연작은 쌍편을 휘두르며 말을 달려 진명에게 덤벼들

었다. 진명도 똑같이 말을 몰아, 낭아곤을 휘두르며 호연 작과 대적했다.

두 장수는 막상막하의 좋은 적수였다. 싸우기를 4,50 합, 승부가 나지 않았다. 모용지부는 줄곧 싸우는 광경을 바라다보고 있었는데, 호연작의 신변에 만일의 위태로움 이 있을까 걱정하여 급히 금고(金鼓)를 울리어 군사들을 후퇴시켜 성 안으로 철수케 했다. 진명도 그것을 추격하지 않고 자기 진지로 돌아왔다. 송강은 젊은 두령들에게 명령 하여 15리 뒤로 물러나서 다시 진을 쳤다.

성 안으로 철수한 호연작은 말을 내려서 모용지부를 만 나보고 자신만만한 체하면서 마땅치 않게 생각했다.

"은상께서는 안심하십시오! 소장은 이 의리를 배반하는 도둑놈들을 반드시 잡아 놓고야 말겠습니다. 방금 그놈과 싸웠을 때, 놈의 곤법(棍法)이 흐트러졌음을 확인했습니 다. 내일은 꼭 그 도둑놈의 목을 베어서 은상께 보여 드리 겠습니다!"

호연작이 자기 거처로 돌아가서 갑옷을 벗고 한잠 자고 났을 때, 날이 밝을 무렵인데 난데없이 병사 한 명이 달려 들었다. 북문 밖 언덕 위에 말을 탄 세 사람이 성 안을 엿 보고 있는데, 맨 가운데 사람은 붉은 옷에 흰 말을 타고 있으며, 오른편 사람은 소리광 화영 같고, 왼편 사람은 도 사의 몸차림을 하고 있다는 것이었다.

호연작은 그 세 사람이 송강·오용·화영에 틀림없다고 생각하고 1백여 기(騎)를 거느리고 언덕 위로 쳐올라갔 다. 송강·오용·화영 세 사람은 말 머리를 돌려서 유유히 사라졌다. 호연작은 맹렬히 추격해 갔다. 그들은 일제히 마른 나무가 몇 그루 서 있는 곳까지 가서 말을 멈추었다.

호연작이 그곳까지 또 추격해 갔을 때 돌연 고함소리가 요란하게 일어났다. 호연작은 발을 헛디디어 말과 함께 깊은 함정 속으로 떨어져 버리고 말았다. 서쪽으로부터 5,60명의 요구병(撓鉤兵)이 나타나더니 호연작을 함정 속에서 낚아채어 동아줄로 결박하고 그가 타고 있던 말까지 끌고 갔다.

뒤를 쫓아오던 수많은 사병들은, 화영의 화살을 맞고 앞장 섰던 6,7기(騎)가 쓰러지자 모두 말 머리를 돌려서 도주했다.

송강이 산채로 돌아오니 좌우의 여러 도수(刀手)들이 호연작을 끌고 왔다. 송강은 결박한 줄을 냉큼 풀라고 호통을 치면서 친히 손을 잡아서 장(帳)으로 인도하여 자리에 앉히고, 무례함을 정중하게 사과하고 나서 다음과 같이 말했다.

"장군께서는 도저히 동경으로 돌아가시지 못할 겁니다. 고태위란 자는 도량이 좁은 위인이어서 남에게 받은 은혜는 잘 잊어버리지만 남의 조그마한 결점은 잊어버리지 않습니다. 장군은 이미 많은 병력과 전량(錢糧)을 상실하셨습니다. 고태위가 이 죄를 용서할 리 없습니다. 이제 한도·팽기·능진도 산중에서 우리 편이 되어서 일하고 있으니, 만약에 장군께서 산채의 보잘것없는 것을 과히 싫어하지만 않으신다면 기꺼이 소생의 자리를 장군께 양보해 드리고자 합니다. 그리고 조정에서 은사가 내리기를 기다려서 함께 나라에 충성을 다해 보시는 게 좋지 않겠습니까?"

　호연작은 한참 동안이나 곰곰 생각했다. 결국 그도 천강성(天罡星) 중의 하나였고, 또 송공명의 너무나 정중한 태도와 이치에 들어맞는 말에 감탄하여 긴 한숨을 내쉬더니 무릎을 꿇고 앉아서 양산박 호걸들에게 가담하여 같이 일할 것을 맹세했다.

　"본래, 소생은 나라에 대하여 불충한 짓을 하려는 의사는 없었으나, 형장의 대단한 의기(義氣)에 감복하여 그 의사에 좇지 않을 도리가 없게 됐습니다. 옆에서 일하도록 해주시기 바랍니다. 결코 의리에 어긋나는 소행이 없을 것을 맹세합니다."

　송강은 크게 기뻐하여 호연작을 여러 두령들에게 소개한 다음, 이충과 주통을 불러서 명마 척설오추를 끌어다가 장군에게 돌려주도록 했다.

　여러 사람들은 또다시 공명을 구출할 방침을 상의했는데 이때 오용이 말했다.

　"호연작 장군께서 상대방을 속이고 성문을 열도록 하는 방법밖에 없겠소. 그렇게 되면 힘 안 들이고 성을 수중에 넣을 수 있고, 또 호연작 장군의 상대방에 대한 미련도 깨끗이 끊어 버릴 수 있을 것이오."

　송강이 호연작에게 가서 정중하게 말했다.

　"소생은 결코 덮어놓고 남의 성을 빼앗자는 것은 아닙니다. 공명 숙질이 영창에 잡혀 있는 몸이 됐기 때문입니다. 장군께서 상대방을 속이고 성문을 열도록 해주시는 길 이외에는 구출해 낼 도리가 없습니다."

　호연작이 쾌히 승낙했다.

　"형장께서 이 아우를 용납해 주신 이상, 무슨 일에나 힘써 드리는 것이 당연한 이치라고 생각합니다."

　그날　밤,　송강은　진명·화영·손립·연순·여방·곽
성·해진·해보·구붕·왕영 등 열 명의 두령 모두 병사
의 몸차림을 시켜서 호연작을 따라가도록 했다.
　11기(騎)가 성 근처에 당도하자 호연작이 큰 소리를 질
렀다.
　"어바라! 문을 열어라! 가신히 목숨을 건져 가지고 돌아
오는 길이다!"
　성벽을 지키던 자가 호연작의 음성을 알아듣고 급히 모
용지부에게 알렸다. 지부는 호연작이 도주해 왔다는 보고
를 받자 크게 기뻐하며 즉각에 말을 달려 성벽으로 나왔
다. 얼굴은 보이지 않지만 10여 기(騎)를 거느린 호연작
의 음성이 틀림없었다. 곧 병사에게 성문을 열라고 명령했
다.
　열 명의 두령이 성문 안으로 들어서서 지부를 보는 순
간 진명이 대뜸 낭아곤을 휘둘러서 말 위의 지부를 거꾸
러뜨렸다. 해진·해보는 불을 질렀으며, 구붕과 왕왜호는
성벽으로 뛰어 올라가 병사들을 쫓아 버렸다.
　송강이 거느리는 본대(本隊) 병사들은 불길이 충천하자
일제히 쳐들어와서 감옥으로부터 공명과 그의 숙부 공보
의 일가족속을 구출하고, 모용지부의 일가족속을 하나도
남기지 않고 모조리 목을 베었다. 그러고 나서 청주 부리
로 들어가서 축하의 주연을 베풀고 세 산의 두령들을 초
청해 모두 산채로 데리고 갔다. 보주사와 도화산의 산채는
불질러 버리고 세 산의 인마가 한 군데 집결하여 송강의

인솔하에 양산박으로 돌아왔다. 이리하여 새로 가담한 두 령이 호연작·노지심·양지·무송·시은·조정·장청·손이랑·이충·주통·공명·공량 등 도합 열두 명이 됐다.

어느 날 화화상 노지심이 송공명에게 와서 이런 말을 했다.

"제가 아는 친구로 이충의 도제인 구문룡(九紋龍) 사진(史進)이 화주 화음현 소화산에 있습니다. 또 신기군사(神機軍師) 주무(朱武), 도한호(跳澗虎) 진달(陳達), 백화사(白花蛇) 양춘(楊春) 등 세 사람이 사진과 함께 지내고 있는데, 늘 이들의 일이 걱정됩니다. 옛날에 와관사(瓦罐寺)에서 신세를 진 일이 있어서 그것을 잊어버릴 수 없습니다. 한 번 찾아가서 그들 네 친구를 이곳으로 데리고 와서 같이 일하고 싶습니다."

송공명은 쾌히 승낙하고 무송더러 동행하라고 했다. 또 노지심과 무송이 떠나간 뒤에 마음이 놓이지 않아서 신행태보 대종을 시켜서 뒤를 쫓아가며 정세를 살펴 주도록 분부했다.

노지심과 무송이 화상의 몸차림을 하고 소화산 기슭까지 도달했을 때, 길에 숨어 있던 졸병들이 나와서 길을 가로막았다.

"거기 가시는 두 분 스님, 어디서 오시는 길이오?"

무송이 다짜고짜 큰 소리로 물었다.

"사대관인께서는 산에 계신가?"

눈치빠른 졸병이 곧 연락을 취하자 신기군사 주무, 도한호 진달, 백화사 양춘 세 사람이 노지심과 무송을 영접하러 내려왔다. 그러나 사진만은 보이지 않았다. 노지심이 물었다.

"사대관인께서는 어찌된 일입니까? 어째서 만나뵐 수 없습니까?"

주무가 앞으로 나서며 말했다.

"연안부(延安府)의 노제할(魯提轄)님이 아니십니까?"

"이편 행자는 경양강에서 호랑이를 때려잡은 도두 무송입니다."

노지심의 말을 듣자, 세 사람은 당황하여 얼른 절을 했다.

"쟁쟁하신 명성은 평소에 잘 알고 있었습니다. 두 분께서는 이룡산에서 산채를 마련해 가지고 계신 줄 알고 있었는데 오늘은 어찌하여 이곳에 오셨습니까?"

"우리들은 이룡산에 있지 않습니다. 양산박 송공명의 산채에 가서 함께 일하고 있습니다. 이번에는 사대관인을 찾아뵙고자 왔습니다."

"잘 오셨습니다. 우선 산채로 가십시다. 거기서 자세한 말씀을 드리겠습니다."

주무가 이렇게 말하니 노지심이 조급히 물었다.

"할 이야기가 있으면 빨리 해주시오. 우리는 성미가 급해서 기다릴 수 없소."

무송도 맞장구를 쳤다.

"화상은 성미가 급하니, 할 이야기가 있으면 여기서 빨리 해주시오!"

그제야 주무는 이야기를 꺼냈다.

"우리 세 사람이 이 산채에 자리잡고 나서 사대관인까지 가담하시자 아주 마음 든든하게 됐습니다. 그런데 얼마 전에 사대관인께서 산 아래로 내려가시다가 북경(北京) 대명부 사람인 환쟁이〔畵匠〕 왕의(王義)란 사람을 만나셨습니다. 이 사람은 서악(西嶽) 화산(華山) 금천성제묘(金天聖帝廟)의 벽화를 그려 보고 싶은 소원 때문에 그 묘에 갔는데, 마침 왕교지(王矯枝)라는 딸을 데리고 갔었다고 합니다. 그 주의 하태수(賀太守)란 자는 채태사의 문하로 못된 짓을 해서 백성만 괴롭히는 벼슬아치였는데, 공교롭게도 그 묘에 왔다가 왕교지의 미모에 반해서 사람을 중간에 놓아 첩으로 달라고 졸라댔지만, 왕의가 거절하자 하태수는 그 딸을 뺏어다가 첩을 삼고, 왕의는 변경(邊境)의 주로 귀양살이를 보냈습니다. 귀양살이를 떠나가는 도중에 사대관인을 만나뵙게 되어서 억울한 사정을 호소했던 모양입니다. 사대관인은 두 사람의 공리를 죽이고, 하태수를 찔러 죽이러 달려가다가 일이 탄로나서 붙잡혀 가지고 영창에 처박힌 신세가 됐습니다. 그뿐만 아니라, 하태수가 군사를 풀어서 산채를 토벌하겠다고 서두르기 때문에 우리들은 어찌해야 좋을지 몰라 초조한 판입니다."

노지심이 버럭 소리를 질렀다.

"세상에 그런 지독한 짓을 하는 놈도 있단 말인가! 내가 가서 그놈을 죽여 버려야겠다!"

주무가 말렸다.

"우선, 산채로 올라가서 상의하십시다!"

다섯 사람의 두령은 소화산 산채로 올라가 자리잡았다. 주무는 곧 왕의를 불러 노지심과 무송에게 인사를 시키고, 하태수가 욕심꾸러기여서 백성을 괴롭히고 양가의 부녀자를 강탈한다는 자초지종을 이야기하고, 한편 소와 말을 잡아 노지심과 무송에게 술대접을 했다.

주석에서 노지심은 이런 말을 했다.
"사형이 여기 없으니 술 한 방울도 마시고 싶지 않소. 하룻밤 지내고 내일은 내가 주리로 가서 그놈을 때려죽여 버리겠소!"
무송이 말렸다.
"형님, 선부른 짓은 안하는 게 좋소. 우리 둘이서 양산박으로 되돌아가 연락을 취한 다음, 송공에게 부탁해서 대군을 거느리고 화주(華州)를 공격하도록 합시다. 그렇지 않고는 사대관인을 구출하기는 어려울 것이오."
노지심이 소리를 벌컥 질렀다.
"우리들이 산채로 가서 힘을 빌리는 사이에 사대관인의 생명이 어찌될지 알 수 없는 일일세!"
"설사 태수를 죽인다손 치더라도 반드시 사대관인을 구출할 수 있다고 할 순 없지 않소?"
무송은 이렇게 말하고 끝까지 노지심을 보내지 않으려고 했다. 또 주무도 극력 만류했다. 그러나 노지심은 막무가내 고집을 부리고, 이튿날 아침 사경 때쯤 되어서 선장(禪杖)을 끌고 계도를 허리춤에 찌른 뒤 곧장 소화산을 달려 내려가고 말았다.
무송은 걱정스러워서 이런 말을 했다.
"자기 고집만 부리고 남의 말을 통 듣지 않으니 반드시 실수를 할 거야!"
주무는 약삭빠른 부하 두 사람을 보내 정세를 살피도록 했다.

노지심은 화주성 안으로 달려 들어가는 길로 거리에서 주리가 어디쯤 되느냐고 행인에게 물었다. 어떤 사람이 대답했다.

"주교를 건너서 동쪽으로 고부라진 곳에 있소."

부교(浮橋) 위까지 왔을 때 사람들이 떠드는 소리가 들렸다.

"거기 가는 스님, 저리 비키시오. 태수상공께서 행차하시오!"

하태수의 행렬의 길잡이 두 사람이 앞장을 서서 달려들었다. 노지심이 바라보니 태수가 타고 있는 교자는 사방으로 휘장을 쳤고, 교자 양편으로는 10여 명의 우후들이 무장을 든든히 하고 호위를 하며 따라가고 있었다. 노지심이 생각한다.

'섣불리 손을 댈 수는 없겠는걸. 만일에 실수를 하면 웃음거리밖에 될 것이 없으니!'

교자 안에 앉아 있던 하태수는 노지심이 덤벼들려고 들먹들먹하는 꼴을 창틈으로 내다보고 있었다. 그래서 위교(渭橋)를 건너서기 바쁘게 두 사람의 우후를 불러서 분부했다.

"다리 위에 있던 투실투실한 중녀석에게 잿밥을 대접할 테니 부리로 가자고 하게."

우후는 즉각에 다리 위로 가서 노지심에게 말했다.

"부리로 가시면 태수 상공께서 잿밥을 대접하시겠다 하오."

노지심이 혼자 생각한다.

'놈은 내 손에 죽게 마련이로군! 섣불리 손을 대지 않으

려고 그대로 지나쳐 보냈더니, 제 놈이 먼저 나를 불러들이다니!'

노지심은 우후를 따라 부리로 들어갔다. 태수는 미리 노지심이 앞뜰에 들어서는 즉각 선장과 계도를 빼앗은 뒤 잿밥을 준다고 안으로 유인해 들이라고 명령해 두었다.

노지심은 처음에는 말을 듣지 않았지만 여러 우후들이,

"당신은 화상의 몸으로 어째서 그렇게 벽창호 같은 소리를 하시오? 부중으로 지팡이나 칼을 차고 들어가실 수는 없잖소!"

하였다. 노지심은,

'내 주먹 두 개만 가져도 그 따위 놈 하나쯤은 때려눕힐 수 있다!'

생각하고 선장과 계도를 복도에 두고 안으로 들어갔다. 이때, 하태수가 안에서 손을 번쩍 쳐들면서 소리를 질렀다.

"그 중녀석을 붙잡아라!"

양편 벽의 휘장 속으로부터 3,40명의 공인들이 우르르 덤벼들어서 노지심이 옴치고 뛸 수도 없도록 즉각에 붙잡아 버렸다. 아무리 불문의 나타태자(那吒太子)라 한들 이 천라지망(天羅地網)에서 벗어날 수 없을 것이고, 화수금강(火首金剛)이라 해도 용택호굴(龍澤虎窟)에서는 몸을 뛰쳐나기 어려운 것이다.

59 변 장 행 렬

吳 用 賺 金 鈴 弔 掛
宋 江 鬧 西 嶽 華 山

하태수는 단단히 결박한 노지심을 섬돌 아래에 끌어 내
놓고 호통을 쳤다.

"네 놈은 필시 관서오로(關西五路)를 어지럽히고 돌아
다니는 강도로서 사진(史進)이란 놈의 원수를 갚으려고
온 놈이 분명하다! 자백할 때까지 매를 죽도록 쳐라!"

노지심이 자기는 양산박의 호걸이라고 버티었지만 아무
소용 없었고, 결국 하태수는 노지심을 실컷 매질하고 나서
사형수를 가두는 영창에다 처박아 버렸다. 화주성 안에는
금시에 소문이 퍼졌다. 무송이 뒤를 밟게 한 부하 둘이,
급히 돌아와서 이 놀라운 소식을 보고하자 무송이 당황해
서 어찌할 바를 모르고 있을 때, 마침 신행태보 대종이 이
곳으로 달려들었다. 두 사람이 시급히 상의한 결과, 대종
이 신행법을 써서 양산박으로 돌아가서 연락을 취하기로
했다.

대종이 사흘 만에 양산박에 도착하자 송강은 자초지종
의 이야기를 듣고 펄쩍 뛰면서 놀랐다.

"두 사람이나 붙잡히다니! 무슨 손을 쓰든 구출해야겠
다! 일각인들 지체할 수 있으랴!"

송강은 즉각에 전·중·후 3군을 편성한 뒤 총력 7천의

병사를 거느리고 곧장 화주로 향했다.

송강의 병사 3대(隊)가 소화산에 도착하자, 무송이 주무·진달·양춘을 거느리고 산을 내려와 영접하면서 사진과 노지심을 구출할 계책을 상의했으나 도무지 묘계가 나서지 않았다.

"어쨌든, 내일 성 근처에 나가서 자세히 정세를 살펴본 다음에 다시 상의하기로 합시다."

우학구의 의견이었다. 송강은 밤새도록 술을 마시고 날이 훤히 밝을 무렵에 성 근처를 정찰하러 나가겠다고 했으나, 오학구가 그것을 말렸다.

"성 안에는 지금 호랑이 두 마리를 영창 안에 잡아 두고 있습니다. 밝은 낮에 정찰을 나가는 것은 불리하고, 오늘은 달밤이니 날이 완전히 어두운 다음에 나가서 정세를 살피기로 하십시다."

초경 때쯤 되어서 송강·오용·화영·진명·주동 다섯 사람은 높은 곳에 올라가 성 안을 정찰하고 돌아왔지만, 워낙 성곽이 웅장하고 지세가 든든해서 도저히 공격할 만한 좋은 계책이 서지 않았다.

그 이튿날, 산 아래로 내려보낸 10여 명의 정찰병 가운데 한 사람이 돌아와서 보고를 했다.

"이번에 조정에서는 전사태위(殿司太尉) 숙원경(宿元景)을 파견하여 화산에 헌납하기로 되어 있는 금령조괘(金鈴弔掛)를 가지고 서악(西嶽)에 참배하도록 해서 황하와 위하를 건너오고 있다 합니다!"

오용이 선뜻,

"형님! 걱정 마시오! 이제야 좋은 계책이 섰소!"

하면서, 즉각에 이준과 장순을 불러 여차여차하라고 지시를 내렸다.

"그렇지만 지경(地境)을 잘 모르니 누가 길을 인도해 줘야겠습니다."

이준이 이렇게 말하자 백화사 양춘이 선뜻 나섰다.

"내가 동행하리다!"

송강은 크게 기뻐했다. 세 사람은 즉시 산을 내려갔다.

그 이튿날, 오학구는 송강·이응·주동·호연작·화영·진명·서녕 등 일곱 사람과 함께 부하 5백여 명을 거느리고 산을 내려가서 위하 나루터로 달려갔다.

이준·장순·양춘이 벌써 10여 척의 큰 배를 동원해 가지고 그곳에서 대기하고 있었다. 오용은 즉각 화영·진명·서녕·호연작 네 사람을 언덕 한편에 매복시켜 놓고, 송강·오용·주동·이응 네 사람은 배를 타게 했다.

이준·장순·양춘이 그 배를 저어 나루터 한편에 대놓고 거기 숨어서 하룻밤을 지냈다.

이튿날, 날이 밝을 무렵에 멀리서 징소리·북소리가 요란하게 울려왔다. 세 척의 관선이 달려 들어오는 게 보였다. 배 위에는 황기(黃旗)가 꽂혀 있는데 기폭에는 분명히 '태위(太尉) 숙원경(宿元景)'이라고 씌어 있었다.

태위를 태운 관선이 나루터에 가까워졌을 때, 주동과 이응이 각각 긴창을 들고 송강과 오용의 뒤에 서서 태위의 배가 나루터에 들어오지 못하도록 가로막았다.

배 안에서 20여 명의 우후가 뛰어나오며 소리를 질렀다.

"뭣하는 뱃놈들이냐? 나루터로 들어가시려는 태위님의 배를 가로막다니!"

송강은 정중히 허리를 굽혀 절을 하고, 오학구가 뱃머리에 나서서 말했다.

"양산박의 의사(義士) 송강, 정중히 인사드리오!"

관선에서는 객장사(客帳司—접객역)가 나타나며 정중히 꾸짖었다.

"조정에 게신 태위께서 성지(聖旨)를 받들고 서악(西嶽)으로 참배하러 가는 길이다. 네 놈들 양산박의 도둑놈들이 어째서 이 길을 가로막느냐?"

"우리들은 의사(義士)로서 꼭 태위님을 뵙고 여쭐 말이 있습니다."

"네 놈들이 어찌 감히 태위님을 섣불리 만나뵙겠다는 거냐?"

송강이 입을 열었다.

"태위님께 잠시 동안 언덕으로 좀 올라오시도록 해주시오. 상의할 일이 있소!"

"태위님은 조정의 명신(命臣)이시다. 네 놈들이 무슨 상의할 일이 있다는 거냐?"

"태위님께서 만나 주지 않으신다면 부하들이 태위님께 시끄럽게 굴 것이오!"

주동이 창끝에 매단 조그마한 기폭을 한 번 휘두르니 화영·진명·호연작이 기병을 거느리고 나루터에 나타나서 일제히 활을 겨누고 달려들었다. 관선에 타고 있는 여러 사람들은 당황해서 허둥지둥 몸을 숨기고, 객장사도 하는 수 없이 태위에게 연락을 취했다. 숙태위(宿太尉)가 심히 마땅치 않은 얼굴로 뱃머리에 나와서 자리잡고 앉았다. 그리고 호통을 쳤다.

"나는 특히 성지를 받들고 서악으로 참배하러 가는 몸이다. 조정의 대관이 어찌 경솔하게 언덕에 올라가 네 놈들과 이야기를 할 수 있단 말이냐?"

"태위님께서 거절하신다면 소생의 부하들이 그대로 있지 않을 겁니다."

이응이 깃발에 매달린 창을 한 번 휘두르자, 이준·장순·양춘이 일제히 배를 저어 나갔다. 숙태위가 깜짝 놀라 어리둥절하고 있을 때, 이준과 장순이 번쩍번쩍하는 단도를 손에 들고 재빨리 관선으로 뛰어 올라가 닥치는대로 우후 두 사람을 물속에 처박아 버렸다. 송강이 대뜸 호통을 쳤다.

"함부로 까불지 마라! 귀인께서 놀라실라!"

그러자 이준과 장순은 물속으로 덤벙 뛰어 들어가 두 사람의 우후를 배 위로 건져 올렸다. 이들이 마치 평지에서 놀 듯 배 위로 훌쩍 뛰어 오르는 솜씨를 보자 숙태위는 깜짝 놀라서 혼비백산할 지경이었다. 송강과 오용이 일제히 꾸지람을 했다.

"뒤로 물러서 있거라! 태위님은 내가 모시고 언덕으로 올라갈 것이니!"

숙태위는 겁이 덜컥 났다.

"의사들은 할말이 있으면 여기서 하시오!"

송강, 오용이 입을 모았다.

"여기서는 여쭐 수 없습니다. 황송하온 일이지만 산채로 올라가 주셔야만 말씀드리겠습니다. 결코 해를 끼쳐 드리지 않을 것이오니 안심하시기 바랍니다."

　이쯤되고 보니 숙태위도 어찌할 도리가 없었다. 지극히 못마땅한 표정으로 배를 내려서 언덕으로 올라섰다.

　송강은 태위를 말에 태우고, 화영·진명을 뒤딸려 소화산으로 보냈다. 그리고 자기도 말을 타고 관선(官船)의 전원, 그리고 어향(御香), 제물(祭物), 금령조괘(金鈴弔掛)를 깡그리 걷어 가지고 산채로 올려 가라고 명령했다. 뒤에는 이준과 장순, 백여 명의 부하를 딸려 남겨 두고 배를 지키고 있도록 했다.

　송강은 숙태위를 취의청에 앉혀 놓고 솔직히 청해 봤다.

　"이 송강은 본래 운성현의 소리(小吏)로서 관사의 핍박을 받게 되어 부득이 양산박에 집결하여 난을 피하고 있으나, 조정에서 은사령이 내려서 나라를 위하여 일할 때만 고대하고 있는 몸입니다. 이번에 두 친구가 대단치도 않은 일에 하태수에게 붙잡혀서 목숨이 위태롭게 되어 영창에 처박혀 있습니다. 태위님의 어향과 행렬(行列)과 금령조괘를 빌려 가지고 화주로 가서 놈들을 속여서 일을 치르고 난 다음에, 고스란히 돌려 보내 드리고 태위님의 신상에는 추호도 해를 끼치지 않을 것이니 양해해 주시기 바랍니다."

　"어향과 제물을 모조리 가져간다면 나중에 탄로가 나서 그 누가 내 몸에 미칠 것이 아닌가?"

　"태위님께서 서울로 돌아가시거든 모든 일을 이 송강에게 밀어 버리시면 그만 아닙니까?"

　숙태위는 여러 호걸들의 만만치 않은 모습을 보자, 도저히 거절할 수 없어서 그대로 승낙해 버렸다.

송강은 주연을 베풀어 친히 태위에게 술잔을 올리고, 태위가 거느리고 온 자들의 의복을 모조리 벗기고 용모가 깨끗하게 생긴 부하를 골라서 태위의 옷을 입혀 숙원경으로 변장을 시켰다.

또 송강과 오용은 객장사의 모습으로 변장을 했고, 해진·해보·양웅·석수는 우후의 몸차림으로, 부하들에게는 모조리 관군의 의복을 입혀서 어향·제물·금령조괘를 받들게 하고, 화영·서녕·주동·이응 네 사람은 호위병으로 변장을 했다.

주무·진달·양춘 세 사람은 태위와 따라온 종자들을 한곳에 잡아 두고 술대접을 하고 있었다.

한편, 진명과 호연작이 1대의 병사를 거느리고, 임충과 양지가 따로 1대의 병사를 거느리고 두 갈래로 갈라져서 성을 공격하기로 하고, 무송은 미리 서악 산문(山門) 근처에 가서 대기하고 있다가 신호만 있으면 거사하기로 작정했다.

송강 일행은 산채를 뒤로 하고, 배를 저어서 화주의 태수에게는 알리지 않고 곧장 서악묘로 향했다.

대종이 먼저 운대관(雲臺觀)으로 연락을 취했다. 관주(觀主)를 위시해서 묘 안의 여러 중들이 나루터까지 나와서 언덕으로 영접해 올렸다. 향화(香火)·등촉(燈燭)·당번(幢旛)·보개(寶蓋)를 앞에 늘어세우고, 먼저 어향(御香)을 향정(香亭)에 담아 묘의 인부들에게 떠메게 해서 금령조괘의 앞에 세워 행렬을 전진케 했다.

관주가 태위에게 절을 했다. 오학구가 옆에서 말한다.

"태위님께서는 도중에 병환이 나시어, 마음이 편치 않으시니 교자를 마련해 주시오!"

좌우 측근자들이 태위를 부축해서 교자에 태우고 그대로 악묘의 편전까지 가서 쉬었다.

이때, 객장사로 변장한 오학구가 관주에게 꾸짖듯이 물었다.

"특히 성지를 받들고 어향과 금령조괘를 대악성제(大嶽聖帝)께 바치려고 왔는데, 어찌하여 이 주의 관원들은 무례하게도 영접하러 나올 줄 모르는가?"

관주가 대답한다.

"이미 사람을 보내어 알렸으니 곧 도착할 겁니다."

관주가 이렇게 말하고 있을 때, 이 주의 선사(先使)의 한 사람인 추관이 6,70명의 공인을 거느리고 주과(酒果)를 마련한 뒤 태위에게 인사를 드리러 나왔다.

태위로 변장한 송강의 부하는 그 모습은 비슷하지만 말을 잘 못하는지라, 병이 든 체하고 이불을 뒤집어 씌워서 침상 위에 눕혀 두었다.

추관이 살펴보니 정절(旌節)이며, 문기(門旗)며, 아장(牙仗)이며, 모든 것이 내부(內府)에서 만든 물건에 틀림없어 추호도 의심할 여지가 없었다.

객장사로 변장한 송강과 오용은 일부러 들락날락하면서 두 번이나 태위에게 상신하여 가지고 간신히 추관을 안으로 안내했고, 멀리 떨어진 계단 아래에서 인사를 드리도록 했다.

가짜 태위는 한 번 손짓을 했을 뿐, 무슨 말을 하는지 통 알아들을 수 없었다.

객장사 오용은 추관을 밖으로 데리고 나와서 꾸지람을 했다.

"태위님으로 말하자면 천자 어전에 계신 근행대신(近幸大臣)으로서 천리의 먼 길을 불사하고 성지를 받들고 여기까지 오시다가 도중에 병환이 드시어 마음이 편치 않으신데, 본주의 중관(衆官)은 어찌하여 영접하러 나오지 않소?"

추관이 대답했다.

"전로(前路) 관사에서는 문서가 주에 도착했지만 근처에서 아무 연락이 없었기 때문에 영접하지 못하였사온데, 태위님께서 먼저 도착하시리라고는 생각지 못했습니다. 본래는 태수께서 곧 나오셔야 될 일이지만, 공교롭게도 소화산의 도둑놈들이 양산박의 강도들과 규합해 가지고 성지를 들이치려고 하여 매일 놈들을 방비하느라고 자리를 뜨시지 못하기 때문에, 특히 소관(小官)을 먼저 보내시어 주례(酒禮)를 차리도록 하신 것이며, 태수님께서도 곧 뒤로 오셔서 만나뵐 것입니다."

객장사로 변장한 오용이 또다시 위엄 있게 꾸짖는다.

"태위님께서는 한 방울도 술을 마시지 않으시니, 어쨌든 태수가 빨리 와서 행례(行禮)를 상의하도록 하시오!"

추관은 곧 술을 가져오게 해서 객장사와 수원(隨員)들에게 잔을 권했다. 오학구는 다시 안으로 들어가서 무슨 말인지 상신하고, 열쇠를 가지고 나오더니 금령조괘를 보여 주려고 추관을 데리고 갔다. 열쇠로 상자를 열자 향을 담은 비단주머니 속에서 천자가 하사하신 금령조괘가 나왔다. 그것을 꺼내 대나무 가지에 꽂아 가지고 추관에게 보여 주었다. 추관이 바라다보니 그야말로 눈부시게 훌륭한 물건이었다.

이 한 쌍의 금령조괘는 동경 내부(內府—궁중)의 명공의 솜씨로 만들어진 것으로 온통 칠보진주(七寶眞珠)로 장식했으며, 맨 가운데는 조그마한 홍사등롱(紅紗燈籠)을 켜게 돼 있어서 바로 성제(聖帝)의 궁전 정중앙에 거는 것이니, 궁중에서 나온 물건이 아니면 민간에서야 어찌 만들 수 있는 물건이랴?

객장사 오용은 그것을 추관에게 한 번 구경시키고 나서 다시 상자 속에 집어 넣고 쇠를 채워 버렸다. 그리고 중서성에서 보낸 가지가지 공문을 추관에게 내보이며, 빨리 태수를 불러다가 택일을 상의해서 제사를 올리도록 하자고 재촉했다.

추관과 여러 공인들은 여러 가지 신빙성 있는 공문과 물건을 본 다음, 객장사 오용에게 인사를 하고 곧 화주 부리로 돌아가서 하태수에게 보고했다.

송강은 남몰래 마음속으로 박수갈채했다.

"그놈이 몹시 간활(奸猾)하지만 어리둥절해서 속아넘어 갔구나!"

이때, 무송은 벌써 묘문 근처까지 와 있었다. 오학구는 또 석수에게도 단도를 품고 묘문 근처에 숨어 있으면서 무송을 거들어서 거사하도록 했다. 그리고 대종에게는 우후의 몸차림을 하게 했다.

운대관의 관주는 소채(素菜) 음식을 내놓고 또 여러 중들에게 명령하여 악묘(嶽廟)를 찬란하게 장식하라고 했다.

　송강은 슬그머니 서악묘에 가보았다. 건축물이 굉장하고 전우(殿宇)의 웅장함은 실로 지상의 천국인 듯싶었다. 송강은 정전(正殿)으로 가서 향을 피우고 재배하며 남몰래 기도를 올렸다. 편전까지 되돌아 나올 때 문지기가 아뢰었다.

　“하태수님께서 행차하십니다!”

　송강은 곧 화영·서녕·주동·이응 등 네 사람의 호위병을 각각 무기를 들고 양편으로 늘어서도록 하고, 해진·해보·양웅·대종도 각각 무기를 가지고 좌우에 지키고 서 있도록 했다.

　하태수는 부하 3백여 명을 거느리고 묘 앞에서 말을 내렸다. 가짜 객장사 오학구와 송강은 그들이 모두 무기를 지닌 공인들임을 알고, 오학구가 호통을 쳤다.

　“조정에서 나오는 태위님의 앞이니, 한잡배(閒雜輩)들은 가까이 오지 말라!”

　공인들은 걸음을 멈추고 섰으며, 하태수 혼자 걸어나와서 태위에게 인사를 드리려고 했다. 편전 앞을 지나서 가짜 태위를 향하고 꿇어엎드렸다.

　“이 하모(賀某)는 태위님께서 오시는 것을 모르고 있었사오니 그 죄를 너그러이 봐주시길 엎드려 비옵니다.”

　이때, 오학구가 추상 같은 호령을 했다.

　“저놈을 잡아라!”

　해진·해보 두 형제가 품속에서 단도를 뽑아들고 하태수를 발길로 걷어질러 가지고 당장에 목을 베어 버렸다.

　“모두들 덤벼들어라!”

송강이 명령을 내리니 태수를 따라온 3백여 명의 부하들은 눈이 휘둥그레져서 서 있을 뿐, 화영과 그밖의 여럿이서 놈들을 모조리 거꾸러뜨렸고, 묘문 밖으로 도망쳐 나간 놈들은 무송과 석수가 칼을 휘두르고 덤벼들어서 3백여 명을 깡그리 무찔러 버렸다. 나중에 묘로 달려든 놈들도 장순과 이준의 손에 모두 죽어 버렸다.

송강은 즉각 금령조괘와 어향, 그밖의 물건들을 수습케 해서 배를 타고 일행을 모아 화주를 향해 쳐들어갔는데, 그때 벌써 성 안에서는 두 군데나 불길이 충천하고 있었다. 일제히 공격을 개시하여, 우선 영창으로 가서 노지심과 사진을 구출하고, 계속해서 창고를 부수고 재백(財帛)을 탈취하여 수레에 실었다.

이리하여, 일행은 다시 화주를 뒤로하고 소화산까지 배를 타고 돌아와서 숙태위에게 인사하고, 어향·금령조괘·정절(旌節)·문기(門旗)·의장(儀仗) 등 물건을 돌려주고 정중히 사례했다.

송강은 금은을 쟁반에 그득히 담아서 태위에게 선사했고, 또 그의 종자들에게도 지위의 높고 낮은 차별 없이 똑같이 금은을 주었으며, 산채에서 송별의 주연을 베풀어서 태위의 호의에 감사했다.

여러 두령들은 태위를 나루터까지 전송해 주고 모든 물건과 배를 하나도 빠뜨리지 않고 깨끗이 임자에게 돌려보냈다.

송강은 숙태위와 작별하자, 소화산으로 되돌아와서 네 사람의 호걸들과 상의해서 산채의 전량(錢糧)을 수습한 다음 불을 질러 버리고, 군마와 양말(糧秣)만 잔뜩 싣고 양산박으로 돌아갔다.

한편, 숙태위가 배를 타고 화주성 안에 당도하니, 벌써 양산박의 적군이 관군의 인마를 죽이고 부고(府庫)의 전량(錢糧)을 탈취했으며, 성 안에서도 관병 백여 명을 죽이고 서악묘에서도 수많은 사람을 죽였다는 소문이 쫙 퍼져 있었다.

숙태위는 즉각 추관(推官)을 시켜서 중서성에 상신할 공문을 작성케 하고, 모든 일은 송강이 도중에서 태위를 유인하여 저지른 일이라고 꾸며 놓고, 밤을 새워서 경사로 돌아가 그 동안의 사연을 계주했다.

송강은 노지심과 사진을 구출한 뒤 병사를 3군으로 편성해서 양산박으로 향했는데, 도중에서는 추호도 주현(州縣)의 백성들에게 해를 끼치지 않았다.

먼저 대종을 보내 산채로 연락을 취했기 때문에 조개와 그밖의 여러 두령들이 산을 내려와 송강 일행을 영접했다. 일동이 산채에 있는 취의청에 모여 인사를 나누고 축하의 주연을 베풀었다.

그 이튿날은 사진·주무·진달·양춘이 각각 자기네 돈을 내어 주연을 베풀고, 조개·송강 이하 여러 두령에게 감사의 뜻을 표시했다.

이렇게 해서 며칠이 또 지나갔다. 어느 날 한지홀률 주귀가 홀연 산채에 나타났다.

"서주(徐州) 패현(沛縣) 망척산(芒踢山) 속에 요즘 강도의 떼들이 3천 인마(人馬)를 집결시키고 있습니다. 두목격인 선생은 번서(樊瑞)라고 하는데 별명을 혼세마왕

(混世魔王)이라 하며, 능히 호풍환우(呼風喚雨)를 하고 용병(用兵)이 귀신 같다고 합니다. 그의 수하에 있는 두 부장 중에서 하나는 항충(項充)이라 하고 별명을 팔비나타(八臂那吒)라 하며 단패(團牌)를 잘 쓰기로 유명한데, 그 단패에는 비도(飛刀) 24자루가 꽂혀 있어서 백 보쯤 떨어진 곳에서 사람에게 던지면 맞지 않는 법이 없고, 손에는 또 따로 철표창(鐵標鎗)을 가지고 있다고 합니다. 또 하나는 이곤(李袞)이라 하는데, 별명을 비천대성(飛天大聖)이라 하고 역시 단패를 잘 쓰며, 단패 위에는 24자루의 표창을 꽂아 가지고 백 보나 떨어진 곳에서 사람에게 던져서 맞지 않는 법이 없고, 손으로는 따로 보검(寶劍) 한 자루를 쓸 줄 안다고 합니다. 이들 셋이서 형제를 맺고 망척산에서 강도질을 하고 있는데, 세 놈이 상의한 결과 양산박의 대채(大寨)를 습격하여 수중에 넣겠다는 것입니다."

송강은 그 말을 듣고 대로했다.

"이 도둑놈들이 어찌 감히 이다지도 무례할 수 있단 말이오? 내가 다시 한 번 내려갔다 오겠소!"

이 때, 구문룡 사진이 나서면서 말했다.

"우리 네 사람은 이곳으로 온 후 아무런 공로도 세우지 못했으니, 이번에는 우리들에게 맡겨 주십시오!"

송강이 크게 기뻐하여 쾌히 승낙하니, 구문룡 사진은 신기군사 주무와 도한호 진달, 백화사 양춘 세 맹장을 거느리고 부하의 인마와 함께 곧장 망척산으로 향했다.

네 호걸이 망척산에 당도하여 진두에 말을 멈추고 바라다보니, 산 꼭대기로부터 1대(隊)의 인마가 달려 내려왔다.

선두에 서 있는 두 호걸 중에 앞장 서 있는 것이 바로 서주 패현 사람으로 팔비나타라는 별명을 가진 항충(項充), 뒤에 서 있는 호걸은 비현(邳縣) 사람으로 비천대성(飛天大聖) 이곤(李袞)이었다.

항충과 이곤은 걸어서 산을 내려왔다. 대진(對陣)을 하고 있는 사진·주무·진달·양춘 사기(四騎)가 덤비려는 기색이 없자 항충과 이곤의 부하들이 징을 울렸다. 두 호걸은 단패(團牌)를 휘두르며 적진으로 쳐들어왔다. 사진의 진지에서는 그것을 막지 못하고 단번에 3,40리나 패주하여 간신히 생명이 위태로운 지경을 모면했다. 사진이 병사를 점명해 보니 절반이나 상실했다.

주무와 상의해서 양산박으로 구원병을 청하려고 했을 때, 북쪽 길로부터 먼지를 휘날리며 양산박의 기치를 높이 올리고 2천 명의 군사가 몰려들었다. 선두에 말을 타고 있는 두 대장은 화영과 서녕이었다. 사진이 항충과 이곤을 막아내지 못하고 패한 경과를 자세히 이야기하자, 화영은 송공명 형님이 불안해서 우리들을 파견했다 하며, 병사를 합쳐서 진지를 정비하고 밝은 날 새벽에 군사를 총동원하여 다시 싸워 보자고 했다.

이때 북쪽에서 또 1대의 군마가 나타났다. 송공명이 친히 오학구·공손승·시진·주동·호연작·목홍·손립·황신·여방·곽성 등 두령들과 함께 병사 3천 명을 거느리고 달려온 것이었다.

성미 급한 송강이 당장에 망척산으로 쳐들어가자고 했다. 공손승이 말렸다.

"망척산에 켜 있는 저 푸른 등롱(燈籠)불은 바로 요술
(妖術)을 쓰고 있다는 증거요, 우리 편에서도 우선 군사를
뒤로 물리고 한 가지 작전을 세워 가지고 내일 공격하기
로 합시다!

60 바람에 꺾인 깃발

公 孫 勝 芒 踢 山 降 魔
晁 天 王 曾 頭 市 中 箭

공손승은 송강과 오용에게 진도(陣圖)를 제시하며 말했다.

"이것은 한말(漢末)에 천하가 삼분했을 때, 제갈공명(諸葛孔明)이 돌을 늘어놓고 생각해낸 진법입니다. 4면 8방을 8×8=64대(隊)로 나누고, 그 맨 가운데에 대장을 둡니다. 즉, 4두(頭) 8미(尾)의 형체를 좌우로 빙글빙글 돌리며 천지풍운(天地風雲)의 기(機)와 용호조사(龍虎鳥蛇)의 형상을 따라서 움직여 나가는 것입니다. 적군이 산에서 내려와서 이편 진지로 쳐들어오면 양군(兩軍)이 양쪽으로 쫙 갈라져서 적군이 들어오는 것을 맞아들이도록 하고, 칠성기(七星旗)의 신호로 진형은 장사형(長蛇形)으로 변하는 것입니다. 나는 술법을 써서 세 놈을 진중에서 전후좌우 어디로도 나갈 길이 없도록 해놓고 함정을 파서 그 속에 처박아 버리고, 양편에 요구수(撓鉤手)를 매복시켰다가 낚아채겠습니다."

송강은 크게 기뻐하여 그날 점심때쯤, 공손승의 진법대로 망척산 부근에 가서 진을 친 뒤 깃발을 휘두르고 군고를 울리면서 도전했다.

망척산에서는 2,30개의 징이 한꺼번에 울리더니 세 사람의 두령이 나란히 내려와서 3천여 명의 군사를 풀어 놓았다. 혼세마왕 번서는 좌우로 항충·이곤을 거느리고 진두에서 주문(呪文)을 외어서 광풍을 맹렬히 일으켰다. 회오리바람이 천지를 휩쓰는 가운데 항충과 이곤은 고함을 지르며 5백 명의 곤도수(滾刀手)를 거느리고 송강의 진지로 쳐들어갔다. 송강의 군사는 그것을 보자 재빨리 좌우 양편으로 갈라섰다. 항충과 이곤이 불쑥 대들자 양편에서 강궁경노(强弓硬弩)를 쏴대니 4,50명이 진지로 쳐들어왔을 뿐 나머지 군사들은 진지로 되돌아가고 말았다. 송강은 언덕 위에 있는 진달에게 명령하여 칠성기를 휘두르게 했다. 진형이 우르르 흐트러져서 장사진(長蛇陣)이 됐다. 항충과 이곤은 동서남북 어떤 쪽으로도 달아날 구멍을 찾지 못하고 허둥지둥하게 됐다. 이때, 공손승이 주문을 외어서 항충과 이곤의 발밑에 회오리바람을 일으켰다. 이리저리 도주하려고 몸부림을 치고 있을 때, 지뢰가 터지는 요란스런 소리와 함께 항충과 이곤은 비명을 지르며 함정 속으로 거꾸러져 박혔다. 양편에 미리 숨어 있던 요구수가 재빨리 그들을 낚아 올려서 동아줄로 꽁꽁 묶어 가지고 산위로 끌고 올라갔다.

송강은 항충과 이곤의 동아줄을 빨리 풀어 주라고 명령하고 친히 술잔을 권하면서, 너무 무례한 짓을 하게 됐다고 사죄하고 자기의 입장을 설명한 다음 양산박에서 함께 일해 보자고 권유했다.

두 장수는 송강의 말을 듣자 대뜸 꿇어 엎드렸다.

"쟁쟁하신 명성은 평소부터 잘 듣고 있었습니다만, 인연이 없어서 만나뵙지 못했습니다. 역시 송공께서는 대의를 위하여 사시는 분인데, 저희들은 그것을 모르고 천리에 어긋나는 짓을 했습니다. 당연히 목숨이 달아나야 할 저희들을 이렇게 예의를 갖추시고 맞아 주시니, 만약에 일명을 살려 주신다면 대은(大恩)에 꼭 보답하고자 합니다. 저 번서란 자는 저희들 둘이 없어지면 꼼짝도 못할 것입니다. 송공께서 저희들 중에 하나만 돌려보내 주시면 반드시 번서를 설복시켜서 항복시키도록 하겠습니다.”

“천만에, 한 분이 인질처럼 여기 남아 계실 필요는 없습니다. 두 분이 함께 돌아가십시오. 소생은 여기서 길보(吉報)를 기다리고 있겠습니다.”

“정말 훌륭하십니다. 반드시 번서를 잡아 오겠습니다!”

송강은 크게 기뻐하여, 두 장수를 중군(中軍)으로 안내하여 새 의복으로 갈아입히고 좋은 말을 주어서 부하들을 시켜 산을 내려갈 때까지 전송케 했다. 두 장수는 그 은혜를 뼈저리게 느끼며 자기 산채로 돌아갔다.

망척산 산기슭에 항충과 이곤이 나타나자, 번서는 대경실색했다. 자초지종 사연을 듣고 또 송강의 훌륭한 인품을 알게 되자 그날 밤으로 세 장수는 산채를 걷어치우고 산을 내려와 송강에게 달려가서 꿇어 엎드렸다.

세 두령은 다시 여러 두령을 망척산으로 초청하여 정성껏 술대접을 했고 여러 병사들을 위로해 주었으며, 주연이 끝나자 번서는 공손승을 스승으로 섬길 것을 맹세하고, 여러 두령들을 따라서 세 호걸도 양산박으로 떠나기로 작정했다.

세 장수를 새로 얻어 가지고 송강의 대열이 양산박 가

까이 이르렀을 때, 나루터를 건너려고 하는 판인데 갈대숲
이 우거진 가도(街道)에서 거창하게 생긴 장정 하나가 내
달더니 송강 앞에 꿇어 엎드렸다. 송강이 말을 내려서 부
축해 일으키고 사연을 물었다. 그 장정은 이렇게 말했다.
 "소인은 성명을 단경주(段景住)라고 합니다. 적발황수
(赤髮黃鬚)여서 사람들이 모두 소인을 금모견(金毛犬)이
라 부릅니다. 조관(祖貫)은 탁주(涿州) 인씨(人氏)로 평
소에 북쪽 변경에 가서 말도둑질을 하며 살아왔습니다. 올
봄에 창간령(鎗竿嶺) 북쪽에 가서 좋은 말을 한 필 훔쳤는
데, 전신의 털이 백설같이 희고 잡털이라고는 한 가닥도
없으며, 머리에서 꼬리까지 1장(丈)이나 되고 발에서 등
까지 높이가 8척이나 되며 하루에 능히 천리길을 달리는
말로, 북쪽 사람들이 '소야옥사자마(炤夜玉獅子馬)'라고
부르는 유명한 말입니다. 바로 대금왕자(大金王子)가 타
던 말로 창간령에 매어 둔 것을 소인이 훔쳐낸 것입니다.
강호 어디를 가나 급시우 송공명이라는 대명을 늘 듣던
터라, 이 말을 바치고 한 번 만나뵈려고 하던 차에, 뜻밖
에도 능주 서남편에 있는 증두시(曾頭市)까지 왔을 때 그
곳 증씨(曾氏)집 오호(五虎)라는 형제들에게 말을 빼앗겼
습니다. 소인이 이 말은 양산박의 송공명이란 분의 말이라
고 했더니, 그자들은 이루 말할 수 없이 못되게 굴면서 말
을 돌려주지 않아 특별히 달려와서 알려 드리는 바입니
다."
 송강은 단경주를 같이 배에 태우고 금사탄을 건너서 양
산박으로 돌아왔다. 두령들에게 인사를 시키고 주연을 베
푼 다음, 신행태보 대종을 증두시(曾頭市)에 보내어 그 말

에 관한 일을 탐지하도록 했다.

4,5일 만에 돌아온 대종의 보고에 의하면, 증두시는 3천여 호나 되는 마을로 그 중에 증가부(曾家府)라는 집안이 있는데, 늙은 주인은 본래 대금국(大金國) 사람으로 증장자(曾長者)라고 일컬으며, 소위 오호라고 일컫는 증도(曾塗)·증밀(曾密)·증색(曾索)·증괴(曾魁)·증승(曾昇) 5형제와 무예교사 사문공(史文恭), 부교사 소정(蘇定)이 있어 6,7천 명의 군사를 거느리고 양산박을 쳐부순다고 호언장담하고 있는데, 단경주에게서 빼앗은 말은 무예교사 사문공이 자기 말로 삼고 있다는 것이었다.

조개는 대종의 보고를 듣자 격분하여 마지않으며, 송강이 만류하는 것도 듣지 않고 즉각에 군사 5천을 거느리고 두령 20명과 함께 산을 내려갔다.

금사탄까지 와서 조개는 여러 두령들과 장도에 오르는 축하의 주연을 베풀었는데 그 자리에서 난데없이 일진의 광풍이 일며 조개의 새로 만든 인군기(認軍旗)가 부러지고 말았다.

거기까지 전송하러 나온 군사 오학구가 권했다.

"이것은 불길한 징조입니다. 다시 날을 택하여 출진하심이 좋겠습니다."

송강도 권고했다.

"출진하려는 마당에 인군기가 바람에 꺾인다는 것은 불리한 징조입니다. 잠시 정세를 살피시다가 놈들을 때려부수는 게 좋을 것 같습니다."

그러나 조개는 막무가내.

"천지풍운(天地風雲)인데 뭣이 이상하겠소? 이 따뜻한

봄철에 놈들을 붙잡지 않고 놈들의 기세를 길러 놓고 나서 무찌르자면 때는 이미 늦어질 것이니, 나의 가는 길을 막지 마시오. 무슨 일이 있더라도, 나는 한 차례 다녀와야겠소!"

조개는 고집을 부리고 물을 건너갔다.

송강은 산채로 돌아와서도 불안함을 금치 못하고, 아무도 모르게 대종을 불러서 뒤쫓아가며 정세를 탐지하게 했다.

조개는 마침내 5천의 병력과 20명의 두령을 거느리고 증두시 가까이 가서 진을 치고, 그 이튿날 우선 두령들을 거느리고 증두시의 정세를 정찰하려고 나섰다.

돌연 버드나무숲 속에서 7,8백이나 되는 1대의 인마가 튀어나와서 도전을 했는데, 선두에 서 있는 것은 증씨집 넷째 아들인 증괴였다. 이편에서는 표자두 임충이 응전하여 양자 20여 합을 싸웠으나 승부가 나지 않았다. 증괴는 임충을 당해낼 수 없자 말 머리를 돌려서 버드나무숲 속으로 달아났다. 임충도 말을 멈추고 그것을 추격하지 않았다.

또, 그 이튿날 새벽녘에 조개는 5천의 병력을 거느리고 증두시 어귀 평지에 진을 쳤다. 저편에서는 무예교사 사문공을 위시하여 부교사 소정, 그리고 증도·증밀·증색·증괴·증승 오형제가 말을 타고 활을 겨누며 한일(一)자로 늘어서서 맹렬히 응전했다. 조개가 먼저 노하여 창을 휘두르며 말을 달려 곧장 증도에게 덤벼들었다. 여러 두령들도 조개의 신변을 걱정하여 일제히 쳐들어가니 일대 난

전(亂戰) 상태에 빠졌다.

증씨 편 군사들은 자기네들 마을 쪽으로 천천히 후퇴했고 임충과 호연작은 조개를 호위하면서 그것을 추격했으나, 얼마 안 가서 지리(地利)를 얻지 못함을 깨닫고 군사를 뒤로 물렸다. 양군이 똑같이 상당한 병력을 상실했다. 조개는 진지로 돌아와서 답답한 나날을 보내고 있었다.

그후, 사흘 동안이나 계속해서 조개 편에서 도전을 했지만 증두시 편에서는 도무지 싸움에 응하지 않았다.

나흘째 되던 날, 난데없이 두 사람의 화상이 조개의 진지에 나타나서 신변을 보호해 달라고 했다. 병사들이 중군의 장전(帳前)으로 데리고 갔더니, 화상들이 끓어앉아서 고했다.

"소승들은 증두시 동쪽에 있는 법화사(法華寺)의 감사 승인(監寺僧人)입니다. 증씨집 오형제들이 때없이 절간에 나타나서 행패를 부리고 금전재백(金錢財帛)을 빼앗아 갑니다. 소승들은 그들이 출몰하는 본거지를 잘 알고 있으므로, 여러분께 청하여 뿌리뽑도록 하고 싶은 생각으로 찾아뵙게 된 것입니다."

임충은 의심스런 점이 많으니 화상들의 말을 곧이듣지 말라고 했으나, 조개는 오히려 꾸짖었다.

"남의 말이라고 덮어놓고 의심해서는 대사를 그르치게 되오. 오늘 밤에는 내가 친히 나갔다 오겠소!"

임충은 조개더러 외부에서 응원하도록 하고 친히 싸움에 나서지 말라고 재삼 만류했으나, 끝내 고집을 부리고 열 사람의 두령과 2천5백의 병력을 거느리고 화상들을 따라나섰다.

법화사에 도착하여 조개는 말을 내려서 절간으로 들어
갔으나 중이라고는 하나도 보이지 않았다. 이상하게 생각
하고 화상들에게 물어 봤다.

"이렇게 큰 절간에 중이라곤 하나도 없으니 어찌된 일이
오?"

"증가네 형제놈들이 하도 들볶아서 견디다 못해 하나하
나 모조리 귀속해 버린 까닭입니다. 단지 장로(長老)와 시
자(侍者) 몇 사람이 탑원(塔阮) 안에 살고 있을 뿐입니다.
두령님들께서는 우선 인마를 좀 쉬도록 하시면, 밤이 싶은
다음에 소승들이 곧장 놈들의 영채(營寨)까지 인도해 드
리겠습니다."

"놈들의 영채는 어디 있다는 거요?"

"영채가 네 군데 있습니다. 그 중에서 북쪽에 있는 영채
가 증가네 형제들의 군사가 주둔해 있는 곳입니다. 그 영
채 하나만 무찔러 버리면 나머지 세 군데는 하잘것없는
군사들뿐입니다."

"언제쯤 떠나면 좋겠소?"

"지금은 이경이니 삼경 때까지 기다려 주십시오. 그때에
는 놈들도 마음놓고 경비를 소홀히 할 겁니다."

처음에는 증두시에서 꼬박꼬박 경고(更鼓)를 울리더니,
웬일인지 반경(半更)을 알리는 북소리가 들렸을 뿐 그 나
머지 점고(點鼓) 소리는 끊어지고 통 들리지 않았다.

이때 화상이 하는 말이,

"저편의 병사들이 잠이 든 모양입니다. 자아, 떠나기로
하십시다!"

하면서 앞장을 서서 길을 안내했다.

조개는 여러 두령들을 거느리고 말을 탄 채 병사들을 이끌고 법화사를 떠나 화상의 뒤를 따라나섰다.

5리 길도 채 가지 못했을 때 갑자기 시커먼 어둠 속에서 두 화상은 간 곳이 없이 자취를 감춰 버렸고, 선두의 군사들은 앞으로 나갈 수 없게 됐다.

자세히 살펴보니 길이 꼬불꼬불하고 복잡해서 어디로 가야 좋을지 전혀 방향을 판단할 수 없었다.

병사들은 당황해서 조개에게 보고했다.

호연작이 즉각에 오던 길로 되돌아서라고 명령을 내렸는데, 백 보도 채 가지 못했을 때 돌연 근처에서 금고(金鼓) 소리가 요란하게 울리고 고함소리가 천지를 진동하며 사방에서 횃불이 활활 타올랐다.

조개와 여러 두령들은 병사를 거느리고 간신히 쥐구멍을 찾아서 뺑소니를 쳤다. 길을 두 군데쯤 꼬부라졌을 때, 또 1대의 군마가 뛰쳐나오더니 정면으로부터 화살을 빗발치듯 퍼부었다.

뜻밖에도 화살 한 자루가 조개의 얼굴에 맞아서, 조개는 말 위에서 거꾸러져 떨어졌다. 다행히 호연작과 연순이 죽을 힘을 다해 무찌르고 들어갔기 때문에 뒤따르던 유당과 백승이 조개를 구출하여 말을 태워 가지고 몸을 뛰쳐날 수 있었다.

마을 어귀에는 임충과 그밖의 두령들이 병사를 거느리고 응원하러 나와 있었기 때문에 간신히 적병을 막아낼 수 있었다. 양군은 날이 밝도록 일대 혼전을 계속하다, 각각 진지로 철수했다.

임충이 진지로 돌아와서 전군의 병사를 조사해 보니,

원씨 삼형제와 송만·두천은 물속으로 몸을 감춰서 간신히 살아났고, 거느리고 갔던 2천5백 명 병사 가운데서 살아난 병사는 겨우 1천2,3백 명밖에 없었다. 그들은 모두 구붕에게 인솔되어 영채로 돌아왔다.

두령들이 조개의 부상을 위문하러 갔더니, 화살은 공교롭게도 바로 한편 뺨에 꽂혀서 그것을 급히 뽑아 버렸기 때문에 출혈이 심해서 인사불성이 되어 있었다. 그 화살에는 사문공(史文恭)이라는 석 자가 씌어 있었다. 임충이 금창약(金瘡藥)을 가져다 치료를 해주었지만, 촉에 독(毒)을 칠한 것이었기 때문에 조개는 중독이 되어서 이미 말도 제대로 못할 지경이었다.

임충은 조개를 수레에 싣고, 원씨 삼형제와 두천, 송만과 함께 먼저 산채로 돌려보냈다. 나머지 15명의 두령들은 연일 증두시를 함락시킬 협의를 했지만, 우선 출발할 때 인군기가 바람에 꺾인 것이 불길한 징조였다는 결론에서 군사를 일단 철수하자는 데 중의가 일치했고, 대가리 없는 뱀처럼, 날개 없는 새처럼 탄식만 하면서 영채 안에서 시간을 보내고 있었다.

며칠이 지난 뒤 어느 날 밤, 삼면 산 위에서 수많은 횃불이 하늘을 찌르고, 사방으로부터 적군이 함성을 지르며 진지로 쳐들어왔다.

임충은 여러 두령들을 거느리고 대결해 볼 생각도 없이 진지를 포기하고 말 머리를 돌려서 도주했다. 증가네 군사들은 그것을 맹렬히 추격했다.

양군은 싸우면서 달음질을 치고 달음질을 치면서 싸우

는 등 일진일퇴를 되풀이하다가, 결국 임충은 5,60리나 도주하여 간신히 위기를 모면했다. 군사를 점검해 보니 또 6,7백 명을 상실했다. 시급히 양산박을 향해서 철수하는 도리밖에 없었다.

도중에서 대종과 마주쳤다. 대종도 일단 군을 철수시켜서 산채로 돌아간 다음 좋은 계책을 세우도록 하라는 군령(軍令)을 받아 가지고 달려온 길이었다.

여러 두령들은 두령대로 군사를 철수시키고 산채로 돌아가서 조개를 위문했다. 그는 이미 밥도 물도 목구멍을 넘어가지 못하고 전신이 퉁퉁 부어서 몹시 위독했다. 송강과 그밖의 여러 두령들은 눈물을 흘리며 병상을 떠나지 않고 고약을 갈아 붙여 주고 약을 먹였지만, 그날 밤 삼경 때쯤 되어서 조개는 갑자기 병세가 악화되어 목을 한편으로 비튼 채 송강을 보고 부탁했다.

"현제(賢弟)! 내 말을 언짢게 생각지 마시오! 나를 활로 쏘아 죽게 한 놈을 붙잡는 사람이 있거든, 그를 양산박의 다음 주인으로 삼아 주시오!"

이 몇 마디를 남긴 채 그는 눈을 감고 말았다.

송강은 조개가 세상을 떠나자 어버이를 잃은 사람같이 통곡하여 마지않았다. 두령들은 간신히 송강을 부축해 일으키고 사후 처리에 정신을 차려 달라고 애원했다.

"형님! 아무리 한탄해도 어쩔 수 없는 일이오! 생사란 인간의 운명이니 슬퍼하지만 마시고 사후 수습에 힘을 써 주시오!"

조개의 장례를 정중하고 장엄하게 치르고 나서도 송강은 매일같이 그의 영전에서 통곡할 뿐, 다른 일은 거들떠

보려고도 하지 않았다.

임충은 공손승과 오용, 그리고 그밖의 여러 두령들과 상의한 결과, 송공명을 양산박의 다음 주인으로 받들고 그의 명령에 복종하기로 작정했다.

이튿날 아침, 향화등촉을 마련해 가지고 임충을 중심으로 여러 두령들이 취의청에 모여서 송공명을 불러다 놓고 오용과 임충이 먼저 말을 꺼냈다.

"형님, 우리 말씀을 잘 들어 주시오. 나라에는 하루도 임금이 없을 수 없고 집안에는 하루도 가장(家長)이 없을 수 없다고 하오. 조두령이 세상을 떠났으니 우리 산채도 주인이 없이는 지낼 수 없게 됐소. 세상 사람치고 형님의 이름을 모르는 이는 없소. 내일은 길일(吉日)이니 형님을 산채의 주인으로 모시고, 우리들은 형님의 명령에 복종하려 하오!"

"조천왕은 임종시에 사문공을 거꾸러뜨리는 사람을 양산박의 새 주인으로 삼아 달라고 하셨소. 이것은 여러 두령들도 잘 아실 줄 아오. 돌아가신 지도 얼마 안 되는데, 그 유언을 저버려서는 안 되오. 그리고 아직 원수도 갚지 못한 처지에 어찌 그 자리에 내가 앉을 수 있겠소?"

오학구가 또 간곡히 권고했다.

"조천왕의 유언은 잘 알고 있으며 아직 원수를 갚아 드리지도 못했지만, 우리 산채 역시 주인이 없이는 하루도 지낼 수 없는 형편입니다. 형님이 주인의 자리에 앉아 주시지 않는다면 아무도 그 자리에 앉을 만한 사람이 없습니다. 산채도 인마도 통할해 나갈 수 없습니다. 우선 형님이 이 자리에 앉아 주십시오!"

"군사의 의견을 존중하여 우선 내가 그 자리에 앉기로 하지만, 후일 원수를 갚게 되는 날에는 조천왕의 유언대로 실행할 것을 약속해 주시오!"

송강은 마침내 향에 불을 붙였다

피어 오르는 연기 속에서 그는 양산박의 주인이라는 첫째 자리에 앉았다. 양편으로 갈라 앉은 여러 두령들이 새 주인에게 정중하게 절을 하고 난 다음에 송강은 다음과 같이 말했다.

"소생이 이번에 당분간 이 자리에 앉게 되었소. 모든 것이 여러 형님 아우님들의 상호부조의 힘이라고 믿으며, 앞으로도 동심합의(同心合意)하여 서로 수족같이 되어서 하늘을 대신하여 도(道)를 행하도록 합시다. 이제야말로 우리 산채는 인마의 수가 전일에 비할 수 없을 만큼 많아졌으니, 앞으로는 산채를 여섯으로 나누고 취의청을 충의당(忠義堂)이라 고쳐 부르기로 하겠소. 전후좌우에 네 개의 육채(陸寨)를 두고 뒷산에는 따로 두 개의 소채(小寨), 앞산에는 세 군데 관문(關門), 산 아래로는 한 군데 수채(水寨)를 둘 것이니, 여러분은 오늘부터 각각 책임을 분담해 주시기 바라오."

이리하여 송강은 충의당 제1위의 자리에 앉고, 제2위에 군사 오학구, 제3위에 법사(法師) 공손승, 제4위에 화영, 제5위에 진명, 제6위에 여방, 제7위에 곽성을 배치했다.

또 좌군(左軍) 영채에는 임충 이하 여섯 사람의 두령을 배치하고, 우군(右軍)의 영채에는 호연작 이하 여섯 두령을 배치했으며, 전군(前軍)의 영채에는 이응 이하 여섯 두령, 후군(後軍)의 영채에는 시진 이하 여섯 두령을 배치했고, 수군(水軍)의 영채에는 이준 이하 일곱 두령을 배치하여 도합 여섯 영채에 43명의 두령을 각각 배치했다.

또 제1, 제2, 제3의 관문(關門), 금사탄의 소채(小寨), 압취탄의 소채, 문서관리, 상벌관리, 전량관리, 포화관리, 의갑제조(衣甲製造), 건축감독, 조선(造船)감독, 철장총관(鐵匠總管), 성벽수축, 양조감독, 집기(什器)관리, 산기슭에 있는 사루(四路)의 주점(酒店) 등 요로요직에 적재적소의 원칙 아래 책임자를 각각 배치하고 전반적인 재정비를 단행했다.

이리하여 양산박의 수호채(水滸寨)는 새 주인 송강이 자리에 앉고 나서 면목을 일신하고 그 기반이 점점 더 견고해졌으며, 대소 두령들도 심신을 기울여서 명령에 복종하고 약속을 충실히 이행하게 되었다. 어느 날, 송강은 여러 두령들과 상의했다.

"조개의 원수를 갚기 위해서 군사를 일으켜 증두시를 공격하려는데 어떻게 생각하시오?"

군사 오용이 권했다.

"형님, 아직도 모든 사람이 상중(喪中)에 있으니 행동을 삼가는 게 좋을 것 같습니다. 앞으로 백 날만 더 기다렸다가 군사를 일으키는 게 좋을 것 같습니다."

송강은 오학구의 권고대로 산채에 들어박혀서 허구한 날 조개를 위하여 불공만 드리고 있었다. 어느 날, 화상 한 사람을 청해 왔다.

이 화상은 법명을 대원(大圓)이라 하는, 북경(北京) 대명부(大名府) 성 안 용화사(龍華寺)의 중이었는데, 행각차 제녕(濟寧)으로 가는 도중에 양산박을 경과하게 된 것을 불러들여서 불공을 드리게 된 것이다. 식사를 대접하고 잡담을 하고 있는 동안에 송강이 북경의 풍토, 인물에 관한 일을 물어 봤다. 대원화상이 대답했다.

"두령께서는 하북(河北)의 옥기린(玉麒麟)이란 이름을 들어 보셨습니까?"

송강과 오용은 화상의 말을 듣고 오랫동안 기억에 없던 한 인물을 생각했다. 북경성 안에 노대원외(盧大員外)라는 사람이 있었다. 이름은 준의(俊義), 별명은 옥기린이라고 하는데, 하북삼절(河北三絶—삼걸)이란 칭호를 받으며 곤봉을 쓰는 데는 천하무적이라는 걸물이었다.

"흐음! 화상의 말은 노준의(盧俊義)를 이름이군! 만약에 양산박으로 그 사람을 데려올 수 있다면 관군의 토벌도 문제없겠는데!"

오용이 말했다.

"나도 그 인물을 깜빡 잊어버리고 지냈습니다. 무슨 계책을 써서든지 노준의를 산채로 데려오도록 하겠습니다."

오용은 자신만만하게 그 계책을 송강에게 이야기했다.

옮긴이 약력

중국 남양대학에서 수업
경향신문 문화부장 및 편집부국장 역임.

저서
단편집 : ≪결혼패전≫ ≪날아다니는 코끼리≫ ≪인형의 도시≫ 등 다수
단편소설 : ≪태양은 누구를 위하여≫

역서 : ≪삼국지(전6권)≫ 서문문고 55~60

수호지(3) 〈서문문고 077〉

초판 발행 / 1973년 4월 20일
개정판 인쇄 / 2002년 9월 20일
개정판 발행 / 2002년 9월 25일
옮긴이 / 김 광 주
펴낸이 / 최 석 로
펴낸곳 / 서 문 당
주소 / 서울시 마포구 성산동 54-18호
전화 / 322—4916~8 팩스 / 322—9154
창업일자 / 1968. 12. 24
등록일자 / 2001. 1. 10
등록번호 / 제10-2093
SeoMoonDang Publishing Co. 2001

ISBN 89-7243-277-6 ※ 잘못된 책은 바꾸어 드립니다